JE COMPTE

LES MORTS

GENEVIÈVE

JE COMPTE

LES MORTS

LEFEBVRE

Libre Expression
Une compagnie de Quebecor Media

Catalogage avant publication de Bibliothèque et Archives nationales du Québec et Bibliothèque et Archives Canada

Lefebvre, Geneviève, 1962-
 Je compte les morts
 (Expression noire)
 ISBN 978-2-7648-0376-9
 I. Titre. II. Collection: Expression noire.

PS8573.E379J4 2009   C843'.54   C2008-942530-8
PS9573.E379J4 2009

Édition: Monique H. Messier
Révision linguistique: Annie Goulet
Correction d'épreuves: Céline Bouchard
Couverture: Marike Paradis
Grille graphique intérieure: Axel Pérez de León
Mise en pages: Jessica Laroche
Photo de couverture: *Giovane sdraia con giardino* © Sordi Gianluca, www.flickr.com/photos/u_ju/, gianluca.sordi@yahoo.it

Cet ouvrage est une œuvre de fiction; toute ressemblance avec des personnes ou des faits réels n'est que pure coïncidence. Les quartiers de Pointe-Saint-Charles et de Saint-Henri sont reconnus pour la richesse de leur histoire. Toutefois, les bars et cafés ainsi que le centre communautaire du docteur Doisneau décrits dans le roman n'existent que dans l'imagination de l'auteure.

Remerciements
Les Éditions Libre Expression reconnaissent l'aide financière du gouvernement du Canada par l'entremise du Programme d'aide au développement de l'industrie de l'édition (PADIÉ) pour ses activités d'édition. Nous remercions le Conseil des Arts du Canada et la Société de développement des entreprises culturelles du Québec (SODEC) du soutien accordé à notre programme de publication. Gouvernement du Québec – Programme de crédit d'impôt pour l'édition de livres – gestion SODEC.

Les Éditions Libre Expression
Groupe Librex inc.
Une compagnie de Quebecor Media
La Tourelle
1055, boul. René-Lévesque Est
Bureau 800
Montréal (Québec) H2L 4S5
Tél.: 514 849-5259
Téléc.: 514 849-1388
www.edlibreexpression.com

Dépôt légal – Bibliothèque et Archives nationales du Québec
et Bibliothèque et Archives Canada, 2009

ISBN: 978-2-7648-0376-9

Distribution au Canada
Messageries ADP
2315, rue de la Province
Longueuil (Québec) J4G 1G4
Tél.: 450 640-1234
Sans frais: 1 800 771-3022
www.messageries-adp.com

Diffusion hors Canada
Interforum
Immeuble Paryseine
3, allée de la Seine
F-94854 Ivry-sur-Seine Cedex
Tél.: 33 (0)1 49 59 10 10
www.interforum.fr

À Jean-Martin,
qui me prouve tous les jours
que Jean Cocteau avait raison :
« Il n'y a pas d'amour, il n'y a que des preuves d'amour. »

« Ma vengeance est perdue
s'il ignore en mourant que c'est moi qui le tue. »
Jean Racine, *Andromaque*

Prologue

C'était un crâne parfait. Lustré par le temps, étincelant de blancheur sous le soleil, qui filtrait à travers les branches du grand saule gris. Cet hiver-là, il y avait eu de la neige à battre des records d'écœurement. La violence du printemps avait fait son œuvre, et la neige se détachait par plaques, emportant avec elle de grandes coulées de boue argileuse jusqu'à la rivière. Le crâne s'était échoué dans un delta de glaise et de glace, niché entre les racines décharnées du saule, à l'entrée de la lisière des minuscules chalets qui longeaient la rivière Rouge.

Où était le reste du squelette ? À qui appartenait le crâne ? Samuel Rondeau, nouvelle recrue de la Sûreté du Québec des Hautes-Laurentides, gratta sa joue constellée d'acné. Ça n'allait pas être simple, non monsieur !

Le crâne pouvait venir de n'importe où en amont. Du camping Joubert fréquenté par la racaille des quartiers ouvriers de Montréal, des propriétés riveraines – presque tous des chalets d'été aux couleurs de bonbons chinois et déserts plusieurs mois par année –, des quelques fermes aviaires qui avaient tenu le coup au fil du temps. Le crâne pouvait aussi avoir voyagé d'encore plus haut, là où les terres privées du domaine de la fondation Harricana s'étendaient sur une centaine d'hectares. Le camp de vacances, accessible par la route, n'occupait qu'un dixième du domaine. Le reste était demeuré à l'état sauvage, délimité au nord par la montagne et au sud par la rivière Rouge. On pouvait s'y perdre jusqu'à la mort. Et à moins qu'une âme bienveillante n'ait signalé la disparition, c'était le genre d'endroit où un corps pouvait se faire oublier pendant des années.

Rondeau eut un sentiment de satisfaction à l'idée que le crâne orphelin était peut-être celui d'un de ces Montréalais qui venaient traverser leurs forêts en pantalons de ski ridiculement moulants. Un de moins !

Puis, la perspective de l'enquête le ramena à la raison. Des restes humains, ça n'apparaissait pas comme ça. Il fallait un mort… Rondeau continua de gratter un bouton qui lui faisait mal jusqu'à ce que son index soit couvert de sang. À qui appartenait ce crâne inconnu qui était venu s'échouer comme un pirate déchu sur les rives de la Rouge ?

Il allait falloir aviser le laboratoire à Montréal, envoyer les ossements au département d'anthropologie judiciaire, attendre les résultats de la datation, sortir les avis de disparition, vérifier les concordances…

Déjà excédé par la perspective de la paperasse qui l'attendait, Samuel Rondeau s'accroupit pour examiner le crâne. Les deux cavités orbitales le narguaient, aussi vides qu'un regard de gars chaud un soir de divorce. Samuel enligna la tête du mort dans le blanc des yeux.

À travers les cavités, il remarqua un trou de circonférence parfaite qui traversait la partie antérieure du crâne, au-dessus de l'endroit où la nuque se fait tendre quand il y a encore de la chair autour de l'os... Calibre .45.

Rondeau recula brusquement. Comme si le tueur venait de lui souffler dans le cou. Ce trou dans la tête du mort ouvrait de nouvelles perspectives sur sa découverte. Le propriétaire du crâne de la rivière Rouge était encore un inconnu. Mais la cause de sa mort était limpide. C'était une exécution.

1

La nouvelle de la découverte du crâne mit plusieurs
semaines à atteindre la taverne du Gros Bill, l'un des
temples de la désillusion alcoolisée de Griffintown.
C'était un drôle de quartier : poubelle le jour, coupe-
gorge la nuit. Le français et l'anglais s'y tapaient joyeusement sur la gueule, la fine gastronomie y côtoyait la
frite au vinaigre, et la verdure luxuriante des berges
du canal Lachine tanguait nonchalamment avec les
ruelles défoncées de Pointe-Saint-Charles. L'héritage
batailleur des Irlandais s'y levait chaque nuit, enflam-
mant rancœurs et passions dans la même étreinte. Dans
une ruelle oubliée derrière la rue Green, à quelques
centaines de mètres du somptueux marché Atwater,
où se tenait le plus beau marché aux fleurs de la ville,
on avait mis quatre mois avant de découvrir le cadavre
d'une jeune mère de famille, abandonné dans la voiture
qui lui avait servi de tombeau. Le rouge et le noir, les
roses et la mort.

La taverne du Gros Bill, nichée au plus sordide de la rue
Notre-Dame, juste à l'ouest de la rue de la Montagne, était
une institution. On y trouvait tout ce que Saint-Henri

comptait d'ouvriers usés, de snitchs toujours prêts à vendre un ami et de has-been qui n'avaient peut-être pas encore dit leur dernier mot. Une faune d'habitués, trop imbibée de mauvaises habitudes pour s'occuper de celles des autres. Ils avaient tous un problème d'alcool. Et pour chacun d'entre eux, c'était le cadet de leurs soucis.

Martin Desmarais, depuis longtemps dépouillé de son titre de sergent-détective enquêteur au SPVM, ne faisait pas exception. Il aimait son Glenkinchie pas trop mouillé et il était chez Gros Bill tous les vendredis. C'était la seule soirée de la semaine où le bar échappait à sa routine en présentant des musiciens de blues. Ils n'étaient pas toujours très bons, mais ils avaient le mérite d'être aussi crinqués à l'héroïne que ceux des bas-fonds de Chicago. Ce vendredi-là, Bo and his Banjo Bros jouait avec la langueur opiacée d'un eunuque obèse.

Martin s'était installé loin du band et à proximité de la porte. Vieux réflexe d'enquêteur qui aimait bien avoir l'œil sur l'ensemble de la salle, se disait-il pour se convaincre. La vérité, c'est qu'il pouvait aller fumer sans traverser la salle encombrée. Le blues sans cigarettes, ce n'était pas vraiment du blues.

Il venait d'allumer une Gauloise quand le vieux Julius vint le rejoindre sous le néon de la marquise. Julius était dentiste. Il tenait cabinet dans un vieil immeuble de la rue Atwater, là où Saint-Henri pouvait presque prétendre avoir des vues sur Westmount. Julius Goldberg buvait trop, mais arrêter aurait fait trembler sa main quand il travaillait. Alors il continuait de boire, « par professionnalisme ». Martin n'aimait pas les dentistes. En plus, ce pauvre Julius avait la poignée de main flasque et moite :

tout ce que Martin détestait. Ils n'avaient rien en commun, sauf cette fidélité pour les soirées blues du Gros Bill, *no questions asked.* Cet accord tacite d'ignorance mutuelle avait jusqu'à maintenant été respecté à la lettre.

Mais ce soir-là, Julius était anxieux et il s'en était ouvert à l'ancien enquêteur. Le dentiste avait reçu une demande du bureau d'anthropologie judiciaire. Ils étaient à la recherche d'une radiographie qui confirmerait l'identité du défunt propriétaire d'une dentition inconnue. Un patient à qui Julius avait probablement fait un traitement de canal ou une extraction de dent de sagesse, comment le savoir ? Il en avait vu, des bouches, en quarante ans de pratique ! Julius était emmerdé. Il n'avait pas encore informatisé son cabinet. Il ne savait plus où il avait mis ses vieux dossiers, dans la cave probablement, il faudrait fouiller, ce serait long, ce serait poussiéreux et ça n'allait pas arranger son asthme. La vérité, c'est que Julius Goldberg avait une peur atavique de la police. De toutes les polices. La Stazi avait fait de lui un orphelin et, comme il aimait le répéter même à ceux qui ne voulaient pas l'entendre : « J'ai le devoir de mémoire. »

— Il va falloir que je fouille dans mes archives. Ça va me prendre du temps. Ça va se savoir dans le quartier, c'est pas bon pour mon cabinet. Moi, monsieur Desmarais, je fais mon métier honnêtement, alors je veux pas d'ennuis.

Martin aurait bien aimé lui dire que des ennuis, il n'en aurait pas s'il n'avait rien à se reprocher. Mais ça ne marchait pas comme ça dans la police, ça ne marchait pas comme ça dans le système de justice et ça ne marchait certainement pas comme ça dans la vie. De ses vingt-cinq ans de service, Martin avait retenu une grande constante : c'était toujours à ceux qui avaient le moins à se reprocher qu'on causait le plus d'emmerdes.

— Ils cherchent simplement une radiographie pour une identification.

— Je sais, je sais, mais...

— C'est ce qu'ils font quand le squelette a été nettoyé de sa chair par les vers et qu'il ne reste plus rien sauf les dents.

Le visage du dentiste se crispa. Il n'avait manifestement aucune envie de visualiser le visage d'un ancien patient se faisant dévorer par les vers... Martin sentit l'agacement monter et il expira une longue bouffée de Gauloise au visage du dentiste. Il n'avait qu'à pas demander, ce con. Ça l'emmerdait de socialiser un soir de blues. Ça l'emmerdait d'autant plus qu'il n'aimait pas parler de son ancien métier, encore moins avec un dentiste à tête d'œuf.

Alors Martin fit la seule chose qui lui paraissait acceptable. Il mentit à Julius :

— Vous n'aurez pas d'ennuis si vous n'avez rien à vous reprocher.

Julius prit l'air douloureux de l'homme qui sait qu'on le prend pour une valise.

— C'est ce qu'ils ont dit à mes parents avant de les gazer...

— Ça n'arrivera pas ici, dit Martin, tout à coup gêné. C'est vraiment une formalité, vous ne serez pas inquiété.

— Ah, ça, c'est sûr que j'ai rien à me reprocher. Je ne suis quand même pas responsable de ce que font mes patients quand ils ne sont pas dans ma chaise.

Martin sentit la décharge électrique. Très légère, impossible à ignorer. Celle de l'instinct qui lève le nez au vent, truffe frémissante. Il résista à l'envie de poser une question directe. Il opta pour la blague légère :

— Avec la quantité de bums qui se sont fait arranger le portrait dans le quartier, il y en a qui ont dû avoir besoin de nouvelles dents, c'est clair.

Le dentiste eut un petit rire. Celui de l'homme fier d'afficher qu'il a déjà soigné le comptable d'une grande vedette. C'était toujours en provoquant un ego en manque d'attention que Martin réussissait à les faire parler. Toujours. L'homme est une bestiole prévisible.

— Personne ne pense que les bandits vont chez le dentiste. Mais j'en ai vu, du monde, dans ma chaise. J'ai même vu des criminels endurcis avoir peur de moi.

— Tout le monde a peur du dentiste.

— Pas tout le monde. Celui qu'ils cherchent, il n'avait pas peur de moi. D'ailleurs, je lui ai arraché les quatre dents de sagesse le même jour.

Martin resta silencieux. Il savait que l'autre se mourait de raconter son histoire. Que le reste viendrait. C'était exactement comme avec les femmes. Au moment de les cueillir, il ne fallait surtout pas pousser... Rester désinvolte avait été le secret de sa réussite avec les femmes et ceux qu'il voulait faire parler. Martin s'offrit même le luxe de feindre un départ nonchalant pour l'intérieur du bar. Julius cracha aussitôt le nom.

— C'est le dossier du petit Boyle qu'ils veulent.

Le cœur de Martin Desmarais se mit à battre au ralenti, avec cet écho sourd qui résonne jusque dans la tête. Le petit Boyle... Tout à coup, il fallait qu'il sache.

— Le petit Boyle ?

— Je voulais dire le plus jeune… Patrick Boyle.

Un nuage de ouate se répandit dans tout le corps de Martin. Les oreilles qui bourdonnent. Le cerveau qui refuse de bouger, aveuglé par la lumière des phares. Patrick Boyle… Une pièce de casse-tête qui se love contre son âme sœur parfaitement huilée malgré les années, malgré le vacarme et la fureur des événements passés. Patrick Boyle… Beau comme Ryan O'Neal du temps de Barry Lyndon. Le seul de la famille qui n'avait pas de casier judiciaire. Tous les frères Boyle étaient des voyous, des mercenaires à la petite semaine, engagés par les Sullivan pour cogner. Tous sauf Patrick.

Outre le fait qu'il était né dans une famille d'ordures, on ne lui connaissait pas de mauvaises fréquentations. Il s'occupait de ses affaires, ouvrier le jour, boxeur le soir… Il voulait ouvrir un centre d'entraînement, se marier. Et puis, sur un coup de tête, Patrick était parti. Il avait quitté sa job, sa famille, son entraîneur, la fille avec qui il sortait… Sa mère disait qu'elle avait reçu des coups de téléphone, ses frères brandissaient des cartes postales de la Californie signées de sa main. Comme s'ils avaient su lire, ces attardés-là… La légende voulait que Patrick soit devenu machiniste sur les plateaux de cinéma hollywoodiens.

« Tu parles… » se dit Martin. Tout lui revenait, limpide et brûlant comme une rasade de vodka pure. C'était il y avait plus de vingt-cinq ans. La dernière nuit d'une canicule qui avait écrasé la ville. Cette nuit-là, juste avant l'aube, Martin Desmarais avait pris la déposition d'une fille. Cette nuit-là, pendant un bref instant, le jeune policier ambitieux qu'il était s'était imaginé que justice serait faite grâce au témoignage d'une fille au corps meurtri comme un fruit explosé par le soleil.

Martin se souviendrait toute sa vie de cette fille dont la rage suintait par tous les pores de sa peau. Elle tremblait d'une fureur au-delà de la douleur et de l'humiliation. Au creux du visage déformé par l'enflure, la transparence de ses yeux d'émeraude était d'une pureté inoubliable.

Cette nuit-là, Martin Desmarais n'avait pensé qu'à une chose. Grâce à cette fille vandalisée, l'héritier du clan Sullivan tomberait. Ce serait un grand coup dans sa carrière. Il avait presque réussi à occulter la fille qu'il avait eue devant lui.

Vingt-quatre heures plus tard, la dernière de ses illusions s'était écrasée avec le bruit mou d'un talon qui s'enfonce dans une merde encore chaude, et la fille aux yeux verts avait disparu de sa vie. Il n'y avait que pour sa mémoire qu'elle était devenue une absence obsédante.

Martin vida son verre, l'esprit en bataille. Son arthrite venait de se réveiller et ses mains le faisaient souffrir. À l'intérieur du bar, le saxophoniste s'approchait de l'orgasme, porté par *House of the Rising Sun*. En une fraction de seconde, Martin passa de l'enchantement que lui procurait habituellement le blues à l'agacement. Sa tête avait besoin de silence, et lui, il avait besoin de réfléchir. Il tourna les talons sans même répondre au vieux Julius, qui lui demandait quelque chose. Martin accéléra. Il ne voulait pas l'entendre.

Sur Notre-Dame, il n'y avait pas un chat… L'avantage de vivre dans un quartier dangereux, c'est qu'on avait la paix. Aucun touriste de la banlieue ne s'aventurait à l'ouest de Saint-Laurent, encore moins en bas de Sainte-Catherine. Brièvement, Martin eut envie d'appeler Pierre-Léon, un pote qui conduisait un taxi la nuit. Puis il renonça. Marcher lui permettrait de penser… Il marcherait son coin de ville comme un paysan marche sa terre, du pas solide de celui qui connaît intimement le relief du territoire.

Sous l'effet de la marche, le chaos cédait la place à la concentration. Malmené par l'annonce de la découverte du crâne des Hautes-Laurentides, l'ordre revenait tranquillement dans ses pensées. Si Patrick avait été exécuté, ce dont Martin était maintenant persuadé, ça changeait tout. Quoi encore, l'ancien enquêteur n'arrivait pas à l'articuler clairement. Mais ça changeait tout. Pas pour lui, non. Pour lui, il était trop tard. Sa carrière était terminée, sa solitude assumée, son deuil accompli.

Mais pour *elle*, dont il s'était si peu préoccupé le soir où elle s'était présentée devant lui, pour elle, ça changeait tout.

À condition que quelqu'un la mette au courant, évidemment.

*

Elle avait reçu l'entrefilet par la poste, dans une enveloppe anonyme. Quelques lignes. On avait retrouvé un crâne vieux d'un quart de siècle sur une berge de la rivière Rouge, celui d'un homme encore jeune qui avait été abattu d'une balle de calibre .45. La victime n'avait toujours pas été identifiée. Pendant quelques secondes, parfaitement immobile, elle avait eu l'impression de se noyer, la tête laiteuse et la poitrine brûlée de l'intérieur. Il n'y avait qu'une seule raison qui justifiait qu'on la mette au courant de cette nouvelle qui n'intéressait personne. Quelqu'un, quelque part, voulait qu'elle sache qu'on avait retrouvé des restes humains en amont du camp.

Elle n'avait aucune idée de l'identité de celui qui lui avait fait parvenir la coupure de presse. À la limite, ça ne l'intéressait pas. Une seule question la préoccupait : l'identité du mort.

Le lendemain, elle avait reçu une autre enveloppe anonyme. Un tabloïd rapportait la mort d'un dentiste renversé par un chauffard. L'auteur du délit de fuite n'avait pas été retrouvé, l'enquête suivait son cours. Immobile dans l'entrée de sa maison, elle avait laissé cette deuxième information faire son chemin. Puis elle avait entendu le grondement feutré du moteur de la jeep Mercedes qui ralentissait devant chez elle. Elle n'avait pas eu besoin de se retourner. Elle savait. Au fond, elle avait toujours su.

L'enquête policière ne donnerait rien, on ne retrouverait jamais le chauffard, on n'identifierait jamais le crâne d'un jeune homme exécuté il y avait déjà vingt-cinq ans. Il n'y avait rien à attendre de la justice, une institution à l'abri « du bruit et de la fureur, menée par des idiots et qui ne signifiait rien ».

Ses doigts bagués crispés sur l'enveloppe blanche, elle leva les yeux vers lui. Il venait vers elle comme il l'avait toujours fait : avec certitude. C'est à ce moment-là qu'elle avait eu une vision limpide de ce qu'elle allait faire. Pour ça, elle avait besoin de quelqu'un qui sache écrire.

2

C'est les deux pieds dans la merde que j'ai reçu l'appel qui allait changer ma vie. L'odeur nauséabonde qui flottait autour de la maison depuis quelques jours était devenue carrément insupportable et, après avoir tenté de l'ignorer dans le vain espoir qu'elle disparaisse, j'avais dû me rendre à l'évidence : la fosse septique était en train de déborder. Shit.

J'aurais dû voir dans ce coup de fil odorant un présage de la merde à venir, mais je suis scénariste, ce qui implique forcément une certaine dose d'aveuglement volontaire. Disons les choses comme elles sont : un scénariste heureux est une autruche dont la moulée quotidienne est essentiellement composée de Celexa et d'une dose variable de lithium.

Et puis, avec l'année que je venais de me taper, l'enfant perdu et Rebecca qui m'avait quitté pour son Espagnol, franchement, j'étais persuadé que je ne pouvais pas descendre plus bas.

J'avais tort, évidemment.

Mais j'étais tellement mûr pour une bonne nouvelle que je n'ai entendu que la voix rauque et impérieuse de Maggy Sullivan, pareille au chant d'une sirène qui aurait traversé des effluves de merde chauffée au soleil pour se rendre à mes oreilles avides.

— Bonjour, c'est Maggy Sullivan. J'ai un projet de film dont j'aimerais vous parler.

Maggy Sullivan... À l'époque, comme tout le monde, je croyais tout savoir d'elle. Et comme tout le monde, je ne savais que ce qu'elle avait bien voulu que tout le monde sache.

Elle avait la réputation d'être une productrice extraordinaire à qui personne ne refusait quoi que ce soit. Au cœur de sa légende, il y avait aussi le fait qu'elle était l'épouse de Frank Sullivan junior, fils du grand Frank, dont le nom avait orné les pages judiciaires pendant des décennies... Racket, trafic d'armes, de stupéfiants, d'influence, blanchiment, prostitution, gambling... Tels des princes florentins du crime, les Sullivan avaient mis au monde le concept même de la « pègre renaissance » à Montréal. Ils avaient été les empereurs de l'Ouest, dominant Pointe-Saint-Charles et Saint-Henri jusqu'à ce qu'ils se fassent dominer par la mafia calabraise, qui avait elle-même rendu l'âme devant les Siciliens de New York. Des Sullivan, il ne restait aujourd'hui que l'aura sulfureuse d'un mythe appartenant déjà à une autre époque. N'empêche... Aux yeux du monde, la belle Irlandaise n'avait pas droit à l'erreur. Ça tombait bien, moi non plus.

Il fallait reconnaître à Maggy un certain mérite. Se monter une notoriété en dehors de l'héritage des Sullivan, construit sur le sang, la violence et le crime, avait dû lui demander des efforts considérables. Les mauvaises langues racontaient qu'elle devait son intégrité à la surveillance accrue du fisc à son endroit et qu'elle n'avait pas le choix… D'autres, comme l'innocent que j'étais à l'époque, célébraient sa détermination. Il faut dire qu'elle était facile à admirer, Maggy. Belle et racée, les médias l'adoraient et elle était souvent invitée à commenter « l'état du cinéma ». Les rares qui connaissaient l'autre milieu – celui qu'elle fréquentait en dehors du cinéma – souriaient en coin et se taisaient… Ils savaient pertinemment ce que je sais aujourd'hui : la pègre, c'est comme la malaria. Une fois que le moustique infecté a percé la peau, il contamine tout le système jusqu'à la moelle et pour toujours.

Confronté à l'explosion des parasites, l'organisme a deux choix, soit il crève à la première crise, soit il s'adapte et accepte la cohabitation avec ce mal dont il ne se débarrassera jamais. Reste alors à voir s'il contaminera à son tour un innocent…

Maggy Sullivan avait d'excellentes raisons de retenir mon attention. De un, elle avait pensé à moi. Après des mois où tous ceux que j'aimais m'avaient abandonné aux ruines de mes défaites, elle me voulait, *moi*. De deux, j'étais dans une situation financière absolument catastrophique, j'aurais accepté n'importe quoi. De trois, malgré son style dictatorial, la flamboyante productrice pouvait au moins prétendre à l'envergure.

Je sortais d'une histoire d'horreur sur une série nulle où j'avais servi de nègre à une blondasse siliconée qui se voulait une réincarnation de Paris Hilton et qui avait eu l'idée du siècle : négocier son contrat dans un jacuzzi, avec un jeune producteur aux narines aussi frostées que ses mèches blondes de beau gosse dégénéré. Preuve que la coke mène à tout, à condition d'y rester.

J'étais mal placé pour juger ceux qui se roulaient dans les clichés, ayant moi-même sombré dedans jusqu'à prouver de façon irréfutable que le ridicule ne tue malheureusement pas son homme. Il fallait admettre la vérité : si j'étais dans la merde aujourd'hui, c'était en grande partie parce que j'étais incapable de dire non. Quand j'avais rencontré Rebecca, j'étais contre le mariage, les enfants, les animaux et la campagne. Tu parles. J'avais dit oui à tout, même au cochon. Résultat : je me retrouvais abandonné par ma femme, père d'une enfant défunte et propriétaire d'une maison de campagne en ruine que je détestais.

Mon seul compagnon était un cochon obèse et caractériel que j'avais baptisé Tony, en l'honneur de Tony Soprano, le héros de mon scénariste fétiche, l'austère David Chase.

J'allais avoir quarante ans. Si je devais m'en sortir, c'était maintenant.

— C'est quoi, le film ?

— L'histoire de Maria Goretti.

Silence. Vertige. Un flot d'images aux couleurs poudrées éclata devant mes yeux consternés. Maria éplorée, se vidant de son sang, le visage grimaçant de son assassin, penché sur sa jeune vie agonisante.

Je n'ai pas pu me retenir.

— Celle qui a dit non ?!?

— Celle qui a dit non.

Que voulez-vous qu'un homme fasse, les deux pieds dans une fosse septique qui déborde et le cœur exilé dans une cour à scrap ?

J'ai dit oui.

3

À ce moment précis de ma vie, je n'avais pas le choix de trouver que c'était une bonne idée. Ce n'était apparemment pas l'avis de Tony, qui a manifesté son désaccord d'un grognement condescendant dont la traduction littérale était de l'ordre de : « Sombre crétin, t'es vraiment le dernier des imbéciles. » Il était clair que mon copain porcin considérait que, d'un point de vue artistique, la proposition de Maggy Sullivan n'avait aucun sens. Mon compte de banque n'étant pas du tout de cet avis, j'ai donc volontairement ignoré les réticences du seul vrai ami qui me restait... C'est vrai, quoi ! Je n'allais quand même pas laisser un cochon, même propre de sa personne, diriger ma vie ?!

— Tony, tu te trompes, c'est une proposition respectable. Elle a le mérite de payer ton gruau matinal. Et quand la bise sera venue, on pourra compter sur un toit qui ne coule pas comme une mémé incontinente.

Je le jure, il a soupiré. Comme quelqu'un qui vous aime bien et qui vous laisse quand même faire une connerie. Le meilleur ami de l'homme est un porc. Au moment d'aborder cette histoire, Tony était en pleine crise existentielle. Il me fourrait son groin entre les jambes de façon insistante quand il voulait de l'attention, grognait à la moindre fringale, chassait les intrus avec la fureur d'un mari cocu. La vérité c'est que depuis le départ de Rebecca Tony ne supportait pas la moindre contrariété.

Nous formions lui et moi un couple étrange et fusionnel, unis par une douleur aussi grande que notre incapacité à examiner les causes mêmes de ce qui l'avait provoquée. Nous étions Jack Lemmon et Walter Matthau, lui au poker et au désordre, moi au ménage et aux récriminations. Entre nos querelles de couple, nous vivions dans une relative harmonie, ponctuée de moments fugaces où le désespoir oubliait de s'occuper de nous. Le soir, à la brunante, j'orientais la voix de Monique Leyrac vers l'ouest et, sur l'horizon des champs de blé d'Inde, pendant que son contralto nous renversait l'âme, nous regardions le soleil se coucher sur notre spleen amer. Tony affichait une prédilection marquée pour le lyrisme débridé de la chanson *Pour cet amour qui vient au monde*. Au moment du « toiiii ah aaaaah » qui s'éternise à la fin du deuxième couplet, Tony se tournait vers le sud, la truffe frémissante et les oreilles au vent. J'aurais pu jurer qu'il pleurait d'émotion. Moi, pudique et méfiant du vague à l'âme qui suivait immanquablement une overdose de sentimentalité, je préférais la gaieté jazzée de *La Rôdeuse*. Mais bon, chacun sait que les goûts ne se discutent pas. Et comme le dirait Larry Flynt : « *Who am I to defy God?* »

Tony était arrivé dans ma vie à la fin d'un mois d'août qui avait été torride et glorieux, l'été d'avant la mort d'Alice, celui de notre arrivée dans ce qui était encore pour nous le pays des merveilles… Ce matin-là, à l'aube, Rebecca et moi avions été réveillés par des cris déchirants qui ressemblaient à ceux d'un enfant qu'on égorge. Le cœur battant, nous nous étions précipités dehors. La brume épaisse et lourde, si courante en ces fins de nuit du mois d'août, nous avait d'abord empêché de voir. Nous nous étions empressés vers l'origine des cris, foulant les herbes hautes jusqu'à une vision qui me hantera jusqu'à la fin de ma vie : devant nos yeux horrifiés, un porcelet ensanglanté faisait face à un chien jaune à la gueule ouverte, prêt à achever sa proie dès que celle-ci s'arrêterait de crier. Aux minuscules pattes arc-boutées du porcelet et à ses cris où la peur était dominée par des trémolos de fureur, il était clair que le petit cochon n'allait pas se laisser manger sans livrer la bataille de sa vie. C'était David contre Goliath revisité par Stephen King dans la brume d'un matin campagnard.

Rebecca avait foncé sur le chien, hors d'elle. Elle hurlait. Pendant un moment, j'ai cru que la bête lui sauterait à la gorge. Même le cochonnet s'était arrêté de crier, stupéfait et vaguement vexé. Quelqu'un criait plus fort que lui ! Et puis, contre toute attente, le chien avait reculé et s'était sauvé.

C'est ainsi que Tony était tombé amoureux de ma blonde et que moi, j'avais compris que j'étais un lâche. De mignon porcelet, Tony était devenu un énorme mastodonte, engraissé par les bons soins de ma femme. Elle l'avait sauvé, nourri, cajolé jusqu'à en faire un cochon-roi. Dans la sérénité du soir, on pouvait entendre Tony roucouler d'extase quand Rebecca lui grattait le derrière de l'oreille. Il fallait les voir arpenter la terre à la tombée du jour, Rebecca cheveux au vent et bottes de rubber aux pieds, Tony trottinant sur ses talons comme un chihuahua de salon. La belle et la bête au soleil couchant.

Je crois qu'il se serait fait tuer pour elle.

Tous les jours, Tony me reprochait le départ de Rebecca. Comme si je n'avais pas déjà eu assez de mon chagrin, il fallait que j'affronte le sien, teigneux. Au procès de notre amour, il n'y avait qu'un seul coupable. Moi. Et je ne pouvais pas blâmer Tony de m'en vouloir.

Ma femme, même en fuite avec son crétin d'Hidalgo, était l'une des très rares preuves de l'existence d'une force supérieure. Un cul somptueux, une intelligence au mercure, un tempérament du feu de Dieu et une mauvaise foi royale. Ce qui ne m'avait pas empêché de la décevoir à chaque occasion, jusqu'à l'ultime abandon. Je n'avais pas su être là pour elle quand notre petite fille était morte. Je n'avais pas su porter la femme vulnérable qui se cachait derrière la force de la nature qu'elle avait été, jusqu'à ce que le destin lui fracasse les genoux et la force à la supplication… Devant le respirateur qui gardait notre fille en vie, je découvrais ma femme démunie, laide, incapable de prendre une décision… Elle s'était tournée vers moi comme on se tourne vers Dieu. Prête à croire en moi jusqu'à la fin des temps si je voulais bien devenir porteur de miracle. Incapable de quoi que ce soit de divin, je m'étais effondré lamentablement. J'avais prononcé la sentence de ma propre fille : « Oui, d'accord, on arrête tout. » J'avais signé le consentement au bas de la page. Ils avaient arrêté le respirateur. L'amour de Rebecca pour moi s'était arrêté en même temps que le souffle de notre enfant.

J'avais, au nom de toutes les justifications médicales et éthiques, signé la mise à mort d'une minuscule enfant, celle qui était née de l'amour que sa mère et moi avions éprouvé l'un pour l'autre. La science qui savait condamner sans appel mon petit moineau de fille n'offrait aucune réponse à la plus violente des questions : *pourquoi ?*

J'aurais pu dire non. M'entêter. Me battre. J'aurais pu refuser qu'on lui retire l'assistance qui lui permettait de respirer, refuser d'avoir à la tenir dans mes bras jusqu'à ce que son corps, privé de cette machine, cède, fragile fleur de pommier emportée par le vent. Encore eût-il fallu que je trouve la force de tenir le coup encore des mois, jusqu'à ce qu'elle meure sans mon aide.

Notre fille avait vécu six jours. Depuis, l'image de son petit visage de lutin s'imposait à moi comme une vengeance, vipère familière au fond de mon ventre, et j'expirais son nom comme un boxeur qui se couche : « Alice… »

Je la porterais au creux de mon ventre jusqu'à ma mort. Il y a des moments où l'homme ne supporte pas de trop grands cadeaux.

4

Tony sur les talons, j'ai allumé l'ordinateur et j'ai googlé « Maria Goretti ». Le nombre de hits était affolant. En termes de célébrité, je découvrais qu'il était extrêmement rentable de dire non.

J'ai lu son histoire en prenant bien soin de rester debout. Je ne voulais pas m'attacher. Règle numéro un du scénariste gladiateur qui a saigné plus souvent qu'à son tour : ne jamais s'attacher à son sujet avant d'avoir signé son contrat. Je voulais juste survoler le truc, histoire d'avoir l'air intelligent lors de la rencontre avec Maggy.

Dans un premier temps, j'ai fait comme tout le monde, je n'ai vu que les apparences : l'histoire d'une enfant stupidement dévote, victime d'une Italie pouilleuse, violente et inculte, à des années-lumière de la somptuosité italienne vantée par les agences de voyages.

Maria Goretti était née dans une famille pauvre et catholique. Dans l'espoir d'échapper à l'indigence, le père Goretti avait installé sa famille dans les marais insalubres de la province de l'Albano, où ils avaient partagé une maison de ferme avec un veuf et son fils adolescent, les Serenelli. Le fils s'était mis à fantasmer sur la pieuse enfant, qui avait farouchement défendu sa vertu avant de mourir sous le couteau de cuisine de son assassin. Bref, l'histoire classique d'une famille poussée au malheur par la pauvreté.

C'était sordide comme le bridge d'une toune de Kurt Cobain, prévisible comme un soap d'après-midi revisité par Verdi. *La forza dell destino.* Le père qui meurt de malaria, la mère qui reste seule avec trop d'enfants. L'enfant qu'on ne croit pas, seule pour se défendre contre le grand adolescent dégénéré qui la harcèle… La chronique d'une mort annoncée dans l'indifférence générale. La petite avait agonisé pendant trois jours avant de pardonner à son meurtrier et de se retrouver dûment canonisée sous le noble vocable de « sainte patronne des victimes d'actes criminels ».

Un peu lourd à porter pour une gamine de douze ans…

Qu'est-ce que je pouvais bien proposer à Maggy Sullivan avec un sujet pareil ? Et surtout, qu'est-ce qu'elle pouvait bien vouloir faire avec un sujet pareil ? J'étais déjà angoissé par l'idée qu'elle me demande d'écrire un *movie of the week* sur les vertus du pardon.

Et puis, il y avait la douloureuse question de la réalisation… J'avais été outrageusement gâté par Francis, mon pote, mon frère, le réalisateur le plus doué d'Amérique française, toutes générations confondues. Sur un plateau, Francis était fluide, lucide, intrépide, sensible. Il comprenait mes mots, je comprenais ses images, nous étions l'un pour l'autre ce que le Cherry Coke est au Schwartz, Vladimir à Estragon et Keith à Mick. Nous avions fait notre premier film dans une inconscience absolue, avec un budget de misère, mais la tête pleine d'ambition et d'idées. J'étais sur le plateau tous les jours, nous étions égaux, frères. Ce film fait dans la grâce nous avait menés jusqu'aux marches de Cannes. Fous comme de la marde dans nos jeans troués, nous étions revenus avec un prix de la Quinzaine, l'espoir au cul et le vent dans les voiles. Nous étions invincibles.

Ce con-là s'était fait défoncer par un dix-huit roues sur sa Harley. Mort sur le coup, alors qu'on s'apprêtait à faire notre deuxième film ensemble. Le premier mort de cette histoire, c'est lui… Je n'étais pas allé à l'enterrement, incapable d'affronter les parasites du milieu qui se réclamaient tous de lui alors que pas un n'avait voulu l'aider à faire son premier film. Je savais ses cendres en sécurité chez sa sœur Denise, confortablement installées entre un panache d'orignal et un trophée de hockey junior. Depuis, aucun réalisateur n'avait trouvé grâce à mes yeux. Ils avaient tous le même défaut : ils n'étaient pas Francis.

J'avais roulé un temps sur l'aura de notre défunte collaboration, mais la peine et le deuil jamais terminés avaient eu raison de moi. Sans Francis et l'armure de son amitié, je me découvrais des craintes de petite vieille qui n'ose plus sortir parce qu'il est tombé trois flocons de neige. Diminué, hésitant. Pas mauvais, non, juste moyen. Comme si, privé de mon frère d'armes, j'étais devenu un ectoplasme tout juste bon à se mouler au désir des autres…

Forcément, en devenant moyen, les offres s'étaient faites plus nombreuses. C'est le lot de tous ceux qui n'osent plus. Ils n'entrent pas dans la légende, mais ils peuvent compter sur un revenu stable. J'étais rapidement devenu un plombier de l'écriture. Je retapais des structures défaillantes, je colmatais un manque d'envergure, je construisais des personnages spécialement conçus pour rameuter les commanditaires, bref, j'acceptais toutes les commandes et je faisais joyeusement de la merde. Avis aux apprentis scénaristes : il vaut toujours mieux produire de la merde que de se retrouver dedans jusqu'aux couilles.

J'avais donc été le wonder boy des plombiers jusqu'à ce que je rencontre Rebecca. Cette fille avait été mon salut et ma damnation. Notre amour m'avait redonné le goût de la qualité, ce qui est toujours périlleux quand on n'a pas de pouvoir. On s'expose. On se rend vulnérable. Enivré par son parfum, je ne supportais plus l'odeur de la médiocrité dans laquelle je baignais. J'aurais dû savoir que je n'étais pas elle... Et que je n'aurais jamais son talent.

Contrairement à moi, ma femme avait été gavée d'amour depuis sa naissance, et ça lui donnait une confiance du feu de Dieu. Documentariste, elle avait tourné son œil de lynx et sa caméra sur les talibans, les rebelles tchétchènes, les putes de Buenos Aires et les requins de la finance new-yorkaise de la même façon qu'elle avait tout de suite fait sa place dans notre petite communauté campagnarde de Sainte-Marie-de-Laurenceville. Avec simplicité. En tendant une main franche. En écoutant comme personne ne savait écouter. Ce qui me crucifiait de sa liaison avec son Espagnol, ce n'était pas de l'imaginer nue dans une étreinte catalane, non, c'était de l'imaginer en train d'*écouter* un homme qui n'était pas moi.

Le seul qui m'écoutait depuis son départ, c'était un porc mélomane. Et encore, il m'écoutait comme un junkie écoute son vendeur de dope, parce qu'il n'avait pas le choix. Je n'étais plus qu'une ombre vivant parmi les fantômes.

Ce qui était probablement ce qu'il fallait pour livrer une commande sur Maria Goretti...

Avec un peu de « chance », si rare dans ce métier, le scénario serait tourné par un Rambo du kodak, boosté à la testostérone d'une énergie qui passait pour du talent. Il filmerait la scène du meurtre comme une scène de baise et les jeunes critiques branchés se pâmeraient sur sa caméra épileptique et ses éclairages léchés. Ou alors ma Maria Goretti serait mise en scène par un vieil alcoolique pontifiant qui me tournerait ça avec la subtilité d'un Mack truck, convaincu que le fait de fumer ses deux paquets de Camel par jour lui permettait de se prendre pour Cassavetes. Je voyais déjà le plan en plongée sur le regard douloureux et les larmes glycérinées d'une petite « actrice » qu'un casting médiatisé aurait déniché dans un salon doré et qui tenterait désespérément de me faire croire qu'elle savait ce qu'était la misère.

Avant même d'avoir écrit une ligne, je me retenais déjà à deux mains d'enlever mon nom du générique.

Tony m'a lancé le regard entendu du porc désabusé et il a grogné. J'aurais juré entendre : « Quand ça va chier, ne t'avise pas de me reprocher de ne pas t'avoir prévenu. »

— T'es trop pur, Tony, et je n'ai plus les moyens d'être pur. À moins que tu ne veuilles finir tes jours en bacon ?

— Mrrrfffff, a-t-il grogné, peu impressionné par mes menaces.

N'empêche. J'ai failli rappeler Maggy et lui dire que je n'étais pas la bonne personne pour lui écrire une histoire édifiante. Et puis, je me suis rappelé de ma fosse septique débordante d'amour et j'ai fait comme tout le monde.

J'ai pensé au cash.

5

Maggy m'avait donné rendez-vous à son bureau. J'ai pris une douche, repassé ma chemise porte-bonheur, et j'ai enfilé mes chaussures espagnoles, dernier cadeau que Rebecca m'avait ramené de Barcelone avant de m'annoncer qu'elle me quittait pour le personnage principal de son film.

Évidemment, mon destrier manquait de classe, mais il y avait peu de risques que la productrice se rende jusqu'à Jolly Jumper, un archaïque pick-up Ford dont le pelage blanc était constellé de taches de rouille. De la reddition qu'avait représenté pour moi le fait de quitter la ville pour vivre à la campagne, ma seule excitation avait été l'achat de ce pick-up déglingué, qui m'avait aussitôt fait penser à la nonchalance lucide du Jolly Jumper de Lucky Luke.

Je fis mes adieux à Tony :

— Tu gardes le fort, je vais chasser notre moulée quotidienne.

Il m'a tourné le dos, comme chaque fois que je l'abandonnais, jouant la carte usée du chantage émotif. Le dernier regard avant de s'éloigner, toute la douleur du monde dans le pas soudainement résigné. N'importe quoi.

— *Aw. Come on*, Tony. Arrête de me faire le regard douloureux d'Ingrid Bergman dans *Casablanca* ! Je *reviens.*

Ce cochon avait certainement un compte à régler avec l'abandon. C'est l'inconvénient des enfants trouvés, on ne sait jamais où ils ont traîné avant, ni ce qu'ils ont vécu. J'étais bien placé pour parler, j'en étais un. D'ailleurs, ça marchait du tonnerre avec les filles. Le coup du gamin orphelin mis au monde par une mère indigne et rejeté par trois familles avant d'être définitivement largué en foyer d'accueil les faisait toutes craquer. Jusqu'à Rebecca, j'avais abusé du procédé sans vergogne et j'avais mis les plus belles dans mon lit.

Mon problème n'avait jamais été de trouver l'amour, mais de ne pas le saborder une fois que je le tenais bien au chaud entre mes mains. Ce que j'avais fait magistralement avec ma femme. Depuis, à part quelques moments grandioses avec trois danseuses du bar du village, j'avais évité les filles. Il faut dire que le fait d'être un has-been sans le sou et vivant des moments de torride intimité avec un cochon n'aidait pas… Disons les choses comme elles sont : de toutes les filles qui auraient pu m'intéresser depuis ma séparation, aucune n'était assez cinglée pour vouloir de moi. Même en leur faisant le coup de l'orphelin aux yeux douloureux.

Je suis sorti et j'ai pris le rang Sud jusqu'au village. Au volant de Jolly Jumper, j'étais capitaine de mon navire, *king of the world*. Dans le cocon du pick-up, je donnais libre cours à mes bas instincts musicaux et je me vautrais dans la nuit rauque de Johnny Cash, Tom Waits, Nick Cave et Jean « The Wolf » Leloup. Je gardais les chanteuses pour Tony, en dehors de la niche virile de mon truck.

La maison que j'avais achetée à l'époque de mon mariage était nichée dans les coulisses du village. Même dans le choix de mon *home sweet home*, j'étais en retrait de la vie officielle, observateur à la vigilance ô combien faillible de l'autre vie, celle de ceux qui s'épanouissent à la lumière. Moi, figé par le trac et la peur d'être abattu comme un canard fluorescent pendant la saison de la chasse, je n'y arrivais pas. Et pourtant, je crevais de solitude, dans l'obscurité de ma vie d'homme lâche. Il m'arrivait de rêver d'un monde où je pourrais engager un acteur qui irait jouer mon rôle dans le film de ma vie publique. Bien à l'abri, je lui écrirais ses lignes, mais ce serait lui qui aurait à se battre pour les faire entendre.

Pour me rendre en ville, il me fallait passer par le cœur de Sainte-Marie-de-Laurenceville P.Q. Un village bucolique et décadent tout droit sorti du pire de l'Amérique consanguine. Quatre chemins qui se croisaient en étoile, quatre églises et un bar de danseuses qui faisait office de dépanneur le jour. Le volet culturel était dûment honoré le samedi soir quand des ados à l'acné virulente faisaient vingt fois le tour de la place au volant de leur Duster jacké, en se faisant un devoir de fracasser les vitres de la minuscule église presbytérienne à grandes volées de bouteilles de Labatt Bleue.

Tant de sophistication rugueuse était toutefois compensée par la beauté luxuriante de ce comté agricole. Les soirs d'été, les champs se vautraient dans une lumière vaselinée digne des plus belles pages de *Playboy*. Il y a des moments où je me demandais si la nature ne faisait pas exprès d'en rajouter dans l'opulence vaporeuse, comme pour excuser la grossièreté de ses habitants.

Le dépanneur constituait le Checkpoint Charlie du village. On pouvait y acheter une caisse de 24, une carabine .22 sous la table et, si on y tenait vraiment, un litre de lait déjà bousillé par les grumeaux. On pouvait également y apprendre les derniers potins du coin. Comme le fait que le bétail du gros Krugman servait de moyen de transport à un trafic de coke transfrontalier, sous prétexte d'aller consulter un vétérinaire américain.

Ou comment le seul installateur de systèmes de sécurité de la région alertait lui-même les voleurs, qui venaient défoncer les maisons de campagne achetées par ces imbéciles de citadins en quête d'air pur.

Qu'on se le dise, à Sainte-Marie-de-Laurenceville, la cause des Montréalais était entendue : c'était des fifs, des snobs péteurs de broue ou des pimps qui venaient conduire leurs danseuses et repartaient à l'aube, les poches pleines de l'argent du cul des autres.

Rebecca avait aimé la faune rurale qu'elle croisait *down town* Sainte-Marie. Contrairement à moi, elle n'était dégoûtée ni par la morve rutilante qui coulait du nez de la petite dernière de nos voisins ni par l'odeur tenace de Pogo rance, de bière chaude et de tabac froid qui flottait en permanence au dépanneur. Elle avait posé ses beaux yeux sur les gens de Sainte-Marie et elle y avait vu toute l'humanité du monde. Elle était comme ça, ma femme, indulgente à l'infini. Jusqu'à ce qu'elle ne le soit plus. Alors, elle devenait terrible.

À travers ses yeux, moi, le citadin misanthrope, j'avais presque réussi à aimer la campagne. Évidemment, maintenant qu'elle était partie, emportant l'amour avec elle, mon dégoût de la vie rurale avait fait un retour en force. Mais peut-être que c'était simplement un dégoût de la vie tout court. On ne peut pas se fier à l'état de son cœur pour juger.

Au volant du pick-up, je faisais sensation au village. À leurs yeux, j'avais au moins évité l'indignité d'une Passat surmontée d'une boîte à skis de fond ou, pire, d'une Prius. Encore aujourd'hui, je suis convaincu que la rouille et les mags de Jolly Jumper m'ont évité les plumes et le goudron.

C'est sur la route, juste au moment où je sortais du village, que j'ai eu ma première vision de Maria Goretti.

Mon lecteur de cassettes s'était mis à cracher du ruban juste au moment où Tom Waits achevait le premier couplet de *Ol' 55*. J'ai cogné à grands coups de poing sur le lecteur et, comme chaque fois que je le frappais, la radio s'est mise en marche. La voix d'un animateur gras du bide et fort en gueule s'est enflammée dans le pick-up : « Au moment où les enquêteurs de la Sûreté du Québec viennent d'émettre un communiqué pour annoncer qu'ils avaient retrouvé le corps de la jeune Mélanie, on est en droit de se demander si le système a fait preuve de négligence dans ce dossier. On se souvient que l'adolescente de treize ans avait disparu en début de soirée, dans le quartier de Pointe-Saint-Charles, il y a déjà plus d'une semaine. La jeune Mélanie vivait en famille d'accueil. Convaincue qu'elle était chez l'une de ses amies, la famille a mis du temps à signaler sa disparition. Lorsque la police a été prévenue, il était trop tard. Le corps, qui portait des traces de violence, a été retrouvé sur une berge du canal Lachine ce matin, à quelques mètres du pont des Seigneurs. L'heure exacte de la mort n'a pas encore été déterminée, mais le corps avait séjourné plusieurs heures dans l'eau avant de s'échouer sur la rive. Si on l'avait cherchée avant, la jeune fille aurait-elle pu échapper à une mort atroce ? Aujourd'hui en tribune, je pose la question : à qui incombe la responsabilité du meurtre de Mélanie Bordeleau ? »

— Oui, à qui ?

Sans m'en rendre compte, j'avais posé la question à voix haute en même temps que j'éteignais la radio, dominant mon instinct primaire de m'emparer de l'histoire. Surtout ne pas s'attacher à son sujet avant d'avoir signé le contrat.

C'est alors que je l'ai vue, juste au-dessus de la ligne de mon pare-brise. Elle sortait d'un chemin de traverse bordé de quenouilles aussi longues et frêles que sa silhouette d'adolescente. Elle a levé la main pour m'arrêter, m'a remercié d'un signe de tête et a fait traverser ses vaches. Ses cheveux fluides lui collaient aux joues, plaqués par la canicule. J'ai remarqué ses genoux, qui semblaient flotter au-dessus de ses immenses bottes de caoutchouc, ses cuisses fines qui montaient jusqu'à la lisière d'une de ces robes que toutes les filles portaient cet été-là, la version Gap du baby doll, un truc de coton informe et hideux. Elle s'est tournée pour presser une vache qui traînait et j'ai vu son grand nez dans son visage trop mince. Je pouvais presque sentir l'odeur de la terre mêlée de foin et de fumier qui lui collait à la jupe.

Je me suis dit que Maria Goretti avait dû ressembler à ça. Une gamine moche dans une robe délavée qui sentait le fumier. La vipère au fond de mon ventre s'est mise à darder, venimeuse, et j'ai eu envie de débarquer du pick-up pour mettre la petite à l'abri jusqu'à ce qu'elle meure de vieillesse dans son lit.

6

Sa première victime avait été la plus facile. Du haut de sa chaise de lifeguard, Steve avait largement eu le temps de faire son repérage avant de passer à l'action. Pendant des jours, il l'avait observée chaque fois qu'elle allait se baigner dans l'eau sale du lac artificiel. Il avait vu ses cuisses maigres et ses mamelons adolescents sous le tissu presque transparent de son vieux maillot. Il savait que, tous les soirs, sa mère la laissait toute seule avec le bébé pour aller se faire baiser par le propriétaire du camping. Il n'avait eu qu'à ouvrir la porte de la roulotte, plaquer sa main contre sa bouche et l'emporter jusqu'au bois derrière le lac. Sa bouche sentait le sucre et le melon d'eau. Elle s'était à peine débattue.

Steve les aimait blondes, très minces, à l'aube de la puberté, juste avant que leurs petits seins durs et pointus ne deviennent les mamelles répugnantes de leurs mères. Le corps des femmes le dégoûtait. Leurs yeux qui jugent et se méfient, leur chair flasque déjà contaminée par la perversité, comme une salissure.

Il n'aimait pas non plus les enfants trop jeunes dont il ne parvenait pas à troubler l'innocence.

Non, ce qu'il aimait, c'était ces presque jeunes filles, celles qui découvraient l'émoi sexuel et dont il pouvait saisir le trouble naissant au vol. Juste avant qu'elles ne tombent du côté des femmes, détruites à jamais par la cellulite, les vergetures et la graisse.

Il fallait évidemment qu'il puisse les voir en maillot de bain. Leur adolescence moulée par le lycra était encore plus excitante que leur nudité. Le tissu mouillé se plaquait sur leur corps en pleine métamorphose. Elles ressemblaient à des larves qui muent. Il pouvait voir leurs mamelons pointer lorsqu'elles frissonnaient, leurs fesses bombées se contracter quand elles entraient dans l'eau, il pouvait deviner au gonflement de leur sexe si elles avaient déjà commencé à se masturber…

Ça lui rappelait les amies de sa sœur, au lac Long, du temps où ils vivaient encore en Abitibi. À l'époque, il glissait des sangsues dans leur maillot. Elles hurlaient de terreur et le suppliaient de les enlever. De bourreau, Steve se transformait en sauveur, et il en profitait pour toucher le renflement entre leurs cuisses, leurs seins glissants. Ce mélange de peur et de supplication qui les soumettait à sa volonté le rendait fou. Il devenait leur protecteur tout-puissant. Il adorait ça.

Leur corps presque nu se tortillait sous ses mains comme les dorés agiles qu'il pêchait dans le lac. À dix ans, Steve était déjà fort et musclé. Il savait d'instinct comment dominer leur corps de petites filles, comment les plaquer contre lui. Une fois les sangsues arrachées, elles luttaient pour s'échapper, se tortillaient contre son ventre. Il les laissait toujours partir quand il se mettait à bander.

Mais ça, c'était avant.

Souvent, il repassait les images de ses premiers émois dans sa tête, comme un film de famille qui aurait su capturer l'essence de son désir. Jusqu'à la fille du camping, rien n'avait surpassé ça.

Elle l'avait d'abord déçu. Elle avait à peine résisté à ses caresses, inerte comme un oiseau qui fait le mort pour leurrer un chat. Ça l'avait agacé, cette molle résignation qui ne tremblait pas, ne frémissait pas. Il aimait leur donner du plaisir avant de penser au sien. Même quand elles commençaient par résister, il les faisait céder, basculer. Il aimait voir la honte les submerger lorsqu'elles se rendaient compte que leur corps les trahissait. Il fallait qu'il sente leur excitation, absolument. C'était la garantie de leur silence après.

Sauf celle-là... Elle n'avait ni supplié ni gémi. Rien. Il s'était demandé si elle n'avait pas déjà été victime d'abus sexuel et ça l'avait choqué qu'un autre soit passé avant lui et ait sali la marchandise. Alors il l'avait portée jusqu'au lac et il l'avait lavée. De force. Elle avait enfin supplié, mais il était trop tard, il venait de découvrir un plaisir inouï, celui de la voir chercher son souffle, son regard implorant planté dans le sien. Il n'avait jamais connu une telle intimité avec une fille. Il n'avait jamais éprouvé autant d'amour. Il l'avait donc maintenue sous l'eau jusqu'à ce qu'elle devienne molle entre ses mains, purifiée par l'eau.

Et après, il l'avait laissée flotter sur l'eau, ses longs cheveux blonds s'étalant en étoile, son regard bleu fixé sur la nuit, comme une Ophélie des quartiers pauvres qui aurait enfin trouvé son salut.

Il était rentré chez lui dans un état d'euphorie comme il n'en avait jamais connu. Il l'avait faite sienne, pour toujours.

Le surlendemain, la petite avait eu droit à trois lignes dans *La Voix de l'Est* : « Un bain de minuit tourne au drame au Camping du Lac. » La police avait conclu à une noyade accidentelle et Steve Trottier n'avait jamais été inquiété.

Après son premier meurtre, il s'était souvent masturbé en repassant au ralenti les images des grands yeux paniqués de sa petite noyée. Mais avec le temps, les images avaient commencé à lui échapper, et le plaisir s'était émoussé. L'amour ne dure pas. C'est pour ça que le cinéma a été inventé. Pour fixer l'amour. Steve avait donc été très heureux lorsqu'il avait reçu la lettre de l'école de cinéma. « Accepté. »

Avoir accès aux enfants était la chose la plus facile du monde, il n'avait qu'à suivre les vices des parents. Tant qu'il y aurait de ces mères dégénérées qui ne pensaient qu'à leur plaisir, tant qu'il y aurait de ces pères fuyants qui se détournaient de leurs enfants, Steve ne manquerait de rien. Le monde était rempli d'enfants crevassés par la négligence de leurs parents. Les filles surtout, obsédées par leur besoin de plaire, s'offraient comme des catins *made in China*. Il n'avait qu'à écarter ses doigts pour simuler le cadre imaginaire d'une caméra qui se tournait vers elles pour qu'elles se trémoussent, toute méfiance évanouie.

Il suffisait de ne pas attirer l'attention. Steve savait merveilleusement jouer de son physique rassurant de gros chien débonnaire. Il était ce beau grand jeune homme si sympathique qui avait une patience d'ange avec les enfants. Personne ne se méfiait de lui. Et quand il lui arrivait de croiser un regard un peu plus attentif à la nature de son dévouement, Steve sortait Annabelle, sa carte maîtresse, son joker imparable. Comment mettre en doute la probité d'un jeune homme amoureux d'une fille si parfaite ? Elle était son leurre, son masque, son passeport pour la vie normale.

Tout le monde aimait Annabelle. Avec sa silhouette gracile d'adolescente, elle était tout ce qu'un homme qui n'aime pas les femmes peut désirer. Belle, douce, inoffensive. Peut-être parce qu'elle avait été épargnée de tout depuis l'enfance, protégée, dorlotée, anesthésiée, ouatée, Annabelle était incapable d'*imaginer* le mal. Et ce manque d'imagination la rendait incapable de *voir* le mal.

Steve se dit qu'il devait aussi remercier tous ces parents surprotecteurs qui avaient éduqué leurs enfants à fermer les yeux sur les laideurs du monde. Ils en avaient fait des aveugles. De bienheureux aveugles, anesthésiés par les bons sentiments. Pour les duper, il n'y avait qu'à faire appel à leur propre aveuglement devant les « talents » de leur progéniture. Ils étaient tous prêts à gober le génie de leur merveilleuse merveille, certainement la prochaine Charlotte Laurier, la prochaine Hannah Montana. Les parents les plus attentifs se laissaient endormir par la lumineuse présence d'Annabelle à ses côtés. Ils étaient si beaux ensemble ; lui, grand et musclé, elle, ravissante et menue. Dans tous les milieux, droite et gauche unies dans le même sentimentalisme, on les citait en exemple : « Ah ! si tous les jeunes étaient comme vous deux. »

Si tous les jeunes étaient comme nous deux, se disait Steve, pas un seul enfant ne serait en sécurité et j'aurais beaucoup trop de concurrence.

Steve épouserait Annabelle, la femme de sa vie, sa petite aveugle au corps d'adolescente… Elle porterait ses enfants et ferait de lui un homme respectable dont tout le monde dirait : « Comme il est bon avec les enfants », sans jamais se méfier de ses grandes mains paternelles. Avec Annabelle à ses côtés, il serait heureux, normal, égal et pareil à tous les autres hommes. Ils auraient une maison, un foyer, une vie conjugale. Il monterait des châteaux en Lego, assis par terre, il donnerait leur bain aux enfants, il ferait faire les devoirs et dirait : « Non, tu as mangé assez de biscuits. »

De temps en temps, il s'éclipserait la nuit. Il trouverait une excuse pour Annabelle. N'importe laquelle. Il lui ferait croire au poker, peut-être à une maîtresse imaginaire dont il saurait se défaire en demandant pardon. Peut-être même qu'Annabelle lui ferait une scène à cause de cette maîtresse imaginaire. Il avait du mal à s'imaginer Annabelle en train de crier. Non, il inventerait quelque chose de banal : un tournage, une soirée avec les gars, un tournoi de baseball. Steve aimait le baseball, c'était un sport qui lui laissait le temps de penser à mille et une choses. Annabelle le croirait. Elle croyait tout ce qu'il lui disait. Elle l'aimait. Rien n'était plus facile à berner qu'une femme qui aime.

Il se demandait comment allait être la prochaine Lolita qu'il ferait frémir sous ses doigts. Déjà il sentait qu'il aurait autant de plaisir à choisir sa victime qu'à la faire sienne.

7

Les bureaux de production de Maggy étaient situés au dernier étage d'une ancienne usine de peinture, derrière le pont des Seigneurs. J'avais garé Jolly Jumper dans une rue adjacente où j'avais pu avaler cul sec l'ancien Griffintown, ce quartier d'immigrants irlandais, une plongée sur le white trash de Montréal. Ici, anglos et francos avaient été réunis dans une seule misère par le dogme impérieux du catholicisme.

Entre les taudis, les logements sociaux et les minuscules maisons de ville dont la porte donnait directement sur la rue, il y avait une jolie église de brique rouge. Son jardin était envahi par les herbes sauvages et les vélos défoncés, et une pancarte manifestement peinte par des enfants annonçait le « Centre communautaire du docteur Doisneau ». Un peu plus loin, une shop établie dans une cour intérieure semblait tout droit sortie d'un film de Scola. Un enchevêtrement de pièces de métal aussi désordonné qu'un accouplement de trois heures du matin. Au bord de la ruelle, un adolescent obèse se faisait donner une raclée par trois petits morveux crinqués au crack. Une femme sèche et crevassée par un abus de cabine de bronzage est intervenue dans la bagarre sans même lâcher sa cigarette. Elle a donné deux trois taloches aux gamins, puis le crochet impitoyable qui lui servait de main s'est incrusté dans la graisse de l'ado obèse, et elle s'est mise à crier plus fort que lui en le traitant de *fuckin' fat fuck.*

C'est tout naturellement que mon cerveau était alors passé à l'anglais : « *With mothers like these, who needs enemies?* »

Bref, j'étais à Pointe-Saint-Charles et j'étais en avance pour mon rendez-vous avec Maggy. Il y avait un café à la façade minimaliste qui n'attendait que ça, que j'y perde mon temps. Avec ses petits gâteaux étalés à la vue et son encadré de dentelle, la vitrine ressemblait à une toile de Edward Hopper revisitée par un inspecteur du bien-être social. Un carton annonçait du café « frais moulu » d'une calligraphie appliquée. Et sur l'étroit trottoir, une seule table, incongrue et bancale, escortée de deux chaises dépareillées, servait de terrasse. Le Café du trèfle à quatre feuilles était charmant comme un bouquet de marguerites dans un verre ébréché.

Je me suis installé à la terrasse du Trèfle à quatre feuilles et j'ai allumé un cigarillo. Une fille est sortie, en furie. Une blonde. Je suis scénariste, avec la prétention d'être exact, je vais donc dire « couleur miel sauvage de qualité médiocre ». Jolie, je ne sais pas, probablement pas... Disons qu'elle était *intéressante.* Quand un homme dit d'une femme qu'elle est *intéressante*, ce qu'il pense vraiment, c'est : « Pas mon genre, mais je me demande quand même comment ce serait de coucher avec elle. »

Une fille intéressante, donc, est sortie en furie du café et a agité un bras catégorique en direction de mon cigarillo.

— Non-fumeur.

— OK.

J'ai écrasé le cigarillo délicatement, histoire de le rallumer plus tard, et je lui ai souri. Elle a reculé, désarçonnée par la bombe de crème fouettée que je venais de lui faire exploser au visage. Désamorcer toute tentative d'abus de pouvoir par une overdose de bonne volonté. C'est une technique que j'utilise beaucoup avec les réalisateurs caractériels et les producteurs tellement complexés par leur propre inculture qu'ils se croient obligés d'attaquer chaque fois qu'ils ont une remarque à vous faire. Je dépose les armes comme si je n'avais jamais eu l'intention de m'en servir. Ils me prennent alors pour une carpette, ce sur quoi ils n'ont pas complètement tort, et ça me permet de manœuvrer à ma guise sans qu'ils se méfient. Ça marche à tous les coups. Et visiblement, ça fonctionnait plutôt bien avec les filles couleur de miel sauvage...

— Je commande ici ou à l'intérieur ?

— Vas-y, me dit-elle en se balançant sur ses longues jambes impatientes.

— Un café, ça se peut ?

— Filtre, espresso, cappuccino. Fais ça vite, j'ai une fournée qui attend.

Boy, cette fille était l'amabilité incarnée ! Pendant qu'elle attendait que je fasse mon choix, j'ai eu le temps de mieux la regarder. Des seins, c'est clair. Un peu lourds. Un mille de jambes nerveuses dans une jupe noire éclaboussée de farine. Une grande bouche qui débordait dans un visage trop mince, anguleux. Des yeux fatigués, usés à la corde, incroyablement doux et dont la mélancolie se perdait dans un delta de fines rides qui s'évasait jusqu'à un début de sourire forcé.

Elle avait cet air tendu des filles qui travaillent avec le public sans aimer ça. « Dur de lui donner un âge. » J'avais pensé à voix haute.

— Vingt-neuf.

— Pardon ?

— J'ai vingt-neuf ans pis j'attends après toi.

C'est comme ça que j'ai commandé un allongé sans sucre et que j'ai goûté au plus « fameux » gâteau aux bleuets de Pointe-Saint-Charles.

J'en étais à me demander si je ne lécherais pas le fond de l'assiette quand j'ai vu les deux gamines tourner le coin. À l'aube de l'adolescence, elles partageaient un popsicle dégoulinant, se traînant les pieds dans leurs gougounes sales. Il y avait quelque chose d'artificiel dans leurs échanges. Leurs voix trop hautes, leurs poses exagérées, la façon qu'elles avaient de s'imiter l'une et l'autre. La plus grande, une blonde au visage de madone, récitait une sorte de magma sirupeux où il était question de « tendresse infinie » et de « croire en ses rêves ». Puis, j'ai vu les feuilles de papier dans la main poisseuse de la plus petite, une rouquine au visage de fouine constellé de taches de rousseur qui riait sans retenue. Elles répétaient un texte… D'après les bribes que j'entendais, c'était un truc à saveur d'aspartame, de la même couleur fluo que leur popsicle. Elles auraient drôlement eu besoin de mes services de dialoguiste.

Malgré un physique singulier et une drôle de voix rauque, la gamine rousse exultait le même charme vif que la renarde qui bondissait dans le champ du voisin à la tombée du jour. La même fugacité, la même nervosité un peu narquoise qui semblait dire : « Attrape-moi donc, si t'es capable. » C'était d'ailleurs la réplique sur la « tendresse infinie » qui la faisait crouler de rire. Entre deux éclats, son visage se crispait, agité d'une tourmente à fleur de peau.

L'autre, beaucoup plus grande, était tout droit sortie d'un moule aryen. Très blonde, le regard bleu translucide, elle semblait s'excuser d'avoir grandi trop vite en courbant les épaules. Ses longs cheveux raides lui tombaient dans les yeux et cachaient un début de seins. Elle ne mettait absolument aucune conviction à dire : « Il faut toujours croire en ses rêves. » La mièvrerie de la réplique dans sa bouche molle donnait envie de pleurer. Malgré sa spectaculaire beauté, il y avait quelque chose d'éteint, d'embaumé, chez elle. Une sorte de pâleur de méduse qui se laisse flotter, offerte, à la merci du désir et de la convoitise d'un prédateur… Une victime.

Je voyais déjà des Maria Goretti partout. Merde.

Je me suis levé brusquement, agacé de me rendre compte que j'avais les deux pieds dans le ciment de mon sujet et qu'il commençait déjà à m'empêcher d'avancer. Fallait que je me pousse, et vite. Je serais peut-être en avance pour mon rendez-vous chez Maggy Sullivan, mais au moins je ne me laisserais pas piéger par les mains poisseuses de deux adolescentes engluées dans l'infinie tendresse.

À l'intérieur du café, on étouffait de chaleur et la fille aux longues jambes était au téléphone. J'ai laissé l'argent sur le comptoir et je suis parti sans attendre ma monnaie.

8

Les deux gamines, Steve les connaissait déjà. Elles fréquentaient toutes deux le Centre communautaire de Doisneau, mais jusqu'à ce matin-là Steve ne leur avait jamais vraiment prêté attention, trop occupé qu'il était par Mélanie. Contrairement à tous les courailleux qu'il connaissait, il n'était pas le genre d'homme à multiplier les conquêtes. Une seule à la fois.

L'homme qui les regardait, par contre, il ne l'avait jamais vu dans le quartier... C'était un grand brun framé comme un chat sauvage, en baskets de cuir. Sur son poignet gauche, un bracelet d'argent mettait en valeur sa peau d'Aztèque et des mains fines dont l'index ramassait nonchalamment les dernières miettes de gâteau.

L'Aztèque fixait l'enfant blonde comme s'il voulait l'absorber tout entière. Le corps immobile, aux aguets.

Steve sentit tous ses muscles se tendre. C'était la première fois qu'il voyait *ce regard-là* chez un homme. Il sentit monter en lui un sentiment nouveau, une envie pressante de protéger l'enfant blonde à l'innocence encore intacte. Il fallait qu'il la mette à l'abri de ce nouveau prédateur. Il ne laisserait pas un autre que lui abîmer ce qu'il n'avait pas encore touché.

Et puis, juste au moment où Steve s'avançait pour s'interposer, Antoine s'était détourné brusquement des deux gamines. Il avait laissé de l'argent sur le comptoir et il était parti.

L'étranger disparu, le cœur de Steve retrouva son calme, rassuré. L'Aztèque lui laissait toute la place, comme un animal soumis qui s'efface devant le territoire de chasse d'un autre.

Bon débarras.

Il allait pouvoir se concentrer sur les deux filles sans être dérangé. Tranquille, Steve alluma une Camel et s'installa sur la marche de ciment qui faisait face au café, comme n'importe quel badaud qui savoure sa dose de nicotine. De voir un autre homme s'attarder sur une fille qui pouvait lui revenir, ça l'avait énervé. Du coup, il s'était mis à voir la blonde d'un œil neuf...

À l'abri de ses Ray-Ban, Steve évalua l'adolescente. Les fesses rondes. Les longues jambes. Le renflement du pubis, moulé par le tissu usé d'un short qui avait été porté par d'autres avant elle. Elle se tenait mal, déjà voûtée malgré l'enfance qui traînait encore... Plus il la regardait, plus Steve s'étonnait de ne pas l'avoir remarquée avant.

Il faut dire qu'il y avait beaucoup d'enfants qui passaient chez Doisneau et que Steve n'aimait pas faire son repérage quand on pouvait l'observer. Pour lui, le bénévolat s'était révélé une mine d'or. La caverne d'Ali Baba. Il suffisait de prononcer le mot « cinéma » pour ouvrir toutes les portes et faire tomber toutes les résistances. Sa caméra était le sésame qui lui donnait un accès direct à ces enfants que personne ne regardait. La négligence parentale avait du bon. Tous ces enfants en manque d'attention voulaient être devant son objectif : « Moi, moi, moi ! » Il suffisait de savoir maîtriser ses pulsions en public.

Steve regardait l'adolescente blonde, son instinct de chasseur à l'affût… À sa posture déjà soumise, il savait que ce ne serait même pas difficile. C'était peut-être cette absence dans le regard, cette langueur inerte qui faisait qu'on pouvait si facilement ignorer qu'elle était belle comme un ange.

Il l'imaginait sortant de son apathie pour se débattre, pour chercher son souffle, animée d'une pulsion de vie qui lui faisait aujourd'hui si cruellement défaut. Le désespoir la rendrait extraordinairement belle, c'était une évidence.

Steve se demanda comment l'adolescente avait pu échapper à son attention jusqu'ici. Il avait fallu le regard d'un autre homme pour que cette fille transparente comme une méduse s'incarne enfin devant ses yeux. Le monde lui offrait des petites filles comme sa mère lui offrait la corbeille de pain quand il allait manger chez elle : « Prends du pain pour finir », disait-elle, l'œil bovin et la lèvre luisante de beurre. Il prenait le pain mou de sa mère et le déchiquetait avant de le noyer dans sa soupe, comme il déchiquetait la chair des filles avant de les noyer. Aucune n'échappait à son regard très longtemps… Sa dernière proie était venue d'elle-même, consentante et excitée. Steve n'avait eu qu'à lui dire qu'il n'était pas heureux avec Annabelle, qu'il était prêt à la quitter. Il avait vu le regard de l'adolescente changer, sa moue lip glossée se faire aguicheuse, déjà prête à croire que la place était libre. Carnivore et sans remords. Elles étaient toutes bêtes quand elles espéraient quelque chose.

Il lui avait donné rendez-vous sous le pont des Seigneurs. Elle était venue le rejoindre à la nuit tombée, maquillée, juchée sur ses talons hauts, persuadée d'avoir réussi à arracher le beau Steve à sa fiancée de bonne famille. Emportée par l'euphorie d'avoir triomphé sur sa rivale, Mélanie ne s'était pas méfiée. Pauvre conne. Comme s'il allait quitter Annabelle pour une petite salope comme elle… Il l'avait sentie se ramollir quand il avait glissé sa main dans son jeune sexe pour la masturber. Son souffle s'était fait saccadé, elle avait serré les jambes sur sa main, elle avait crié. Il l'avait alors soulevée de terre comme une plume et il était entré dans l'eau avec elle. Quand elle avait compris que les mains de Steve sur son cou seraient la dernière chose qu'elle sentirait avant de mourir, elle s'était révoltée. La petite salope s'était défendue comme un chat sauvage. Elle avait crié, donné des coups de genou, l'avait mordu au sang à la main. Il n'aurait jamais cru qu'il y avait autant de combativité chez une fille si jeune. Ça l'amusait presque… Et puis, il s'était souvenu de la facilité déconcertante avec laquelle Mélanie avait été prête à trahir Annabelle et la colère était revenue, vicieuse.

Entre chaque plongée sous l'eau, Steve l'avait laissée espérer… Il lui enfonçait la tête sous l'eau, la sortait, l'embrassait sur la bouche pendant qu'elle cherchait son air, la laissait reprendre son souffle comme si c'était un jeu dont ils finiraient par rire ensemble, puis l'enfonçait à nouveau sous l'eau. Pendant un long moment, il l'avait laissée râler contre son sexe dur. Elle avait bougé faiblement, prête à le sucer pour sauver sa vie. Ça l'avait dégoûté.

Steve l'avait enfoncée dans l'eau sale jusqu'à ce que les bulles d'oxygène cessent de venir crever la surface polluée. L'eau du canal sentait la vase, l'huile à moteur et les égouts.

Mélanie avait été lavée comme elle le méritait. Elle avait trahi, elle devait payer.

Il était rentré chez lui, pressé de se laver, en se disant qu'il lui faudrait aller chercher un chaton à l'animalerie. Ce qu'il avait fait dès le lendemain matin. Il avait pris le temps de choisir son chat comme il choisissait ses victimes, avec toute l'attention que cela méritait. Il avait fini par se décider pour une petite femelle blonde surexcitée à qui il avait donné le nom de « Chatte ». Il avait joué avec elle jusqu'à ce que ses mains soient couvertes d'égratignures et de morsures. Il pouvait maintenant justifier sa peau lacérée. Sa petite chatte était une démone. Il fallait bien se résigner à ce que les femelles ne sont pas toutes parfaites.

La fille blonde aux seins naissants, il l'aurait remarquée tôt ou tard.

À force de fréquenter le centre de Doisneau, il finissait toujours par tout savoir… Il savait par exemple que la rousse vivait dans le quartier depuis peu, seule avec sa mère. Il faudrait qu'il se renseigne sur la blonde aux yeux délavés… À regret, il remarqua ses grands pieds, incongrus et sales au bout de son joli corps gracile. Des pieds de crapaud. Il se raisonna. Il n'allait quand même pas se laisser arrêter par des pieds disgracieux alors que tout le reste était parfait ! Et puis, quand elle serait passée entre ses mains, ses pieds seraient de nouveau immaculés, comme le reste de son corps. Avec cette chaleur, il imaginait déjà la sensation de l'eau fraîche sur leurs peaux moites, lavant la sueur, le sperme et la saleté.

Il écrasa sa cigarette. Son choix était fait.

9

Si l'extérieur des bureaux de Mag Fiction ne payait pas de mine, l'intérieur était somptueux. Tapis, dorures, marbre, le décorateur qui était passé par là n'avait pas lésiné sur l'ostentatoire « de luxe ». J'avais été accueilli par une réceptionniste servile qui m'escorta jusqu'au sanctuaire qui célébrait la carrière de la présidente de la compagnie.

— Mme Sullivan a été retenue, elle devrait être ici d'un moment à l'autre.

J'ai résisté à l'envie de lui dire que je connaissais le truc. C'était un procédé usé. Pour bien affirmer son pouvoir dès le début de la relation, il suffisait de laisser macérer l'invité dans un bureau luxueux qui arborait les trophées de chasse de la compagnie. L'invité avait alors le temps d'absorber sa « chance » d'avoir été convoqué et, du coup, faisandé par l'attente solitaire, il devenait beaucoup plus facile à manipuler.

À cet égard le bureau de Maggy était exceptionnellement bien garni. Les murs étaient couverts de photos d'elle en compagnie de vedettes lors de remises de prix prestigieux, de tournois de golf et sur les plateaux de tournage des films qu'elle avait produits. Tout en haut des marches du Grand Palais, à Cannes, on la voyait sourire au bras de Ken Loach, sa robe s'évasant à ses pieds en vagues de soie. Il n'y a rien comme un cinéaste à l'intégrité artistique sans failles à son bras pour vous donner une crédibilité qu'on ne pouvait pas remettre en question.

Elle avait même pensé à la touche familiale, qui prouve que, malgré vos dons prodigieux pour la brutalité des affaires, vous avez un cœur en état de marche. Sur une photo au cadre argenté, elle posait avec un jeune homme maigre et sombre et une splendide adolescente aussi blonde et souriante que son frère était ténébreux. Dans un autre cadre, isolé, la photo en sépia d'un Frank Sullivan à l'œil conquérant, au volant d'une Mustang décapotable. Il se dégageait une telle vitalité de cette photo que je n'ai pu faire autrement que de penser à l'amant de Rebecca, à son arrogance désinvolte la seule fois où je l'avais rencontré, sûr de sa séduction avant même qu'il me prenne ma femme. Ce qu'il avait fait promptement avec l'élégance du danseur qui dirige sa partenaire d'une paume chaude au creux des reins.

J'ai su sans avoir besoin de le connaître que je détesterais Frank Sullivan avec toute la fureur d'un cocu qui ne se pardonne pas de ne pas avoir cassé la gueule de son rival avant qu'il ne soit trop tard.

Par les immenses fenêtres, on pouvait voir le canal Lachine, ses berges aménagées, les îlots d'appartements de luxe, le pont des Seigneurs, la tour du marché Atwater… Telle une Panaflex juchée sur la plus haute des grues, le bureau de Maggy Sullivan offrait une plongée impressionnante sur l'avenir de ce quartier, tournant délibérément le dos à sa misère. Une question s'imposa, lancinante : « Pourquoi Maria Goretti alors qu'il y a tant d'histoires plus intéressantes à raconter ? »

La danse de ses talons sur le plancher de bois franc m'a prévenu qu'elle arrivait. J'ai entendu sa séduction impérieuse avant même de la voir. Je me suis retourné et j'ai reçu Maggy comme on reçoit une gifle qu'on n'a pas vue venir : brutalement et en pleine face.

Je peux déjà vous dire une chose sur Maggy Sullivan : le jour où ils tourneront le film sur sa vie, ils ne trouveront personne pour jouer son rôle.

Ils convoqueront des castings pompeux où ils feront défiler une horde d'actrices affamées et tout empêtrées du même boulet : celui de vouloir plaire. Pas que j'étais en position de juger qui que ce soit. Cette manie de confondre la séduction et l'amour, je la connaissais par cœur. À cet instant-là, j'étais moi aussi une pute au cœur confus, affamé de reconnaissance. Mais la facilité déconcertante avec laquelle les actrices se portaient volontaires pour le jeu de l'humiliation perpétuelle me sidérait.

Forcément, « ils » ne voudraient pas de la seule actrice qui ne leur lécherait pas le cul pour obtenir le rôle, alors que cette arrogante fierté, aussi baveuse que désagréable, était l'essence même de la femme qui se tenait devant moi et qui me tendait une main ferme sans sourire, me jaugeant de haut en bas comme elle aurait examiné un cheval au pedigree douteux. Un peu plus, elle m'ouvrait la bouche pour examiner ma dentition.

J'ai pris sa main, nerveuse et sèche.

— Antoine Gravel ? Venez, j'ai réservé.

Et elle s'est détournée sans attendre ma réponse. Sans avoir pris la peine de se présenter, comme s'il allait de soi que je sache qui elle était, et sans m'avoir dit bonjour. Rien. Je l'ai suivie en silence, absorbant sa formidable énergie, son tailleur Armani, l'odeur capiteuse de son parfum. « *Mitsouko* ? »

— Guerlain en tout cas.

J'avais encore pensé à voix haute, un des dommages collatéraux qui vient avec le fait d'être sans cesse en train de dialoguer avec des personnages imaginaires. Maggy m'a jeté un coup d'œil amusé. Enfin, quand je dis « amusé », j'exagère. « Sarcastique » serait un terme plus approprié. Le genre qui vous décape la façade d'un battement de cils, vous laissant seul avec l'humiliation d'avoir été démasqué.

— *Shalimar*. Vous vous intéressez aux parfums ?

— Heu… oui. Je donne souvent des odeurs à mes personnages.

— Des odeurs ?

— Oui.

— Ça ne se sent pas à l'écran.

— Je sais, mais ça m'aide à comprendre leur caractère.

— Ah ?

Elle m'a décoché un regard curieux. J'avais son attention.

— Que pensez-vous d'un homme qui porte *Eau sauvage* ?

— *Eau sauvage* ? Je… ben… heu…

J'étais incapable de mettre mes pensées en ordre. Le grand vide. Incapable de me rappeler ce que le parfum de

Dior évoquait pour moi, à part « vendeur de chars usagés à la virilité agressive n'ayant pas résolu ses conflits avec sa mère ». Je n'ai pas osé le dire… Devant ma lâcheté, Maggy a haussé les épaules et elle a continué de marcher. Mince comme un fil, presque maigre. La quarantaine entretenue avec soin, déjà liftée. On sentait tout de même la flétrissure qui rôde, l'affaissement prochain. Ce qui n'empêchait pas la femme que je suivais d'être une femme spectaculairement belle…

… et monstrueuse.

Mais ça, je ne le savais pas encore.

10

« Tiens, il est beau. Dommage qu'il soit scénariste », avait tout de suite pensé Maggy en voyant Antoine, l'évaluant d'un œil sûr. Comme tous les scénaristes, il se croyait intelligent. Comme tous les scénaristes, il ne l'était pas tant que ça. Les vrais auteurs sortaient au grand jour, ils écrivaient des livres. Les scénaristes restaient bêtement prisonniers du désir d'un producteur et du talent d'un réalisateur, passagers clandestins d'un paquebot dont ils ne seraient jamais capitaines. Des losers, parfois magnifiques, mais des losers quand même.

Maggy les méprisait. Elle les trouvait bêtes dans leur entêtement à vouloir être reconnus comme des auteurs alors qu'ils n'étaient que des exécutants qu'on engage pour en extraire le jus et qu'on jette une fois qu'ils ont rendu le travail. Ils voulaient tous être aimés. Ils étaient tous en quête d'un compliment flatteur, d'une parcelle de lumière, d'un film qui respecterait enfin l'histoire la plupart du temps minable qu'ils avaient écrite. Mais ils n'osaient rien assumer jusqu'au bout, ni un livre ni un film.

Un jour, une scénariste lui avait dit qu'écrire des scénarios, c'était se condamner à ne jamais exister au grand jour. Que c'était la même chose qu'être la maîtresse d'un homme marié, une pauvre plume clandestine à qui l'on faisait des promesses qu'on ne tiendrait jamais, qu'on ne sortirait pas en public, à qui on chuchotait des mots d'amour dans le noir pour obtenir satisfaction, mais qu'on laisserait seule et crevant de honte d'avoir accepté des miettes une fois la chose faite. Jusqu'à ce qu'on ait à nouveau besoin de ses services, évidemment. Maggy l'avait trouvée brillante, cette fille. D'ailleurs, elle n'était plus scénariste.

Maggy avait eu les meilleurs sous la main. Elle les avait maltraités, ignorés, humiliés. Elle les avait surtout bien payés, ce qui lui donnait toutes les libertés. Tout s'achète, même la fierté. Elle avait encouragé ses réalisateurs à trahir allègrement ce qui avait été péniblement écrit chaque fois que ça l'arrangeait. Il fallait les voir se cramponner à leur texte comme au radeau de la méduse avant de lâcher prise, dévorés vivants par les mâchoires de la réalité. Ils étaient tous revenus quand elle avait eu besoin d'eux, en quête d'une nouvelle dose de masochisme en intraveineuse, toujours trop pauvres pour refuser.

Celui qui marchait à ses côtés était comme les autres. Malgré ses airs de prince désinvolte, Antoine lui écrirait une Maria Goretti exactement comme elle voulait. Ensuite, elle engagerait un réalisateur qui ferait lui aussi ce qu'elle voulait. Et dès le dernier plan tourné, elle le mettrait dehors pour pouvoir reprendre possession du film en salle de montage. Quand elle voulait un artiste, elle s'en payait un. Mais pour ce film-là, elle ne voulait qu'une chose, des exécutants.

Antoine Gravel n'était pas son premier choix. Mais il avait dit oui tout de suite. Ça tombait bien, elle n'avait pas de temps à perdre.

11

Elle commença à parler d'argent aussitôt l'apéro commandé, deux martinis « secs, gin, olives, sans glace ». Elle parlait d'argent comme une femme qui se débarrasse du devoir conjugal pour pouvoir passer tout de suite à l'intimité post-coïtale... Maggy Sullivan n'était coquette ni de son pouvoir ni de son argent. Elle m'offrait beaucoup, plus qu'on ne m'avait jamais offert, et elle me l'annonçait franchement, presque brutalement, sans préliminaires.

— Est-ce que ça te va ?

— Heu...

Elle était passée au « tu » exactement comme si nous venions de coucher ensemble et qu'elle allumait sa première cigarette. Je n'ai pas répondu tout de suite, stupéfait et complètement pris de court par l'incongruité de la situation. Ça ne m'était jamais arrivé de ne pas avoir à me vendre. Ça ne m'était jamais arrivé d'être *déshabillé* si vite.

Soit elle me prenait pour un con et il y avait une couille que je ne voyais pas encore, soit cette femme était le miracle que j'attendais... Je n'avais pas les moyens de me méfier. J'ai opté pour le miracle.

En acceptant, j'étais tiré d'affaire pour au moins deux ans, ce qui était déjà faramineux pour un pigiste. Mais pour un pigiste abandonné par sa femme et désespérément en manque de tout, c'était inespéré. Évidemment, pour ce prix-là, je m'attendais à toutes les indignités. Déjà, j'étais considéré comme une pute, une poupée gonflable qu'on peut remplacer par un nouveau modèle plus inspirant en cas de crevaison. Écrire pour le cinéma, c'est se damner pour une écriture qui n'existe pas, une écriture zombie qui ne sort que la nuit pour déchirer l'humain et le régurgiter au petit matin. Une écriture sur laquelle tout le monde essuie la merde qu'il a sous les pieds afin de pouvoir faire le film.

— Évidemment, je me garde le droit de te remplacer si je ne suis pas satisfaite du travail.

— …

— Et je ne négocie jamais avec les agents.

— Ça tombe bien. Moi non plus.

Elle a eu le bon goût de rire. Ce qui m'a permis de reprendre mes esprits et d'inspirer profondément, histoire de chasser la tentation vertigineuse de me lever et de sacrer mon camp. Dret là.

J'ai pensé à ce qu'il adviendrait de moi si je refusais. J'ai pensé à Tony, à nos moments heureux sur la galerie à regarder la renarde au fond du champ, avec la névrose grandiose qu'était la voix de Monique Leyrac pour seule compagnie féminine. J'ai pensé au toit qui coulerait forcément cet hiver, à la fosse septique qui débordait déjà. À mon incapacité fondamentale de faire autre chose qu'écrire. Je ne savais même pas réparer la clôture sans me foutre des clous partout.

— Mais tu sais, j'ai lu tous tes scénarios.

— Pour quoi faire ?

La question était sortie toute seule. C'était encore une fois si étonnant d'entendre un producteur avouer à un auteur qu'il l'avait lu que je n'ai rien trouvé à répondre. Une carpe, bouche ouverte et cerveau trépané, voilà ce que j'étais.

— C'est un projet qui me tient énormément à cœur. Et je n'ai pas beaucoup de temps pour le monter. J'ai besoin d'un auteur qui travaille vite, et j'ai surtout besoin d'un auteur qui comprend du premier coup ce que j'attends de lui.

— Et qu'est-ce que vous attendez de moi ?

— Que tu comprennes vite.

Elle avait dit ça d'une voix très douce, comme le souffle d'un animal qui se couche pour crever en paix. Instinctivement, j'ai cherché ses yeux. Ils étaient limpides, impérieux. Sans l'ombre d'une sentimentalité. Maggy Sullivan ne voulait pas de ma souffrance, ce qu'elle voulait savoir, c'était si j'en avais traversé les frontières suffisamment souvent pour en parler la langue et naviguer à vue dans ses mœurs et coutumes. Là-dessus, on pouvait dire qu'elle avait eu du pif. Pour ce qui était de l'éprouver autant que de l'infliger, la souffrance resterait à jamais ma langue maternelle. J'ai hoché la tête.

— Je ne sais pas si je comprends vite, mais je comprends pas mal de choses.

Elle a sucé son olive. Ses grands doigts manucurés n'avaient pas dû toucher à une assiette sale depuis des lustres. Ça puait la riche bourgeoisie et ses foyers de marbre à plein nez. Son annulaire gauche affichait un état matrimonial étincelant. Du carat à la Liz Taylor. De l'or blanc, platine. Peut-être que si j'avais pu offrir pareille splendeur à Rebecca, elle serait encore à mon bras, dans ma vie, dans mon lit, et ma main, nonchalamment posée sur la peau tiède de son cul. À moi. Peut-être pas non plus. Mais baguée comme un faucon de luxe, elle aurait au moins réfléchi avant de me quitter.

Il fallait que je me concentre sur Maggy Sullivan. Sur Maria Goretti. Sur mon avenir et mon présent.

— Pourquoi Maria Goretti ?

— Parce que c'est une histoire où il n'y a pas d'innocents.

— Même pas elle ?

— Même pas elle.

— Elle avait douze ans…

— Elle a été arrogante.

— Arrogante ?

— Elle a pensé que sa foi la protégerait. Elle a cru qu'elle était plus intelligente que lui.

— Peut-être qu'elle l'était…

— Si elle l'avait été, elle serait morte de vieillesse dans son lit.

— C'est pas forcément un manque d'intelligence de mourir jeune.

Elle a eu un drôle de rire. Je n'avais pas voulu être drôle pourtant.

— Dans son cas, ça l'est. Elle aurait dû savoir.

— Savoir quoi ?

Ma voix avait monté d'un cran, j'avais perdu le contrôle.

— Qu'elle ne le ferait pas changer d'idée, qu'il ne verrait pas la lumière, qu'il ne cesserait pas de la harceler. Elle a cru que quelqu'un l'aimait assez pour venir la sauver. Sa mère, Dieu…

— Personne n'est venu.

— Évidemment, personne n'est venu.

J'ai continué à défendre l'enfant martyre. Malgré moi.

— Elle ne pouvait pas le savoir.

Maggy Sullivan a vidé son martini, puis elle s'est penchée vers moi, ses magnifiques yeux verts à peine voilés par le gin.

— Elle aurait dû. Tu sais que, pendant qu'elle agonisait, le prêtre lui a refusé l'extrême-onction jusqu'à ce qu'elle pardonne à son assassin ?

— Je sais.

— Je veux qu'on sache que Maria Goretti a eu plusieurs assassins. Et que, parmi eux, il y avait sa propre mère, le village, l'Église et le pape.

J'ai mis un moment avant d'oser la seule question dont la réponse pouvait à la fois m'aider et me pourrir la vie.

— Vous savez comment vous voulez que je la traite, l'histoire ?

— T'es pas scénariste ?

— On peut y aller premier degré, en Italie, avec les faits connus…

Un haussement de sourcil me fit instantanément comprendre que je faisais fausse route.

— Je pourrais transposer l'histoire ailleurs… Changer les noms. Trouver des équivalences.

— Trouver des équivalences au pape ? Je t'écoute.

Pour la première fois, je percevais une pointe d'humour chez Mme Sullivan. On était loin de la franche rigolade, soit, mais tout de même. Une sorte d'incision fine comme une coupure de papier avait fissuré la dureté de sa façade. Elle se foutait de ma gueule. Très bien.

— Pourquoi vous ne me dites pas ce que vous voulez ? On perdrait moins de temps.

Le serveur est arrivé, armé de son calepin.

— Est-ce que vous avez fait votre choix ?

Maggy a levé la main pour lui signifier qu'elle voulait qu'il attende une seconde.

— Je veux que tu transposes l'histoire de Maria Goretti dans Pointe-Saint-Charles, que ça se passe aujourd'hui et que tout le monde soit coupable.

Puis, elle s'est tournée vers le serveur, poussant les deux verres vides dans sa direction.

— La même chose, avec la salade de homard, deux fois, et vous apporterez une grande bouteille de San Pellegrino.

Maggy s'est tournée vers moi, narquoise.

— À moins que monsieur ici ne veuille autre chose ?

Il ne fallait pas se le cacher. Elle me mettait au défi de la contredire, et c'était maintenant ou jamais. Je n'avais aucune idée de ce dont il était question, par contre. Du homard ou de sa commande concernant l'orientation du scénario ? J'avais des réserves concernant le homard, cette bestiole qui vidangeait le fond des océans avant de finir ses jours noyé dans le beurre à l'ail. J'avais aussi mille et une questions sur la pertinence de transposer l'histoire de Maria Goretti dans Pointe-Saint-Charles. Je n'ai émis ni les unes ni les autres.

— Non, non, ça ira.

Lâche. Lâche. Lâche. Je ne m'étais pas interposé entre le chien et Tony, entre la mort et ma fille, entre ma femme et son Espagnol, entre le homard, Maggy et ma gueule. Tant pis pour moi.

Le serveur a ramassé les menus et s'est empressé de quitter notre table avec un certain soulagement, m'a-t-il semblé. Pour la première fois depuis le début de notre rencontre, Maggy a baissé la garde. Avec raison d'ailleurs. La chatte qui allait bouffer le canari, c'était elle.

Et le canari, cet imbécile, allait être dévoré tout rond. Mais en attendant, il allait manger une salade de homard qu'il n'avait pas commandée et boire docilement son deuxième martini en réfléchissant au funeste destin d'une pauvre enfant italienne qui avait eu le malheur de croire en Dieu et en sa mère. J'ai vidé mon martini et j'ai ensuite trouvé le courage de lui dire en pleine face ce que j'avais dans la tête depuis les premières secondes de notre rencontre.

— Vendeur de chars usagés à la virilité agressive n'ayant pas réglé sa relation avec sa mère.

— Pardon ?

— *Eau sauvage*, Christian Dior. Celui qui porte *Eau sauvage* est un vendeur de chars usagés à la virilité agressive n'ayant pas réglé sa relation avec sa mère.

Elle a ri, la tête renversée. Qu'est-ce qu'elle avait dû être belle, plus jeune… Je me suis empressé de penser à autre chose. J'étais préoccupé par une foule de questions.

— Tout le monde savait, pour Alessandro. Tout le monde a laissé faire. C'était quand même une autre époque, dans un autre contexte. Je ne sais pas si ce serait possible aujourd'hui…

Un éclair dans ses yeux m'a fait taire. J'ai continué en bafouillant.

— … Avec la police et les services sociaux, je veux dire, est-ce que vraiment ce serait possible que l'entourage d'une enfant d'aujourd'hui ne réagisse pas ?

J'ai arrêté de parler. Elle me fixait en silence. Le serveur est arrivé avec notre deuxième tournée. Elle serait la bienvenue, celle-là. Il a déposé nos verres et il s'est empressé de déguerpir à nouveau, le chanceux. Maggy a fait tourner son olive dans son verre en prenant bien son temps.

— Non seulement c'est possible, mais ça arrive tous les jours. Il y a des circonstances où l'on ne peut compter sur personne. On est seul et il n'y aura pas d'aide, pas des hommes, et encore moins de Dieu.

— C'est vrai, ai-je dit en baissant la tête, honteux. C'est vrai.

— Je pensais que ton histoire personnelle t'avait au moins appris ça.

— Vous connaissez mon histoire personnelle ?

— J'ai lu tous tes scénarios, tu te souviens ? Et je sais lire.

J'étais soufflé. Elle m'avait vraiment lu. Et elle avait su lire entre les lignes, ce qui n'arrive généralement que lorsque le lecteur est amoureux de l'auteur.

Maggy a levé son verre vers moi. J'ai tendu le mien, ne sachant pas à quoi nous buvions.

Elle m'a souri, parfaitement détendue cette fois.

— À Maria Goretti.

— À Maria Goretti.

Nous avons bu à la santé d'une fille qui avait été transpercée de quatorze coups de fourche à fumier. *Of course.*

12

En quittant Maggy Sullivan, j'avais les jambes flottantes, l'œil embrumé par le martini et la cervelle confortablement liquéfiée. Assez, du moins, pour occulter l'aspect organisé du crime que je m'apprêtais à écrire. J'avais aussi un contrat signé dans la poche gauche de mon jean. Tony et moi n'allions manquer de rien pendant l'hiver.

Pour le moment, il fallait surtout que je me souvienne où j'avais garé Jolly Jumper. J'ai emprunté une ruelle qui me semblait familière et je suis tombé sur le jardin intérieur de l'église, celle qui abritait le Centre communautaire du docteur Doisneau.

À l'ombre d'une stèle de pierre grise surmontée d'une immense croix, des enfants tenant des fusils de plastique fluorescent étaient figés comme des statues de sel, fixant le rideau de pluie qui giclait d'un arrosoir. Parmi eux, il y avait les deux gamines que j'avais vues en allant au café. La petite rousse flambait au soleil. Je me suis arrêté, curieux de leur attitude concentrée, l'esprit encore enivré par mon contrat tout neuf et trop de gin. Et puis j'ai entendu une voix féminine :

— Action !

Les enfants se mirent à courir à grands cris à travers le jet d'eau, tirant sur des ennemis imaginaires avec leurs fusils.

Accroupi dans l'herbe haute, un jeune homme filmait, caméra au poing. Il se rapprocha le plus possible du jet d'eau, puis, aux premières gouttes, il se mit à rire d'une voix grave.

— Coupez! Coupez!

Les enfants s'écroulèrent dans l'herbe, morts de rire. Une jeune femme au visage pur posa sa main sur l'épaule musclée du jeune homme et l'interrogea.

— Tu les avais tous dans le cadre?

— Oui! Mais je peux pas te garantir que j'étais au foyer à la fin!

La femme se rendit compte de ma présence et me sourit. Le costaud qui tenait la caméra se releva. À côté de sa délicate compagne, il avait l'air d'un géant. Tout naturellement, il s'avança devant elle, comme s'il voulait la protéger de mon intrusion. Ils formaient un beau couple.

Je voudrais pouvoir dire que j'ai eu un pressentiment. Mais non. Je n'ai rien vu, rien pressenti. Une vraie tête de veau.

La jeune femme était de ces beautés naturelles qui font le bonheur des hommes sans imagination. Aucun maquillage. Des vêtements de coton léger, probablement éthiques, bio et équitables. Elle était vêtue de blanc des pieds à la tête, et ses cheveux pâles étaient ramassés en un chignon désordonné. Son compagnon était grand et fort, on devinait les muscles ciselés de ses pectoraux sous le chandail mouillé par la chaleur. Il avait de beaux yeux verts encadrés de boucles noires qui adoucissaient sa carrure d'athlète. Entre ses mains énormes, la caméra qu'il tenait avait l'air d'un jouet.

Tout le monde se rendit compte de ma présence. Le jeune couple se dirigea vers moi, entouré des jeunes acteurs du film.

— Vous cherchez le docteur Doisneau ?

— Heu, non, je cherche mon camion. J'étais sûr de l'avoir laissé près de l'église.

Ils me répondirent en chœur.

— C'est la ruelle en arrière ! Ça ne débouche pas par le jardin.

Manifestement, je n'étais pas le premier à me perdre dans les dédales de l'église. Les enfants entreprirent tout naturellement de me raccompagner. Ça piaillait solide et je fus instantanément bombardé d'informations sur la scène à laquelle je venais d'assister.

Le jeune cinéaste s'appelait Steve Trottier et sa blonde, qui était aussi la réalisatrice du film, Annabelle Pariseau. Ils étaient étudiants, elle en psycho, lui en cinéma, et ils tournaient un film collectif avec les enfants du quartier.

Ils étaient tous les deux impliqués auprès du docteur Doisneau, le médecin qui avait mis sur pied un centre communautaire pour les enfants défavorisés du quartier. Le film était le travail de maîtrise d'Annabelle, qui voulait vérifier le pouvoir de l'expression artistique sur les enfants en difficulté. Elle avait décidé de réaliser un petit film que les enfants eux-mêmes écrivaient et de les filmer pendant qu'ils apprenaient les rudiments du cinéma. Tout dans l'attitude de la jeune femme transpirait les bonnes intentions. Aucune conscience de la condescendance candide qui sortait de sa bouche quand elle parlait d'« ouvrir des portes » aux enfants, comme si Steve et elle étaient les seuls détenteurs de la clé du possible. Elle a tout de suite monopolisé l'essentiel de mon agacement. J'en avais connu d'autres du même modèle pendant mes années en foyer d'accueil. Des touristes de la misère qui se shootent aux sensations fortes puisées à même une souffrance dont ils ne vivront jamais les conséquences. Ils venaient faire leur tour de manège, puis, une fois leur projet réalisé, on ne les revoyait jamais. Quelquefois, les médias s'intéressaient à la bonne œuvre, et alors c'était pire. Ils braquaient leurs caméras sur les plaies ouvertes des petites bêtes affolées et, en bout de ligne, c'étaient toujours les sauveurs qui étaient mis en valeur : « Regardez comme leur dévouement est admirable, regardez comme ce qu'ils font est grand et beau. » Ceux qui n'avaient déjà rien se retrouvaient encore une fois exploités, grugés de l'intérieur pour le bénéfice de ceux qui avaient déjà tout.

Pour me défaire du malaise, je me suis tourné vers les enfants. Ça racontait quoi, leur film ?

Les enfants se mirent à parler en même temps. Les plus petits devaient avoir six ans et les plus vieux entraient dans l'adolescence. Ils avaient tous ce teint un peu gris des enfants élevés au Weston blanc et au Pepsi brun. Le sujet de leur film en disait plus long sur leur milieu de vie que sur leur culture cinématographique : trolls, loups-garous, zombies et kalachnikovs. Ils avaient écrit l'histoire eux-mêmes. J'ai laissé échapper une question nulle dont je connaissais pourtant la réponse d'avance.

— Vous avez trouvé ça comment, écrire ?

La réponse a fusé, unanime.

— Plate !

La petite rousse est intervenue, elle avait une voix flûtée qui montait dans les hautes comme une clarinette qui déraille.

— Moi, je voulais que ça finisse mal.

Ah, tiens, une voix différente... Les autres se mirent à rire et à se moquer d'elle. Ce n'était pas méchant, c'était bête. De cette mesquinerie instinctive qui s'empare des meutes devant toute manifestation de différence. Un des garçons lui décocha une claque, qu'elle lui rendit immédiatement, les joues rouges et le regard en feu. Son amie blonde la regardait, apeurée et inerte. Je savais que si j'intervenais, je ne ferais qu'empirer les choses. Je suis intervenu.

— Comment tu t'appelles ?

— Laurie.

— Je m'appelle Antoine. C'est quoi, pour toi, finir mal ?

— Tout le monde crève, dit-elle, éclatant de rire et visant directement celui qui l'avait frappée.

Annabelle s'interposa, vaguement gênée, comme si elle avait des comptes à me rendre.

— Laurie, Raphaël, qu'est-ce qu'on s'est dit sur les conflits ?

Raphaël, qui portait bien mal son nom d'ange, cracha par terre. Laurie se tenait toute droite, refusant obstinément de baisser la tête, défiant clairement son adversaire. Annabelle soupira.

— J'essaie de leur transmettre certaines valeurs.

— Ah oui, croire en ses rêves.

Je n'avais pas pu me retenir, mon ton s'était fait sarcastique. Elle ne sembla pas s'en offusquer.

— Oui. Il faut leur montrer qu'il existe autre chose…

Steve la coupa.

— En même temps, c'est fascinant cette façon qu'ils ont de récupérer leur vécu pour le jouer. Annabelle va faire un très beau film.

Je n'avais pas aimé comme il lui avait coupé la parole. Malgré le compliment qu'il faisait à sa copine, il y avait quelque chose de méprisant dans le choix de ses mots. Une supériorité dont il ne manquerait pas de l'écraser en cas de différend entre eux. Malgré ses airs de gros nounours un peu niais, il y avait du grizzli en lui. Ça au moins, je peux dire que je l'avais senti. Ce qui n'a pas empêché Miss Missionnaire de lui sourire béatement en posant sa main délicate sur son épaule de lutteur et de plonger ses grands yeux bleus dans les miens, clairs de toute incertitude.

— Steve m'aide beaucoup. Les petits l'adorent.

— T'exagères.

— Non, non, c'est toi qui leur as fait comprendre qu'il y avait d'autres façons de régler les conflits…

Elle regarda les enfants avec amour, et moi, j'avais envie de vomir. J'aurais juré qu'elle se parfumait à l'huile essentielle de lavande. Derrière elle, un garçon dont le nez en forme de groin n'avait rien à envier à celui de mon Tony était en train de tordre le bras d'un plus petit que lui. Le petit se laissait faire en silence, la grimace douloureuse. La jeune femme ne se rendait compte de rien.

Je me suis détourné pour qu'ils ne voient pas mon agacement. J'avais beau savoir me taire, mes yeux me trahissaient tout le temps et je n'avais pas envie de gâcher le plaisir manifeste des apprentis zombies. Et puis, il faut bien admettre que de voir le regard amoureux de la jeune femme sur son grand dadais de caméraman me donnait envie de les frapper tous les deux. Jaloux. Amer. Envieux. Décidément, j'avais tout pour plaire à ce moment-là. Et tout occupé que j'étais de moi-même et de mes états d'âme, l'essentiel m'avait échappé. Encore maintenant, je me dis souvent que si j'avais été plus alerte, j'aurais pu, peut-être, reconnaître les signes. Le corps d'adolescente à peine pubère d'Annabelle-la-mauve, la façon dont Steve évitait de regarder les filles qui s'approchaient de la puberté, sa voix rassurante, son air débonnaire de gros toutou inoffensif, tout aurait dû m'alerter. La vérité, c'est que mon envie mesquine pour le bonheur que je leur prêtais avait masqué tout le reste et que je n'avais absolument pas vu que j'avais devant moi un pédophile et un tueur...

C'est avec soulagement que je me suis dirigé vers Jolly Jumper. Le pare-brise avait reçu l'honneur d'une contravention. Un tout-petit aux genoux grêles m'a balancé un *one-two punch* :

— T'es ben niaiseux d'avoir parqué là. Les bœufs, c'est des hosties, par icitte.

Je me suis mis à rire pendant qu'Annabelle lui décochait un regard plein de reproches. Ça m'a énervé. Encore. Et en montant dans le pick-up, je n'ai pas pu m'empêcher :

— Les bœufs, c'est des hosties partout. Et votre copine Laurie a raison. Ce serait meilleur si ça finissait mal.

— Comment tu le sais ? m'a balancé le petit morveux.

— Parce que c'est ma job de raconter des histoires et que toutes les bonnes histoires finissent mal.

Steve a eu un geste d'impatience, faisant signe à Annabelle de ne pas intervenir.

Je n'ai pas insisté et je me suis mis en route. Dans le rétroviseur, j'ai vu les deux gamines, la petite rouquine et sa grande amie blonde à la face de lune, qui me regardaient partir, la bouche ouverte.

Les autres s'étaient déjà revirés de bord, suivant Steve et Annabelle en se tiraillant. Steve s'agenouilla pour faire monter un des petits sur ses larges épaules pendant que les autres se chamaillaient pour être à ses côtés. Le jeune homme se releva sans efforts et enlaça la taille d'Annabelle d'un geste tendre, un enfant sur le dos, un autre par la main ; les autres piaillant autour d'eux.

On aurait dit les enfants du *Joueur de flûte* des frères Grimm. Une autre histoire qui finissait mal.

13

À la maison, Tony m'attendait, pressé de sortir. Il ne m'a
même pas salué, me poussant en grognant. Cette bête
avait un sale caractère, pas la moindre reconnaissance
envers un maître qui se fendait le cul en quatre pour
lui trouver de la moulée vitaminée, mais Tony avait de
grandes qualités : d'abord, il était propre, voire un peu
maniaque. Si son coussin n'était pas fraîchement lavé
et dûment arrosé de Downy au délicat parfum de printemps, il me le faisait savoir en piétinant sa couverture
avec des cris d'enfant qu'on martyrise. Ensuite – et ça
me gêne un peu de l'avouer –, il avait des goûts musicaux
impeccables, un peu plus et je le présentais à Claude
Gingras. Quand, par pure distraction, il m'était arrivé
d'insérer un disque de Mötley Crüe dans le lecteur,
Tony m'avait fait savoir sans ambiguïté que c'était un
manquement grave à l'éthique musicale.

Je me suis installé à l'ordinateur, la tête pleine de Maria
Goretti, des kids de Pointe-Saint-Charles et surtout de
ma rencontre avec Maggy… L'idée de remplacer l'Italie
du XXe siècle par le Verdun du XXIe fonctionnait, c'était
une transposition organique qui respectait le moteur

dramatique d'un destin inéluctablement défini par l'absence de choix. Ce qui m'intriguait, c'était les motivations de Maggy de vouloir transposer l'histoire dans le jardin de la famille Sullivan. Pourquoi agiter le bâton dans sa propre fourmilière ? Je n'osais pas imaginer l'ambiance avec sa belle-famille quand le film sortirait. Bien sûr, elle me demanderait de changer les noms, mais tout de même. Qu'est-ce qui m'avait échappé de notre tête à tête ?

Sur Google, son nom sortait à la chiée. Des liens uniquement consacrés à sa carrière de productrice. Pas beaucoup d'intérêt, sauf pour ses études. Ou plutôt leur absence… Elles n'étaient mentionnées nulle part. D'où sortait-elle ? Elle qui avait produit des films plutôt politiques et sérieux, pourquoi tout à coup s'intéresser à une petite sainte dont le seul fait d'arme était d'avoir résisté à un viol sordide ?

Plus curieux qu'un flic, plus fouineux qu'un détective privé, plus gosseux qu'un journaliste, je ne voyais qu'une seule « race » : les scénaristes.

J'ai tapé « Sullivan ». De ce côté-là, c'était foisonnant. Internet avait beaucoup fait pour la démocratisation de l'information sur les affaires criminelles. En mettant en ligne les jugements et les décisions des tribunaux, le ministère de la Justice avait grandement facilité le travail de n'importe quel esprit un peu curieux. La discrétion autrefois légendaire des mafieux en avait pris pour son rhume avec le Web. Quand on pouvait lire le profil du fils d'un baron de la drogue sur Facebook et suivre les péripéties de ses vacances à Punta Cana, le moins qu'on puisse dire, c'est que l'ère de la célébrité devait drôlement simplifier le travail des enquêteurs.

L'ennui, c'était la quantité. Près de neuf mille entrées pour un seul nom de famille ! Fouiller dans les archives Sullivan sans savoir ce qu'on y cherchait précisément, c'était entrer dans la jungle avec une cagoule sur la tête.

— Et dire que j'ai signé pour ça…

J'avais pensé à voix haute. Tony a cru que je m'adressais à lui et il est revenu à toute vitesse, ses sabots battant le plancher, toc toc toc toc toc. Moi qui n'avais jamais voulu d'animaux, je m'étais attaché à Tony à cause d'un détail, le bruit de ses pattes sur le plancher de bois. Il a fourré son groin humide sur ma cuisse, le regard dictatorial.

— Qu'est-ce tu veux, malfrat ?

Il est allé se planter devant la chaîne stéréo. Un peu plus, il insérait le disque dans le lecteur. J'ai connu des humains moins intelligents que lui. Je me suis levé.

— T'as le choix, mon petit cochon de lait : Johnny Cash, Nina Simone ou Cecilia Bartoli.

Grognement éloquent. Tony n'aimait que les voix de femmes, sauf Johnny Cash. Et encore, seulement en duo avec June Carter. Il a poussé un énorme soupir, impatienté par ma lenteur. J'ai poussé un énorme soupir, impatienté par mon incapacité totale à imposer ma volonté à un cochon.

— Tu veux Monique, c'est ça ?

Il s'est mis à tourner en rond, trépignant d'excitation. On aurait dit un chien à qui on a promis sa balle.

— Tu sais comment on appelle ça, quelqu'un qui veut toujours la même chose ? Un monomaniaque. Tout ce que tu vois, c'est Monique ! Et moi, hein ? Moi, tu t'en fous de ce que je veux ?! J'ai des nouvelles pour toi, mon ami… Ici, l'autorité, c'est moi.

C'est comme ça que, après lui avoir signifié fermement qui était le boss, j'ai quand même fini par mettre Monique Leyrac. Portés par le vibrato de Monique, mon cochon et moi, on est allés s'installer devant la fin du jour pendant que l'imprimante crachait les trente-deux pages d'activités criminelles attribuées aux Sullivan.

14

À la fin de la journée, il n'en pouvait plus. Il avait chaud, il avait soif, il avait envie d'une Camel et, surtout, il voulait être seul. C'était ça, le plus dur : se surveiller en public. Ne pas trahir ses désirs. Il y arrivait la plupart du temps assez facilement. Il se concentrait sur autre chose, il se cachait derrière le viseur de la caméra ou il s'allumait une cigarette, et l'obsession finissait par passer.

Mais il suffisait que la canicule s'éternise, que la journée soit longue pour que la vision d'une adolescente aux pieds sales se transforme en idée fixe, une oasis où il pourrait se ressourcer. Il avait donc prétexté une migraine pour rentrer seul chez lui, refusant l'invitation d'Annabelle à profiter de la piscine creusée de ses parents.

Dans son petit appartement d'Outremont, les stores baissés n'avaient pas réussi à préserver la fraîcheur. La petite chatte lui fit une fête sitôt qu'il fut rentré, tournant autour de lui avec insistance jusqu'à ce qu'il la nourrisse et lui remplisse un bol d'eau fraîche. Il se sentait collant, poisseux. Il but une Heineken au goulot, sans s'arrêter. Il avait toujours aimé la bière. Depuis l'enfance. Un des rares plaisirs restés intacts avec les années.

Dans la ruelle, une bande d'enfants hassidiques piaillaient comme des moineaux excités sous la super-vision soucieuse d'une grande sœur. Ils étaient blancs et laiteux comme des leucémiques. Ce n'étaient pas des enfants, c'étaient des morts vivants. La grande sœur se tenait toute droite dans la chaleur, ses longs bas de laine montant jusque sous sa jupe. Son chemisier était trempé de sueur. Il eut pitié. Pauvre enfant. Quand il ne se laissait pas posséder par « ça », il aimait beaucoup les enfants. C'était d'ailleurs là où il était très fort. En ne se préoccupant pas seulement de celles qui lui faisaient envie, mais de tous les enfants, Steve déjouait tous les soupçons. Il attrapa la chatte et la lova contre son épaule. Elle se mit à ronronner instantanément sous ses doigts, le volume à fond. Un vrai petit minou électrique. Ce n'était pas une mauvaise idée d'avoir pris une chatte.

À la seconde où il fit couler l'eau, la petite chatte sauta de ses bras comme s'il l'avait électrocutée. Névrosée. Comme toutes les filles…

Il resta longtemps sous la douche, se laissant laver de la tension de la journée par le plaisir de sentir l'eau couler sur son corps. L'image de l'adolescente blonde aux pieds sales s'imposa. Il empoigna son sexe déjà dur, frémissant, et se mit à se masturber en se disant qu'il fallait qu'il s'arrête, qu'il se retienne jusqu'à ce qu'elle soit contre son corps. Prêt à exploser, il retira brutalement sa main de son sexe avec un cri de frustration.

Mais l'image de l'adolescente le narguait, insolente. Il revoyait ses ongles au vernis mauve écaillé, sa façon de remettre du gloss compulsivement, ses bijoux de Dollorama, ses gougounes de plastique hideuses. Il fallait qu'il lave son jeune corps blanc et moite jusqu'à ce qu'il redevienne frais, propre, pur. Il fallait qu'il puisse prendre les seins délicats, à peine enflés, dans sa bouche. Elle se débattrait un peu, pour la forme, mais au fond elle serait flattée d'avoir été remarquée par lui. C'était l'âge charnière, celui qui retient l'enfance une dernière fois avant de laisser les gamines rejoindre les rangs des petites salopes. Il mettrait ses doigts dans son sexe en pleine éclosion et, lentement, il lui donnerait son premier orgasme.

Et après, il la tuerait.

15

Je me suis réveillé brusquement.

Un mauvais rêve, désordonné, oppressant comme le corset de métal qui me serrait le cœur à longueur de jour... La vision de la jeune fille aux vaches de la veille, celle de la grande enfant blonde, aussi pâle que la brume dans laquelle elle disparaissait, avalée par la mort, emportant Alice avec elle, comme une vengeance. Ma toute petite à moi avec son cou frêle et les veines apparentes de son crâne de six jours. La vie ne lui avait même pas accordé une semaine.

J'entendais l'enfant renarde aux gestes trop vifs qui riait de sa voix grinçante : « *Come on*, les meilleures histoires finissent mal, Antoine. »

Va chier, petite, va chier.

Tony ronflait sur son coussin, insensible à mes tourments. Il dormait du sommeil du juste, son groin retroussé, souriant comme l'homme qui vient de baiser avec la fille de ses rêves. Le moins qu'on puisse dire, c'est que Tony ne risquait pas d'être emporté par la vague de l'empathie. *Me, myself and I.*

Je suis sorti sous le porche. Impossible de voir la moindre étoile tant le ciel était lourd d'humidité. À peine si les feuilles des arbres bougeaient. Même les grillons tournaient au ralenti, soûlés par la chaleur. La première vraie canicule de l'été. Qu'est-ce que ça devait être sur le béton de Pointe-Saint-Charles…

J'ai eu envie d'aller au village, voir s'il y avait encore des filles, histoire de me plonger dans une touffe de noir Jésus. De l'oubli pur. « C'est extra », chantait Léo Ferré. Extra, oui. Dommage que ça ne dure pas.

Mais bon, il était quatre heures du matin. Trop tard pour ramasser la dernière fille en solde. Trop tôt pour aller déjeuner.

Je me suis mis au travail et j'ai fouillé les entrailles de Maria Goretti.

16

Même au cœur de la nuit, il n'y avait pas de fraîcheur.

Steve ne voulait pas l'adolescente blonde tout de suite. Il avait tout l'été devant lui pour lui mettre la main dessus et il aimait bien prendre son temps. Pour ce soir-là, il en trouverait une autre. Une fille méthadone qui lui permettrait de tenir le coup en attendant. Pas aussi belle, pas aussi jeune, mais ça irait. Une danseuse qui aurait mal fini de toute façon. Toutes les filles qui se tenaient au Prestige finissaient mal. Un peu plus tôt, un peu plus tard…

Le Prestige était un club de danseuses fréquenté par tout ce qui était motard, petit vendeur de dope, homme de main et autres cols bleus du monde interlope. Une institution. Sa porte principale était gardée par un cerbère qui répondait au doux nom de Dany Coma, ainsi surnommé parce qu'il avait la réputation d'envoyer dans le coma tous ceux qui se retrouvaient au bout de ses poings monstrueux. Steve connaissait ce juteux détail par le fils de Dany, qui fréquentait le centre du docteur Doisneau. Dans tous les quartiers où régnait la misère, c'était pareil. Le moyen le plus sûr de tout savoir, c'était de fréquenter les enfants. Là où la loi interdisait aux enquêteurs de poser des questions, un simple bénévole possédant un minimum d'écoute pouvait obtenir tous les renseignements qu'il voulait sur tout ce qui se passait d'illicite dans le quartier. Grâce aux petits, Steve connaissait tout des fréquentations de leurs mères, de leurs habitudes, de leurs sources de revenus. Les pères étaient presque tous absents de la vie de leurs enfants, et les travailleurs sociaux, trop débordés pour se rendre compte de quoi que ce soit. Les besoins étaient si grands et les ressources si pauvres que personne n'y regardait de trop près.

Steve savait que le Prestige engageait fréquemment des danseuses mineures. Il enviait les mafieux. Ils étaient assez puissants pour qu'on leur foute la paix. Dans un monde idéal, lui aussi pourrait vivre ses désirs en paix. Peut-être même que, si la société acceptait tout l'amour qu'il avait à donner à ces adolescentes négligées, il ne serait pas obligé de les tuer ensuite. Le monde était mal fait.

Steve avait vite compris qu'il ne fallait pas attirer l'attention de ceux qui fréquentaient le Prestige. Il y avait certains ordres qu'il ne fallait pas troubler. D'ailleurs, il avait pris bien soin qu'on ne le voie jamais à l'intérieur du club. Il s'était donc fait discret, attendant dans le noir qu'une fille sorte par la porte des employés. Grâce au nouveau règlement municipal qui interdisait la cigarette dans les bars, celles qui fumaient se retrouvaient derrière le bâtiment, là où c'était mal éclairé et où Dany Coma ne pouvait pas les voir s'exposer aux ténèbres. Les non-fumeuses se contentaient de sniffer leur coke ou de gober leur « ex » à l'intérieur du bar, en toute sécurité.

La porte grinça. Une silhouette menue se profila sous la lumière rouge qui indiquait « sortie de secours ». Elle portait un peignoir de satin rouge qui couvrait mal ses longues jambes nues, juchée sur des sandales de cuir verni blanc. Elle alluma sa cigarette, la flamme du briquet trop près de ses cheveux. Elle n'était pas belle. Mais elle était mince. Et malgré son eye-liner de pute, elle avait encore un visage de bébé. Elle était jeune. Trop jeune pour danser au Prestige. Steve se sentit revigoré. Elle ne serait pas vierge, mais elle ferait illusion.

Steve aurait donné cher pour pouvoir fumer, là, maintenant. Il décida de lui laisser le temps de finir sa cigarette et se trouva magnanime. Grand seigneur même. Il s'approcha de la fille au peignoir rouge.

— Je peux t'emprunter ton feu ?

— Je peux te sucer si tu veux, trente piasses.

Elle se grattait les bras. Une héroïnomane. Merde. Il n'aimait pas trop les junkies. Elles étaient sales de partout, molles et corrodées de l'intérieur. Et puis, pour la faire jouir, celle-là, il lui faudrait au moins investir deux points. Pour foudroyer une libido, on n'avait pas inventé mieux que l'héro.

— T'as quel âge ?

— Dix-neuf.

Tu parles. Elle n'avait pas plus de seize ans.

— T'as déjà couché avec des gars ?

— J'ai déjà couché avec des chiens, man. Qu'est-ce tu veux, mes cartes ou mon cul ?

Ni l'un ni l'autre.

Il lui avait donné de l'argent, vingt piastres le point, pour qu'elle aille acheter ce qu'il lui fallait pour atteindre l'orgasme.

— Je te donne le reste quand tu reviens…

Elle avait pris l'argent, incrédule. Certaines ne revenaient pas, se poussant avec le cash. Celle-là était revenue…

Elle avait marché avec lui jusqu'à la berge. Il lui avait laissé le temps de se fixer, tranquille. Il pouvait bien lui accorder cette dernière faveur. Elle avait dit : « Merci, tu veux quoi, une pipe ou un complet ? » « Rien, parle-moi de comment tu étais à douze ans », avait-il dit doucement. Elle avait levé des paupières lourdes sur lui, petit lézard nocturne qui s'abandonne dans l'herbe crasseuse des berges du canal.

— Comment j'étais à douze ans ? Petite. J'étais petite, lui avait-elle répondu.

Et elle s'était mise à pleurer. Steve l'avait prise dans ses bras. Il avait senti son corps frêle. Ça l'avait excité, mais il ne voulait pas coucher avec une junkie, il avait peur des maladies, il avait peur de la transmission d'une souillure dont il ne pourrait jamais se laver. Tout ce qu'il voulait de celle-là, c'était qu'elle jouisse entre ses mains, peu importe que son orgasme vienne de lui ou d'une seringue. Il avait soulevé la petite pute sans effort. Il les aimait légères. Elle s'était abandonnée contre son torse musclé, une princesse de pacotille avec ses longues jambes fines et ses sandales en cuir verni.

Steve était entré dans l'eau avec elle. Il n'avait eu qu'à pousser pour qu'elle s'y enfonce. Il n'avait même pas forcé. Au moment où il la noyait, elle avait eu le temps de penser qu'elle n'avait pas fini de lui raconter sa vie. Que ses mots n'arriveraient jamais à percer le mur de l'eau. « Hey, man, pourquoi tu m'empêches de parler ? Je pensais que tu voulais que je te conte mes douze ans ? Ça t'intéresse pas de savoir que j'avais déjà le trou du cul défoncé ? Je volais. Je vendais. Je consommais. J'ai jamais eu mes règles. La nuit, je… »

Il était sorti de l'eau, laissant flotter derrière lui le corps abîmé d'une petite pute qui s'était à peine débattue.

17

J'avais travaillé jusqu'à ce qu'il fasse trop chaud.

J'essayais, comme je le fais toujours, de me raconter l'histoire du film que j'aurais à écrire. Avant de la transposer sur les rives du canal Lachine, il me fallait l'histoire originale, celle de la vraie Maria Goretti. Plus j'avançais dans mes recherches sur le sujet, plus je devais réviser le jugement facile que je m'étais fait sur la petite madone italienne. Si l'on franchissait le mur du premier degré et qu'on dépassait la surface bleu poudre présentée dans la version officielle du Vatican, l'histoire de Maria Goretti était l'histoire la plus révoltante et la plus épouvantablement cynique qu'il me serait donné d'écrire.

J'ai quand même osé un titre : *Vie et mort de Maria Goretti, princesse des martyrs*, et une première phrase qui résumait le début, le milieu et la fin du film : « Maria Goretti naît le 16 octobre 1890 à Corinaldo, en Italie, et meurt le 16 juillet 1902, à l'âge vénérable de douze ans. »

Le reste s'est enchaîné sur mon bloc jaune, à chaud. Il y avait du charnel dans cette absence de réflexion. Il y avait de ces histoires qui sont comme des chevaux qu'on monte à cru, en corps à corps avec la bête, libre d'entraves. Pour le moment, c'étaient des images pêle-mêle, des notes prises sous le coup de l'impulsion, pleines de la prescience qui vient avec la fatigue d'une nuit agitée. Je suivais la mince chronologie de sa vie, et puis, entre les lignes, je prenais des notes à la main, comme d'habitude. Il n'y avait qu'à la main que je pouvais sentir les pulsations de l'histoire. Soit je sentais quelque chose et j'arrivais à être bon, soit je ne sentais rien et c'était une bouillie laborieuse. À mon grand désespoir, c'était habituellement mes bouillies qui plaisaient.

Première remarque qui n'a rien à voir avec le film : Maria Goretti est née le même jour que moi. Je me demande si Maggy Sullivan est une adepte du nouvel âge qui a choisi son scénariste pour sa relation cosmique avec son sujet.

Poussée par la pauvreté, la famille Goretti quitte Corinaldo pour s'installer à LaFerrière, dans les marais insalubres de la province de l'Albano, où elle doit partager une maison de ferme avec une autre famille, les Serenelli. Victime des marais, Luigi Goretti, le père de Maria, meurt de malaria alors que sa fille n'a que dix ans. Avant de mourir, il prévient sa femme du danger qu'il redoute pour Maria : il a vu le fils Serenelli la regarder d'une drôle de façon et il a peur pour elle.

Qu'est-ce que le père avait vu exactement ? Le danger que court sa fille ou la lâcheté de sa femme ?

Le père supplie sa femme de ne pas rester dans la même ferme que les Serenelli. Mais Assunta est liée par une dette et n'a pas les moyens de partir.

Je ne peux pas m'empêcher de penser qu'Assunta avait déjà des visées sur Serenelli, beaucoup plus riche que son mari.

Seule avec six enfants, il y a de quoi penser à sa survie. Qui était-elle ? Une héroïne de film noir à la Lana Turner, ou simplement une femme désespérée d'améliorer son pauvre sort ? Probablement les deux…

En mourant, Luigi laisse sa femme seule avec six enfants. Maria est l'aînée et la seule fille.

Pauvre enfant.

Maria aide sa mère tant qu'elle le peut.

Pauvre enfant.

Elle s'occupe de ses frères, aide aux champs, à la maison. Elle prie beaucoup, dévouée à la Sainte Vierge qui, Maria en est persuadée, l'aide et la protège.

Responsable. Sérieuse. Vaillante. Trop jeune. Prise au piège. En deuil d'un père qu'elle aimait, qui la protégeait. Sa seule lumière, c'est sa foi en la Sainte Vierge. Une planche de salut pourrie.

Note au sujet du public. Est-ce qu'il est possible d'avoir envie de voir un film qui ne parle que de malheur ?

Pour arriver à joindre les deux bouts, la veuve Goretti doit « collaborer » avec le père Serenelli, veuf lui aussi. Jean Serenelli a un seul enfant, son fils Alessandro, qui a déjà dix-neuf ans.

Qui est le père Serenelli ? Quelle sorte d'homme est-il ? Un idiot ? Un lâche ? Un homme en proie à des besoins qui voit une occasion d'avoir une femme à ses côtés sans se fatiguer. Ça confirme la thèse qu'Assunta est désirable. Sans compter le côté « aide domestique ». Soyons cynique, une femme qui lave et qui cuisine, c'est inestimable pour un veuf.

Jean Serenelli voit-il les agissements de son fils ? Si oui, est-ce qu'il les trouve normaux ? Est-ce qu'il intervient ou attend-il que la mère de Maria s'en mêle ?

Maria a onze ans !
<u>Qui la défend ?!</u>

J'avais souligné cette question avec mon crayon de plomb, bien grassement, avec une colère que je ne me connaissais pas. Une colère au goût de bile qui me prenait par surprise, comme une porte qui claque au vent. J'avais été révolté par l'injustice du destin de ma fille, dévasté par sa mort, fataliste devant le départ de ma femme. La colère m'avait aussi abandonné, me jugeant sans doute indigne d'elle. Maria Goretti me valait son retour en force. Ce n'était pas désagréable.

Qui est Alessandro ?! Un pervers ? Un psychopathe ? Un déficient aux pulsions incontrôlables ? Un garçon laid et complexé, mal dans sa peau ? Toutes ces réponses ? Pourquoi désire-t-il spécifiquement Maria ? Parce qu'elle est là, offerte, innocente, vierge, à sa portée ? Ou parce que sa mère leur doit quelque chose et qu'Alessandro considère que ça lui donne des droits sur la petite ?

Parce qu'elle est belle. Parce qu'il ne peut pas l'avoir, la posséder. Parce qu'elle résiste en invoquant sa foi. Plus elle résiste, plus ça l'excite. Elle n'a pas le droit de dire non. Et puis, sa peur excite Alessandro. Il aime qu'elle ait peur de lui. Il aime le pouvoir que ça lui donne, lui qui n'en a nulle part ailleurs.

Partout sur la ferme, Alessandro poursuit Maria de ses avances déplacées. Elle n'a pas encore onze ans. Alessandro en a dix-neuf.

Sauve-toi, petite, sauve-toi !

Alessandro harcèlera Maria pendant un an, malgré les protestations de la petite, qui s'en plaint à sa mère et la supplie de ne pas la laisser seule avec le jeune homme.

Que fait Assunta Goretti ?! Où est LA MÈRE ?! Dans les bras du père Serenelli, désireuse d'oublier la détresse de sa fille ? Gagnant sa survie en ouvrant les jambes et en détournant les yeux ?

C'est un film saturé de noir et qui suinte le sang.

Un jour de juillet, alors que Maria est seule à la ferme, Alessandro attaque. La petite se défend, invoquant Dieu : « C'est un péché, Dieu ne veut pas ça. » Elle appelle Dieu à l'aide.

Depuis quand Il répond quand on l'appelle, celui-là ? Est-ce que c'est son père qu'elle appelle ? « Papa, Dieu », morts tous les deux, inutiles et impuissants à la sauver.

Alessandro, fou de rage, la poignarde avec une fourche une première fois. Elle résiste encore, il recommence. Quatorze fois...

Comment peut-on poignarder quatorze fois un corps d'enfant avec une fourche ?!

Saisi d'une nausée, je suis allé dehors, en quête d'un souffle de vent que je n'ai pas trouvé. Seuls les effluves de ma fosse sceptique flottaient dans l'air. Il fallait que je m'en occupe. Maintenant que j'allais toucher le chèque de ma première avance, j'allais pouvoir régler cette question d'envergure.

Poignardée quatorze fois...

J'ai grillé un cigarillo, je suis allé me prendre une Corona dans le frigo et je me suis remis à l'ouvrage, alignant les faits, un domino après l'autre.

Après son crime, Serenelli se sauve. Assunta découvre sa fille ensanglantée. On l'emmène à l'hôpital. La police arrête Alessandro.

Maria agonise pendant quatre jours.

Il n'y a que des chiffres dans cette maudite histoire. Douze ans. Quatorze coups. Quatre jours.

Elle agonise quatre jours sans boire alors qu'elle meurt de soif. Les médecins craignent que « cela n'empire son mal ».

Ah, les cons. Les cons ! Pourquoi est-ce si facile de poursuivre le mal commencé par les autres ?

La dernière nuit, elle supplie le prêtre de la faire communier avant de mourir. Le prêtre lui refuse la communion et insiste pour qu'elle pardonne à Alessandro.

L'enfant de chienne !

Si elle pardonne à son assassin, alors il lui donnera la communion.

La cruauté du prêtre est encore plus affolante que celle de l'assassin. Faire du chantage à une enfant agonisante, c'est le summum du cynisme et de l'horreur.

Inimaginable.

Est-ce que ça lui fait perdre la foi ?

Est-ce qu'elle s'y accroche malgré le comportement de cet enculé de curé ?

Maria résiste encore toute une nuit, comme la chèvre de monsieur Séguin qui se bat contre le loup dans la montagne. Au matin, elle cède au prêtre et pardonne à son assassin : « Je veux être au ciel avec lui. » Elle a soif.

Violée partout. Dans son corps, dans son âme, dans sa gorge assoiffée. Est-ce qu'elle a simulé le pardon pour obtenir enfin les secours de sa foi, comme une femme simule l'orgasme pour pouvoir dormir ? Ou est-ce qu'elle l'a fait pour se débarrasser de l'insistance du prêtre et mourir en paix ? Moi, je l'aurais fait. J'aurais menti. Oui, mais moi, je suis lâche. Pas elle.

Donc, elle a peut-être vraiment pardonné... Comment est-ce qu'on peut pardonner un truc pareil ?

Maria reçoit la communion. Elle reçoit l'extrême-onction. Elle meurt. L'histoire ne dit pas s'ils lui ont donné à boire.

(Sur ma feuille de papier où j'écris à la main, l'eau pisse et dilue l'encre.)

Je ne pleure pas. C'est la sueur. Elle meurt. Putain.

Alessandro est condamné. En prison, il refuse de reconnaître sa faute pendant des années, rejetant le blâme sur Maria. C'était une aguicheuse, une ensorceleuse, une petite putain. Un autre condamné est exécuté pour un crime semblable. Quelques jours plus tard, Alessandro « rêve » que Maria lui donne quatorze lys blancs. Illuminé par son rêve, Alessandro décide qu'il est temps de se repentir.

Un acte de contrition ?! Tu parles. Ne juge pas ton personnage, Antoine, ne juge pas. Trop tard, je l'ai déjà condamné. Ce n'est pas un homme, c'est une pourriture et tous les autres avec lui.

Alessandro sort de prison et retourne sur la ferme où Assunta vit toujours avec Jean. Alessandro supplie la nouvelle compagne de son père de lui pardonner. Contre toute attente, la mère de Maria pardonne à l'assassin de sa fille, son nouveau beau-fils.

Alessandro et Assunta se rendent à la messe ensemble. De la main même du prêtre qui a veillé à l'agonie de la petite Maria, ils reçoivent à leur tour la communion, côte à côte.

Le 24 juin 1950, Pie XII canonise Maria Goretti, vierge et martyre. Assunta et Alessandro assistent à la cérémonie.

Les deux assassins qui assistent à la canonisation de la petite. Ce sont tous des monstres. Il n'y a aucune rédemption possible. Personne ne va vouloir aller voir ce film. Personne.

Fin. *The end.*

Nausée. L'heure d'un autre cigarillo, d'une autre Corona.

C'était, pour paraphraser Shakespeare, une histoire sordide, sans espoir, pleine de bruit, de fureur, et racontée par un psychopathe.

Je ne sais pas exactement à quel moment de l'histoire j'ai senti ce qui avait pu motiver Maggy à vouloir produire ce film-là… Comme si, faisant le chemin avec Maria, j'avais perçu un écho qui me renvoyait à ce que j'avais perçu de la belle Irlandaise. Une réverbération floue, une langue inconnue au milieu du bruit, que l'on n'arrive pas à identifier, mais qui nous perce le cœur. Qu'avait-elle vécu, elle, pour vouloir que moi, je raconte cette histoire-là ?

Quant à moi, je sais que j'ai cessé de contrôler l'histoire pour me laisser posséder par elle au moment où Assunta pardonne à l'assassin de sa fille parce qu'elle-même couche avec le père. Ce côté pragmatique où l'on écarte l'indicible par pure commodité m'avait glacé jusqu'aux os, même par temps de canicule.

J'avais beau y mettre tous mes talents d'empathie scénaristique, l'opportunisme de la mère restait pour moi un mystère.

Ce que je comprenais par contre, c'est qu'il y avait là quelque chose qui avait mis le feu au cul de la belle Maggy. Quoi ? Je n'en savais rien. Mais en me levant de ma chaise de travail pour reposer mes yeux sur l'horizon mousseux des champs de blé d'Inde, je me suis dit que j'avais une pressante envie de faire la lumière là-dessus.

Et il y avait des siècles que je n'avais eu envie de quoi que ce soit.

À midi, alors que je terminais les corrections de ce premier document destiné à Maggy, le corps de Mylène Gouin, seize ans, fut retrouvé dans l'eau sous le pont des Seigneurs. C'était la deuxième en moins de dix jours. À la radio, ils avaient dit que sa tête était couverte d'algues vertes tant l'eau était polluée à cet endroit du canal. Il y aurait une enquête pour déterminer les circonstances de sa mort.

— Seize ans…

Et alors que je murmurais son âge comme si je l'avais connue personnellement, je me suis assis sur la première marche de la galerie et j'ai pleuré.

C'était la première fois depuis la mort d'Alice.

Un chagrin qui n'était même pas le mien sortait à gros bouillons saccadés, un jet rauque, incontrôlable, de morve, de bile et d'eau salée. Quand j'ai eu fini de tremper la manche droite de ma chemise, je suis passé à la manche gauche.

Puis j'ai relevé la tête. Tony me fixait, sa truffe humide à quelques pouces de mon visage. Il m'a semblé que c'était le premier visage humain que je voyais depuis celui de ma fille. Le premier qui m'offrait sollicitude et compassion. Dans le cas de Tony, c'était probablement surtout intéressé par le fromage de chèvre qui restait au frigo.

Je suis allé changer de chemise. Pris d'une impulsion inexplicable, j'ai fouillé dans ma pile de vêtements emmêlés jusqu'à ce que je retrouve le t-shirt que je tenais absolument à porter. Celui que j'avais échangé avec un chanteur blond aux yeux pâles le soir où il était venu jouer pour la première fois à Montréal, aux Fouf'. Son band était un groupe alors inconnu, Nirvana, et ils ouvraient pour Metallica sur leur tournée *Kill 'Em All*. J'y étais avec Francis, nous étions tous les deux complètement défoncés, et j'avais enlevé mon vieux chandail du Canadien pour m'en faire un turban. Cobain m'avait fait signe qu'il voulait mon chandail. Je lui avais fait signe que je voulais le sien, d'un rouge clair de sang qui pisse. En un éclair, Cobain avait illuminé la scène de son torse blanc, et moi, je m'étais retrouvé avec un des rares t-shirts à l'effigie de Fecal Matter, le premier groupe de Kurt.

C'étaient les débuts du grunge. Nirvana n'était pas connu. Francis était encore vivant. La vie se déclinait encore sous les couleurs primaires de la révolte, du désir et de la survie. Brutal et simple.

Aujourd'hui, Fecal Matter s'était délavé jusqu'au rose pâle, le grunge était retourné à l'itinérance de la marginalité, et moi, je faisais connaissance avec toutes les nuances de gris de la perte.

Ça ne m'a pas empêché d'enfiler le chandail avec le sentiment de remettre une armure avant le combat. Dans le miroir, mon visage était pâle et mes yeux, clairs. Vidés du brouillard qui les habitaient depuis des mois.

Je suis monté dans mon camion et j'ai fait la route jusqu'à Montréal. Si je devais écrire *Maria Goretti – le film*, j'allais devoir m'installer sur les lieux du crime.

18

Le docteur Doisneau s'était assis sur les marches de l'église, dévasté. C'était à lui qu'on avait demandé d'identifier le corps de Mylène. Le pauvre petit visage enflé par l'eau sur la civière de la morgue l'avait bouleversé. Il savait qu'elle dansait au Prestige, bien sûr. Ce n'était pas la première de ses enfants qui montait sur scène, un poteau entre les cuisses, un tapis de léopard synthétique sous les fesses. Même lorsqu'elles étaient mineures, Gilbert Doisneau préférait les voir danser que de les voir faire la rue. Il savait au moins où les trouver et il se réconfortait à l'idée qu'elles étaient au chaud et relativement en sécurité. Parfois, il allait les voir en coulisse. À sa vue, les filles redevenaient des gamines excitées, lui sautant au cou, l'embrassant. Chaque fois, il détournait les yeux pour éviter de voir leurs seins pailletés frôler de trop près son visage. Ce n'était pas leur nudité qui le choquait, mais le vide intellectuel dans lequel elles vivaient. Lorsque leur corps vieillirait, leur cerveau laissé en friche ne leur serait d'aucun secours.

Ensuite, Doisneau s'arrêtait devant l'entrée gardée par Dany, qu'il avait aussi connu enfant et qui avait brièvement fréquenté le centre le temps d'un été tumultueux… Le crâne rasé, le sourire éblouissant et rare, Dany était un être tout en frémissements, un lac de lave ondoyante dans l'imminence de l'orage. Sous sa peau tatouée, ses muscles étaient perpétuellement agités d'une colère qui ne se disait pas en mots.

La mère de Dany était ougandaise, issue de la tribu des Banyonkolés, et son père était un métis algonquin de La Sarre, en Abitibi. Ils s'étaient connus à Gulu, en pleine ébullition rebelle, à la veille du pire des exactions de l'armée populaire de l'Ouganda. Le père avait ramené femme et enfant au Québec, les sauvant de la tourmente, puis il s'était empressé de les abandonner pour disparaître à nouveau, au Congo cette fois. Dany et sa mère s'étaient débrouillés seuls à Saint-Henri, où ils s'étaient fondus à la communauté jamaïcaine sans jamais s'y intégrer. Dany ne se répandait ni sur sa vie ni sur ses états d'âme. De sa mère africaine, fille des pasteurs du Nil, Dany avait hérité de traits fins, d'une pureté extraordinaire, qui détonnaient au-dessus de son corps déformé par les stéroïdes et les machines du club de boxe où il s'entraînait. Alors qu'il s'était mis dans tous les pétrins possibles et imaginables, il en sortait toujours intact. Sa mère était fermement convaincue que, malgré leur transhumance au « pays du grand blanc », Dany était toujours protégé par la *dawa*, une puissance surnaturelle qui n'existait qu'en Ouganda. Dany ne voulait pas contrarier sa mère, alors il disait comme elle. Mais au fond, il savait que c'étaient ses réflexes et sa prudence qui lui valaient d'éviter si bien les coups. Pour un bouncer, c'était la moindre des choses.

Entre Doisneau et Dany, c'était toujours le même rituel nocturne. Dany sortait son paquet de Benson, en offrait une à Doisneau, puis prenait délicatement la sienne. Doisneau lui rendait la politesse en tendant son Zippo pour allumer d'abord la cigarette de Dany. Puis ils fumaient. Dany le mettait au fait de l'état des unes et des autres. La conversation ne durait jamais plus longtemps que le temps d'une cigarette. Lorsqu'ils l'écrasaient, Gilbert serrait la main de Dany et il rentrait chez lui.

Gilbert Doisneau était un homme frêle aux yeux fatigués. Il ne dormait pas assez. Il aimait trop. Il mangeait vite et mal. De ses « petits moineaux », comme il les appelait souvent, il ne se protégeait pas. Il les laissait l'atteindre au plus creux du cœur, dans le temps qu'il ne s'accordait pas souvent, dans les femmes qu'il avait laissées partir de peur qu'elles ne lui demandent de renoncer à sa vie communautaire.

C'était à lui qu'on attribuait d'office le titre de « figure paternelle » auprès des enfants qui fréquentaient son centre. Même si la responsabilité était grande, au fond, il aimait bien cette chaleur au plexus que lui procurait son rôle. Il se voyait comme un père rugueux et rassurant. Il l'était. Mais ce matin-là, quand on lui avait demandé d'identifier une enfant pute à la tête couverte de vase, Doisneau s'était dit pour la première fois qu'il ne pourrait plus continuer très longtemps. Trop dur. Tout était dur. Mais s'il partait, qu'adviendrait-il de sa fondation ? Qu'adviendrait-il de ces enfants qui ne cessaient de le quitter pour être remplacés par d'autres, tout aussi vulnérables ?

Parfois, au pied de la montagne de misère où il n'était qu'un Sisyphe à bout de forces, Doisneau rêvait de stérilisation massive. Il se serait fait tuer plutôt que de l'avouer à qui que ce soit, mais il en rêvait. Les enfants qui ne viennent pas au monde ne souffrent pas.

Peut-être qu'alors il pourrait dormir et échapper à la vision des tiroirs frigorifiés de la morgue.

19

J'ai stationné le pick-up juste devant le Café du trèfle à quatre feuilles et j'ai poussé la porte. Le choc de la chaleur des fours était épouvantable. Ce qui expliquait sans doute l'absence de clients en cette journée caniculaire. Les cheveux gonflés par l'humidité, de lourdes auréoles de sueur sous les seins, Lucie nettoyait son comptoir.

— Ça vous aiderait, l'air climatisé.

Elle m'a foudroyé d'un regard assassin.

— Est-ce que c'est toi qui vas payer ?

Il me restait une chose à faire. Une chose désagréable qui ne me venait pas naturellement et qui n'était pas la marque de commerce d'Antoine Gravel : m'excuser.

— Je suis désolé. C'était juste une suggestion.

— J'en ai mon truck des gérants d'estrade. Si tu veux me dire comment runner ma business, investis dedans. Sinon, ferme ta gueule.

J'avoue que j'ai été impressionné par son amabilité naturelle envers la clientèle. Il n'y avait peut-être pas que la canicule et l'absence d'air climatisé qui expliquaient pourquoi son café était vide.

— Est-ce que je peux avoir un café ?

— Court ou allongé ?

— Court.

Elle est revenue avec mon café et une part de pouding à la rhubarbe surmonté d'une large portion de crème fouettée.

— C'est quatre piasses de plus pour le pouding.

— J'ai le choix ?

Elle a souri.

— Non.

— C'est bien ce que je pensais. Moi, c'est Antoine.

— Chic, comme prénom.

Elle avait réussi à le dire sans être insultante. Plutôt comme quelqu'un qui se demande sincèrement comment un parent digne de ce nom peut avoir le culot de prénommer son enfant « Antoine ».

— Mon cochon aussi s'appelle Antoine.

— Un vrai cochon ?

— Un vrai cochon. *Porcus vulgaris.* Tony pour les intimes.

— Comme Tony Soprano ? a-t-elle répliqué avec un grand sourire.

— Le même caractère.

— Peut-être que moi aussi, je devrais m'appeler Tony.

— Ça t'irait bien. Mais je préfère quand même Lucie.

— Comment tu le sais que je m'appelle Lucie ?

— Je suis déjà venu ici. J'ai mangé un gâteau aux bleuets sur la terrasse. Quand je suis allé payer, t'étais au téléphone et tu disais : « Dites-lui que c'est Lucie qui a téléphoné. »

— T'es de la police ?

— Quasiment. Je suis scénariste.

Elle a pris une chaise, s'est installée dessus, le dos droit, croisant la jambe haut sur sa cuisse. Elle avait les plus belles jambes que j'avais vues de ma vie. Et elle le savait.

— Qu'est-ce que tu fais dans le coin, Antoine ?

— J'écris un film.

— Ah. Ça parle de quoi ?

— De Maria Goretti.

— Celle qui a dit non ?

— Celle qui a dit non.

— T'es dans le mauvais quartier. Y a personne qui dit non par ici.

— J'ai cru remarquer… Ça doit être quelque chose que tu mets dans ton café.

— Ça doit, qu'elle m'a balancé l'air goguenard… T'es marié ?

Elle fixait l'alliance que je portais encore à la main gauche. Son invitation était explicite, dénuée de toute coquetterie. J'ai eu l'impression que la chaleur montait d'un cran, rendant l'air insupportable. J'ai détourné les yeux vers le café vide et j'ai renversé le tir des questions.

— T'as des clients, Lucie ?

— Non. Oui. Pas assez. C'est pas un quartier qui dépense pour de la qualité. Si on avait eu le Cirque du Soleil, ça m'aurait aidée.

— Si vous aviez eu le Cirque du Soleil, vous auriez aussi eu le casino, et ça vous aurait amené plein de problèmes.

Elle a levé les yeux au ciel, exaspérée.

— Qui ça, « vous » ?

— Ben, heu, les… les citoyens.

— Les citoyens, me lança-t-elle, hilare. *Les citoyens !?!* Sais-tu combien y en a qui sortent voter le soir des élections ? Sais-tu combien y en a qui lisent le journal ? Qui *savent* lire le journal et qui comprennent de quoi on parle le soir des élections ? Ça les intéresse pas. Et tu sais pourquoi ça les intéresse pas ? Parce qu'on les a toujours traités comme des moutons lobotomisés. Parce que ça fait l'affaire de tout le monde de penser que, hey, des pauvres, ça se conduit comme un troupeau pis c'est pas capable de penser sans qu'on leur *dise* quoi penser. Fait qu'il y a eu deux-trois groupes de pression qui se prennent pour des hot shots parce qu'eux autres, ils l'ont l'affaire, ils ont des *idéaux* ici (elle se tapa la tête de la paume de sa main, hors d'elle), pis à défaut d'avoir le cash qu'ils crèvent d'envie d'avoir, ils vont au moins empêcher les autres d'en gagner ! Fait que le Cirque s'est jamais installé à Pointe-Saint-Charles, pis moi, je me fends le cul à essayer de gagner ma vie à vendre des maudits gâteaux *de qualité* dont personne veut.

— …

— Ouais. C'est ça. Parle pas trop vite, tu connais pas le quartier.

— Oui, mais vous… (Je me suis repris juste à temps et ma voix s'est faite vraiment très douce.) Le casino, ça aurait causé des problèmes de jeu, ça aurait fait monter le taux de criminalité… Non ?

— Parce que de s'acheter des 6/49 comme des malades en espérant être les prochains Lavigueur, c'est pas un problème de jeu ? Pis pour le taux de criminalité, on aurait pu leur en montrer, aux petits nouveaux. As-tu d'autres arguments ?

J'ai dû lui concéder le point qui mettait fin au match. Je n'avais jamais été très bon quand je ne maîtrisais pas le terrain. Moi, c'était la terre battue, ma force. Et ici, on jouait sur l'asphalte.

— Donc, t'as pas assez de clients.

— Tout le monde pense que je vends trop cher. Juste réussir à les faire rentrer ici, c'est l'enfer.

— Même pour un café ?

— Ils le trouvent trop fort. Ça boit encore du Maxwell House en canne. J'ai acheté la machine à espresso pour rien.

— Y a moi.

Elle a plissé les yeux et m'a regardé comme si je venais enfin de dire quelque chose de gentil. Il y a eu un moment de flottement, une tension pas désagréable du tout. Et puis, histoire de ne pas m'aventurer sur un terrain trop glissant, j'ai engouffré la première bouchée de mon gâteau. La rhubarbe fondait sur le gâteau moelleux et légèrement vanillé. L'onctuosité de la crème enrobait le piquant de la rhubarbe. C'était simple et divin.

— C'est vraiment très bon.

— Je sais. Mon propriétaire veut que j'agrandisse.

— Pourquoi ?

— Pour que je paye l'augmentation qui s'en vient.

Elle s'alluma une cigarette malgré l'interdiction de fumer bien en évidence. Repoussa l'épaisse crinière qui lui collait aux tempes, exaspérée. Avec cette chaleur, ce devait être insupportable.

— J'ai pas les moyens d'agrandir. J'ai pas les moyens qu'il m'augmente non plus. Je vais probablement être obligée de fermer. Fait que mange pendant que c'est le temps.

Elle me souffla sa fumée au visage et se leva pour aller chercher un cendrier.

— Sa femme aussi est dans le cinéma. Sullivan, son nom.

Je me suis rendu compte que l'intuition était un excellent climatiseur par temps chaud. Tout mon corps venait d'être parcouru d'un frisson. Léger, fugace, presque rien.

— Ils sont propriétaires de l'immeuble ?

— Tu me niaises ? Ils ont tout le quartier ! Les quatre coins de rue entre ici et la place où tu travailles est à eux. Pis quand c'est pas un Sullivan qui est propriétaire, c'est sa fille, son beau-frère ou un des neveux.

— C'est ça, les catholiques, ça encourage la famille.

Tiens, je venais de réussir un service, là. Elle m'a envoyé un sourire par en dessous, le coin de sa bouche somptueuse juste assez ironique pour que je sache qu'elle appréciait mon humour.

La petite renarde qui aimait les histoires qui finissent mal a fait son entrée. Elle était accompagnée de la grande enfant blonde au regard vide et aux pieds palmés. L'enfant rousse a rejeté la masse de cheveux auburn qui cascadait autour de son visage fin, exaspérée par le casque de moiteur qu'elle avait sur le crâne. Le même geste que je venais de voir chez Lucie… C'était la seule ressemblance entre elles, mais on ne pouvait pas se tromper. La petite était sa fille, évidemment. La renarde s'est tournée vers sa mère.

— Le docteur Doisneau dit qu'il faut que tu signes pour le camp.

— Quel camp ?

— La semaine au bord du lac, à la campagne. Je te l'ai dit hier. Si tu remplis le formulaire, on paye pas.

Lucie s'est tournée vers la grande blonde.

— Et toi, Jess, tu y vas, au camp ?

— Si ma mère veut.

— Elle veut pas ?

— Je le sais pas.

La petite avait une voix feutrée, sans intonation, aussi neutre que son visage fermé. On aurait dit une poupée de cire molle. Seule une petite lumière s'allumait parfois dans ses yeux, vacillante comme une luciole. Les filles passèrent derrière le comptoir pour aller se servir directement en cuisine. J'entendais le rire spontané de Laurie qui montait et descendait au gré de son excitation.

Je regrettais d'avoir presque terminé mon café. Lucie avait les yeux tournés vers la cuisine. Le visage soucieux comme quand on épie un ciel bleu en quête d'indices annonciateurs d'orage.

— Je voulais vous…

— Tu.

— Pardon ?

— Dis-moi « tu ».

— D'accord. Je voulais te demander si ça te dérangerait si je travaillais ici.

— J'ai pas besoin d'un employé. Pis j'aurais pas de quoi te payer.

— Non, non ! Je veux dire si *j'écrivais* ici. Dans ton café.

Elle a allumé une autre cigarette, ses longs cils filtrant la curiosité qu'il y avait dans son regard clair.

— Tu veux me faire la charité ou tu veux écrire ici ?

— Oui. Je veux écrire ici. Les deux.

— Pourquoi ?

Je pensais m'en tirer avec une pirouette.

— Parce que ton pouding à la rhubarbe est hallucinant et que ça fait longtemps que je n'ai pas été bien nourri.

— Me prends-tu pour une épaisse ?

Je lui ai souri, embarrassé d'avoir été dévoilé, mais bizarrement content de constater qu'elle n'avait pas été dupe.

— J'écris l'histoire d'une fille qui se fait assassiner. Il y a deux filles qui ont été retrouvées noyées dans le canal.

— La première s'est *peut-être* noyée par accident.

— Tu veux dire la deuxième.

— Non. La deuxième a été aidée.

— Comment tu sais ça ?

Lucie a détourné les yeux, mais les coins de sa bouche fulgurante se sont mis à frémir. Si les yeux sont le miroir de l'âme, alors la bouche en est le porte-voix.

— Je sais.

— Raconte, ai-je insisté.

— Les junkies sont des êtres d'habitudes. Ils suivent toujours la même routine jusqu'à ce que ça devienne trop dangereux. Ils se fournissent aux mêmes spots, ils se font un nid où ils sont sûrs qu'ils se feront pas déranger, pis ils vont se shooter là. C'est le rituel qui les tient en vie… Mylène était pas à sa place habituelle. Et même en supposant qu'elle soit allée se shooter en dessous du pont pour faire changement, elle serait jamais allée dans l'eau. Elle serait restée couchée dans l'herbe quelques minutes, pis elle serait retournée danser après pour gagner son prochain shoot.

— Tu parles comme si tu la connaissais.

— Tout le monde se connaît.

— Alors pourquoi elle a changé de place ?

— C'est soit parce qu'il y avait des bœufs à sa place habituelle…

— Qui serait où ?

— En arrière du conteneur à déchets du Prestige. Mais à ce que je sache, il n'y avait pas de police au Prestige l'autre soir.

— Comment tu le sais ?

— Tout le monde se connaît, a-t-elle répété comme un mantra.

— Alors pourquoi elle a changé de place ?

— Parce qu'elle a suivi un client, qu'est-ce tu veux que ce soit d'autre ?!

Il y avait de l'impatience dans sa voix. Je ne comprenais pas assez vite à son goût, il faut croire. Nous avons échangé un long regard. Dans le sien, il y avait une sorte de défi. Et quelque chose d'infiniment fragile aussi. Machinalement, mon regard a dévié sur ses bras bronzés, illuminés de fines zébrures plus claires aux creux de ses coudes… Lucie n'a pas baissé les yeux. Elle a seulement croisé les bras. Le silence s'est éternisé pendant que de la cuisine nous parvenaient les voix aiguës des filles.

— Est-ce que Laurie a un père ?

Lucie a fixé mon alliance. Et elle a répondu d'une voix très douce.

— Est-ce que ta femme est encore dans le décor ?

Et puis elle s'est levée, elle a tassé une table dans un coin du café et elle est retournée derrière son comptoir, où elle a fouillé dans un tiroir. Elle en a retiré un objet que je ne suis pas arrivé à voir jusqu'à ce qu'elle le pose sur la table du fond. C'était un écriteau de plastique sur lequel était inscrit un seul mot en lettres blanches : Réservé.

Je me suis installé à « ma » table et je me suis mis au travail.

Trois allongés plus tard, j'avais le début d'un canevas. Une femme seule avec ses enfants. Le travail, la fatigue, la pauvreté, l'inculture. Un homme qui arrive dans sa vie. Pas un prince charmant, juste un homme. Ni meilleur ni pire que les autres. Une épaule contre laquelle s'appuyer. Des factures enfin payées. Un répit, enfin. La mère ne voit que ça, un répit, elle ne coulera pas avec ses enfants. Maggy avait raison, c'était facile de transposer l'histoire de Maria Goretti. C'était une histoire universelle, celle d'une femme à bout de forces et de ressources qui voit dans le premier homme qui passe une lumière au bout de son tunnel.

Je me suis arrêté d'écrire quand je me suis rendu compte, horrifié, que les images qui me venaient empruntaient les traits de Lucie, de Laurie. Il était hors de question que ce soit elles, même si ce n'était que dans mon imagination. La fiction appelle trop souvent le destin.

Il me fallait trouver d'autres images, d'autres visages. J'étais en train de revoir la description de la mère pour qu'elle corresponde à cette femme aux ongles d'acrylique que j'avais vue traiter son fils de *fuckin' fat fuck* quand Laurie a poussé la porte du café, toute seule cette fois. Les jambes couvertes d'égratignures et de bleus, le short trop grand sur un corps malingre et nerveux, les cheveux emmêlés, la petite était visiblement de ces enfants qui ne tiennent pas en place. Je me suis demandé si elle était sur le Ritalin…

Elle m'a lancé un regard méfiant.

— T'es encore là, toi ? Qu'est-ce que tu fais ?

— Tu vois. J'écris.

Lucie est intervenue, les deux mains dans le bac à vaisselle.

— Laurie, laisse-le tranquille.

— Je le dérange pas !

La petite s'installa d'emblée sur la chaise en face de moi et appuya son menton pointu dans les paumes de ses mains. Il n'y avait rien de charmant chez elle, et pourtant j'étais charmé. D'un pied agité, Laurie cognait la patte de la table, exaspérante.

— T'écris quoi ?

— Un scénario de film.

— Pour Steve pis Annabelle ?

— Non. Pour Maggy Sullivan.

Lucie a relevé la tête et m'a jeté un regard interrogateur. Je lui ai renvoyé un haussement d'épaules. Son café appartenait aux Sullivan, les idées qui remplissaient ma tête aussi… Tant pis pour nous. La renarde est intervenue de sa drôle de voix de clarinette éraillée.

— Ça finit mal ?

J'ai hoché la tête, gravement. Fallait pas la décevoir.

— Ça ne peut pas plus mal finir.

Elle a esquissé un sourire satisfait l'espace d'une brève seconde avant de passer au dépit. Je n'avais jamais vu un visage si changeant.

— T'es chanceux. Nous autres, il faut qu'on porte un message *d'espoir*, me dit-elle en prenant l'air dégoûté de celle qu'on oblige à ravaler son vomi.

— Si ça peut te réconforter, j'ai un peu peur que ma productrice me demande la même chose.

— Oui, mais toi, t'es un gars, pis t'es un adulte. Même s'ils t'obligent, tu peux quand même t'en aller.

M'en aller ? Quitter une production assurée et le chèque qui venait avec ? La jeunesse a de ces idéaux difficiles à tenir. Pour dire la vérité, je n'étais pas très à l'aise avec l'idée que, sur le fond, Laurie avait certainement raison. J'ai donc fait comme d'habitude, j'ai été lâche et j'ai fait diversion.

— Ta copine n'est pas avec toi ?

La renarde m'a regardé comme si j'étais un demeuré. Décidément, la fréquentation de ce café n'allait pas aider à la restructuration de mon ego.

— Tu vois ben.

— Je voulais dire, pourquoi ? Sa mère voulait qu'elle rentre ?

Cette fois, dans son regard, j'ai cru sentir de la pitié. Pour moi.

— Sa mère s'en sacre qu'elle rentre.

— Ah bon, pourquoi ?

— Parce qu'elle a un nouveau chum, me dit-elle comme une évidence.

Puis elle a changé de sujet comme on braque le faisceau lumineux d'une torche dans les yeux de quelqu'un.

— Tu restes où ?

— Sainte-Marie-de-Laurenceville.

— C'est loin ?

— Une heure de route.

— Est-ce que tu couches avec ma mère ?

— Heu… non.

Je me suis mis à rire. Laurie avait de qui tenir. Elle a froncé les sourcils, vexée que je la prenne à la légère.

— Ben quoi, ça se pourrait.

— Oui. Mais non.

— T'aurais sauvé une heure de char. C'est cher, le gaz. Pis ça pollue, ton gros pick-up.

Écosexuelle et pragmatique. Tiens donc. Moi qui détestais le troupeau des évangélistes sauveurs de baleines, je sentais que je risquais d'avoir envie de sauver une renarde préoccupée par le prix du gaz.

— Tu y vas, alors, au camp ?

— Si ma mère signe le papier, oui.

— Ah oui, pour que ce soit gratuit.

— Pis pour les décharger de toutes les responsabilités.

— Les responsabilités si vous vous blessez ?

— Ou si on revient enceintes, me lança-t-elle sans sourciller. Il y a des *gars*.

Elle avait dit ça d'un ton moqueur, entre l'excitation et la bravade. C'est alors que j'ai failli faire foirer la belle relation qui s'installait entre nous.

— T'es pas un peu jeune pour les *gars* ?

— T'es pas un peu vieux pour me trouver jeune ?

Pif, paf, knock-out mon vieux. « *Fly like a butterfly, sting like a bee* », m'aurait décoché Mohamed Ali en se foutant de ma gueule. Fallait pas niaiser une espèce en voie de disparition, surtout pas une rousse.

— J'ai douze ans. Presque treize.

Je n'ai pas pu retenir une expression de surprise. Elle avait l'air d'en avoir dix. Au plus. Petite, menue, aucun signe de puberté en vue. Derrière le comptoir, Lucie m'a envoyé un regard fatigué, comme si elle craignait que je demande des explications. Je n'en ai pas demandé. Mais j'ai calculé très vite que Lucie ne devait pas avoir plus de dix-sept ans quand elle avait mis au monde la renarde. Celle-ci me fixait, impatiente.

— J'étais prématurée. Ça fait pas de moi une mongole.

— J'ai jamais pensé ça.

— Lucie, est-ce qu'il peut laisser son ordinateur ici ?

La rouquine était déjà debout, piaffant en direction de sa mère, qui a acquiescé d'un signe de tête. J'ai vaguement essayé de protester que j'avais du travail et que…

— Ce sera pas long.

Un scénariste est toujours prêt à se laisser distraire du texte qu'il doit écrire. Je n'ai pas manqué d'obéir à la tradition et j'ai laissé mon ordinateur sur la table.

20

Je suis parti avec Laurie, douze ans, presque treize. C'était une gamine sans cesse en état d'alerte, vive et allumée, mais anxieuse. Je n'ai eu aucun mal à reconnaître les spasmes qui l'agitaient. C'étaient les mêmes que les miens. Quelle était la source de ses angoisses ? Je n'en savais rien. Elle marchait vite, en sautillant, la main droite agitée de tics.

— T'es toujours speed de même ?

— C'est quoi ta vraie job ?

Tiens. Une autre qui répondait aux questions par une autre question.

— Je te l'ai dit.

— Écrire des scénarios, c'est une vraie job ?

— Oui.

— Pis ça paye ?

— En principe. Oui. Quand quelqu'un te l'achète.

— Ah. Pis quand personne te l'achète ?

— Ça paye pas...

— Pis comment tu fais pour payer tes affaires quand personne veut acheter tes histoires ?

Elle y allait direct pour la jugulaire, la démone. Les vraies questions, celles que je m'efforçais depuis toujours de garder à un bras de distance, de préférence au fond de la fosse septique.

— C'est dur. Avant, on était deux, alors ça allait parce que quand j'avais pas de contrat, ma femme en avait.

— Maintenant t'es tout seul ?

— Maintenant je suis tout seul.

— Elle est où ?

— En Espagne.

— T'as pas d'enfant ?

— Oui.

J'avais dit oui, je ne sais pas pourquoi. D'habitude, quand on me demandait si j'avais des enfants, je disais non. Mais allez savoir ce qui me poussait au cul avec la renarde. Ses yeux en amandes, ses drôles d'oreilles pointues sous la masse de cheveux lourds, ses longs doigts agités ? Ou le simple fait qu'elle était là, devant moi, à l'affût ? Laurie attendait la suite en silence, comme quelqu'un qui sait qu'il suffit de se taire pour que les mots viennent. « Oui, j'ai une enfant. Elle est morte... »

Je n'avais pas ouvert la bouche. Et pourtant, j'ai eu l'impression que Laurie m'avait entendu. Il y avait quelque chose chez elle qui forçait la vérité. D'habitude, c'était moi qui faisais le confesseur. Moi qui écoutais les confidences douloureuses de tous ces cœurs écorchés dont je devais ensuite transmettre la corrosion sur papier.

Nous étions dans un *no man's land*, entre Saint-Patrick et le canal. Je m'imbibais du quartier comme on se soûle à coups de shooters d'eau-de-vie. On se croit fort devant les verres minuscules. On ne se méfie pas d'une seule gorgée, même si elle t'arrache la gorge. Et puis, d'un seul coup, on se retrouve soûl comme un cochon et on vomit ses tripes dans une toilette qui sent l'eau de Javel et la pisse. Tout à coup, devant mes yeux, il y avait des fleurs, un bout de nature entre le terrain vague et le jardin. Une table de pique-nique. À la lisière de cet endroit qui ne ressemblait à rien, il y avait une pancarte plantée à même le sol : « Jardin de la liberté ». Laurie m'apprit que c'était les habitants du quartier qui avaient transformé ce bout de terrain vague en jardin. Que ça n'avait rien coûté et que c'était pour ça que ça faisait dur.

— Tu trouves que ça fait dur ?

— As-tu vu les jardins en haut de la côte ?

— Tu peux pas comparer Westmount avec ici.

— Pourquoi ?

Maudite bonne question. À laquelle je n'avais aucune réponse, évidemment, à part que les moyens n'étaient pas les mêmes. Mais ça, elle avait beau avoir douze ans, elle le savait déjà. Déprimée, Laurie fronça les sourcils.

— C'est comme notre film. C'est n'importe quoi.

— Ça prend pas toujours de l'argent pour faire quelque chose de bien.

Cette idiotie sans nom sortait directement de la bouche d'un mec qui venait d'accepter d'écrire un scénario de film sur la vie sordide de Maria Goretti pour éviter une faillite personnelle. Laurie ne me l'a pas envoyé dire...

— Tu me niaises-tu ? Ça prend toujours de l'argent.

— Ce que je voulais dire, c'est que ça ne prend pas toujours beaucoup d'argent...

L'image de Francis et moi à Cannes dans nos vestons usés à la corde s'est mise à danser devant mes yeux, qui se remplirent instantanément d'eau. Encore heureux, je portais des lunettes de soleil.

— Des fois, c'est les idées qui pètent l'écran. Même si t'as pas une cenne.

— Ben justement. Nos idées sont poches. C'est loser ce qu'on fait. C'est *cute*.

Elle avait éructé ça comme un smoked meat qui passe mal.

— Tu dis ça juste parce que t'aimes pas la fin.

— J'aime pas la fin, j'aime pas le début, j'aime juste le bout où les zombies sortent la nuit, pis c'est même pas sûr qu'on va le tourner, parce que supposément, c'est trop violent. Mais c'est pas moi qui décide, ç'a l'air.

Join the club, young lady, join the club. Ma jeune indignée en avait manifestement lourd sur le cœur.

— Annabelle veut toujours que tout soit beau, pis elle prend *tout le monde* dans le film.

— C'est normal, non ? Faut que tout le monde ait une chance.

Laurie me fit une moue peu convaincue.

— Pour quoi faire ?!? La plupart sont comme moi.

— C'est quoi, ça, « comme toi » ?

— Poches ! Dès qu'Annabelle dit « action », ou ben ils deviennent tout raides pis niaiseux, ou ben ils forcent pour être des vedettes.

Je me suis retenu à quatre mains pour ne pas lui dire que dans la vraie vie du merveilleux monde du cinéma, c'était exactement la même chose.

— Et son chum, tu le trouves comment ?

— Steve ? C'est rare qu'il me parle. Je suis pas assez belle pour lui.

Tiens. Blessure de l'enfant qui aurait bien voulu être aimée et qu'on ignore. C'est fou comme les filles s'attachent à cette indifférence des mecs à leur endroit.

— Pourquoi tu dis ça ?

— Parce que c'est jamais moi qu'il regarde, en arrière de sa caméra.

— Tu voudrais être actrice ?

Ça m'étonnait, vu ce qu'elle venait de me dire sur ses talents de comédienne. Elle a esquivé mon regard, haussé une épaule fragile.

— Non, mais je voudrais qu'il me *voie*.

J'ai hoché la tête. Ah, oui, être « vu ». La quête d'une vie.

— Moi, je te vois.

— Toi, t'es weird.

— Pas tant que ça... Je te trouve très belle.

— Niaise-moi donc ! répliqua-t-elle, l'air vexé. Jessica est belle, pas moi.

— Ton amie blonde ?

— Oui. Elle fait rien, pis elle est bonne. Elle a juste à être belle pour se faire filmer.

— T'sais, y a pas juste les actrices dans un film.

— Ah non ? Y a quoi ?

— Réalisateur, scénariste, producteur, techniciens.

— Celui qui décide le plus, c'est qui ?

J'ai éclaté de rire. J'avais une visionnaire à mes côtés. Petite pour son âge, soit. Mais pour ce qui était de la dioptrie, elle touchait la perfection. Vingt sur vingt de lucidité. Rebecca l'aurait adorée.

— Ma femme t'aurait aimée.

C'était sorti tout seul. Trop tard pour rattraper le coup, la petite m'enlignait.

— Qu'est-ce que tu veux que ça me crisse ? Ta femme est *partie*.

Je n'ai rien dit. J'aurais été méchant. Laurie l'a senti, elle s'est radoucie. Un peu.

— Elle m'aurait aimée pourquoi ?

— Parce que tu as des opinions.

— Drôle de raison d'aimer quelqu'un. C'est pour ça qu'elle t'aimait ?

— Je ne sais pas pourquoi elle m'aimait. Je sais seulement pourquoi elle m'a quitté.

— Pourquoi ?

Un peu plus, je lui répondais : « Parce que j'ai tué notre fille. » Je me suis retenu de justesse. Il était temps que je reprenne le contrôle de cette conversation.

— Parle-moi de ton film.

Elle m'a fait un sourire de joker, un sourire avec le pli de la bouche qui va vers le bas au lieu de remonter vers le haut. Le genre qui te dit : « Je ne suis pas dupe, et toi, t'es vraiment bête de me prendre pour une imbécile. »

— C'est pas « mon » film ! Il y a juste les plus petits qui vont trouver ça bon. Pis le docteur Doisneau. Mais lui, ça compte pas. On lui chierait dans la face, il nous aimerait pareil.

Il y avait de l'affection dans la voix de la renarde. Du miel dans le rauque du fond de ruelle qu'était sa gorge, fragile comme celle d'un moineau.

— Tu l'aimes.

Ce n'était pas une question. Et pour la première fois de notre entretien, je n'avais pas trop vasé. Elle a levé sur moi ses yeux jaunes et m'a enfin regardé avec un certain respect.

— Ben oui, je l'aime. Tout le monde l'aime. Si tu l'avais rencontré, tu l'aimerais aussi.

— Ah bon ? Pourquoi ?

— Il est dur à battre.

C'est sur ces mots-là qu'on s'est retrouvés sous le pont des Seigneurs, là où on avait retrouvé le corps de Mylène. Les rubans jaunes encerclaient encore l'endroit où on l'avait repêché. La berge était jonchée de tessons de bouteilles, de mégots, de seringues souillées et d'une quantité ahurissante de fioles d'eau purifiée, ce qui accréditait au moins une partie de la thèse de Lucie. L'endroit était un spot à junkies.

Quelques mètres plus loin, un club de danseuses, le Prestige, tous feux éteints, qui n'était qu'un bloc de béton hideux. Un revêtement de brique beige, laid à mourir. J'ai failli demander à Laurie si c'était le but de notre expédition. Si c'était ce qu'elle voulait me montrer, un bar de danseuses aux lumières éteintes. À voir ses yeux ambrés fixés sur l'eau, c'était clair qu'on n'irait pas plus loin. Qu'ici, là, maintenant, était exactement l'endroit où elle voulait que je sois avec elle. L'espace d'un bref instant, je me suis aussi demandé si Maria Goretti avait pu ressembler à Laurie… Non. Laurie était trop sur le qui-vive, sans cesse en état d'alerte. Il y avait quelque chose chez elle qui me disait qu'elle n'aurait pas attendu les secours, qu'elle aurait agi. J'en ai été étrangement réconforté.

Nous sommes restés là un moment sans rien dire. Une petite fille rousse comme une flamme de briquet un soir de concert culte et un grand imbécile qui abîmait tous ceux qui étaient assez fous pour l'aimer. Laurie m'a regardé allumer un Quintero fin comme une cigarette. J'attendais qu'elle me fasse la morale au sujet de ma dépendance au tabac, comme toutes les filles qui voient un homme faire une connerie. Mais ce qui est sorti de sa bouche m'a stupéfié.

— Je la connaissais, Mylène. La fille qu'ils ont trouvée dans l'eau. On était dans la même famille d'accueil.

La même famille d'accueil… Mille images me sont passées par la tête, les cicatrices sur les bras de Lucie, l'usure dans ses yeux, le rapport trop respectueux entre la mère et la fille. Celui de deux étrangères qui se jaugent ; j'aurais dû y penser, j'aurais dû le voir. Dans ce que Laurie venait de me révéler, il y avait à la fois l'anecdote, la mort et l'intime. Sur le coup, j'ai complètement oblitéré le fait qu'elle avait connu la jeune noyée et je n'ai retenu que l'intime.

Est-ce que c'était pour me dire ça que la renarde m'avait emmené ici ? Pour me parler de sa vie d'enfant expatriée en famille d'accueil ? Ou pour me signifier qu'elle pouvait m'être utile dans mes recherches sur l'enfance martyrisée ? Est-ce que, comme moi, elle avait connu la solitude, le rejet et la détresse, ou avait-elle été heureuse dans sa famille d'accueil ? S'était-elle attachée à ces gens-là, à leur cuisine, à leurs mœurs, à la chambre qu'ils avaient préparée pour elle ? Comment vivait-elle le retour chez sa mère ? Quand avait-elle été enlevée à Lucie ? Dans quel état ?

Notre curiosité l'un pour l'autre était maintenant une évidence. À part les vingt-cinq ans qui nous séparaient, j'avais devant moi mon alter ego. Elle était petite, elle était femelle, elle était d'un autre parfum, à saveur d'érable brûlé, mais Laurie, c'était moi.

Laurie évitait de me regarder, sachant pertinemment qu'elle venait d'ouvrir la boîte de Pandore, devinant instinctivement qu'il nous fallait laisser le silence nous apprivoiser.

Et puis, elle avait volontairement ouvert une brèche sur la vie de sa mère, et cette révélation amènerait forcément des questions. Ce que la renarde ne savait pas, c'est que j'avais moi aussi une révélation à lui faire.

— Tiens, c'est drôle. Moi aussi, j'ai passé mon enfance en famille d'accueil, lui ai-je dit d'une voix que j'avais volontairement gardée désinvolte.

Elle s'est mise à rire. Je me suis mis à rire avec elle. Heureux comme des pinsons qui se trouvent un soir d'hiver et qui se construisent un nid douillet sur les ruines d'un site funéraire. Nous avions survécu, nous étions vivants, nous étions heureux et la vie ne s'arrêtait pas là.

C'est alors que j'ai vu l'homme sur le parapet du pont des Seigneurs. J'ai vu ses cheveux drus et gris coupés en brosse, les cernes sous ses yeux, les cicatrices profondes de ses rides, ses mains posées sur la rambarde. De lourdes mains aux longs doigts déformés. On aurait dit des pattes d'araignée boursouflées.

L'homme aux mains d'araignée nous fixait.

21

Leur éclat de rire avait attiré l'attention de Martin Desmarais. Dans les herbes hautes, un homme à l'élégance désinvolte et une gamine rousse se tenaient juste derrière le ruban jaune qui cernait l'endroit où l'on avait retiré le corps de Mylène Gouin. Qui étaient-ils ? Famille de la victime ? Amis ? Voyeurs ? L'ancien inspecteur de police ne les avait jamais vus dans le secteur. Pourtant, il en connaissait du monde… Son cerveau reprit instinctivement le chemin des hypothèses. Il manquait de pratique, mais son esprit retrouva rapidement sa vélocité. L'homme aux bracelets d'argent était-il le père de l'enfant rousse ? Si oui, pourquoi emmener sa fille sur la berge boueuse d'un endroit où les policiers venaient tout juste de repêcher le cadavre d'une adolescente ? Leur éclat de rire spontané avait attiré son attention et suscité une émotion indéfinissable chez Martin. Il n'était pas choqué, il était intrigué. Si son corps ne répondait plus aussi vite qu'avant, son cerveau vif exigeait encore et toujours sa dose de réponses aux énigmes de la nature humaine. Il obtenait rarement satisfaction. Pourquoi rire sur une scène de crime, si ce n'est… Martin retint lui-même un éclat de rire. Comment cela avait-il pu lui échapper ? Cet humour morbide qui servait d'imperméable à la douleur, il l'avait vu souvent dans des circonstances sordides. Les policiers, les ambulanciers, les médecins légistes, ils pratiquaient presque tous l'humour défensif. Sauf que d'habitude, c'étaient les vétérans, les familiers de l'horreur, qui se servaient de cette arme pour éviter d'être contaminés par la fange… Martin se pencha au-dessus de la rambarde, content de son analyse. L'homme aux traits fins et l'enfant rousse étaient des vétérans. Comme lui.

22

J'ai posé ma main sur l'épaule de Laurie et, sans avoir besoin de nous consulter, nous avons tourné le dos à l'homme aux pattes d'araignée. Il faisait encore plus chaud qu'à midi, une fournaise. Je sentais sous mes doigts les os pointus de l'épaule frêle de la renarde. Une brindille.

— T'as pas faim ?

Son corps gringalet réveillait en moi des pulsions nourricières.

— J'ai surtout soif.

— Comment ça se fait que t'es pas plus grosse que ça alors que ta mère fait des gâteaux toute la journée ?

— Je suis née prématurée. J'ai été en couveuse deux mois, m'a-t-elle coulé, ses yeux d'or me jaugeant en coin. Je suis *née* junkie.

— Wow. En manque avant même de venir au monde ? Tu fais fort.

À voir son sourire de fierté, j'avais visé dans le mille en reconnaissant la valeur de sa cicatrice de guerre. J'étais assez bon dans ce genre de compétition, mais là, je dois dire qu'elle avait une longueur d'avance sur moi.

— Ils pensaient pas me réchapper. Ils pensaient que j'aurais des séquelles *psychologiques*.

Elle avait insisté sur « psychologiques ».

— Et ? T'en as ?

Elle a eu une moue de regret.

— Pas vraiment... Je suis assez mature. Sauf que je suis restée petite pour mon âge.

— Ça te dérange ?

— Ben oui. Toutes les autres filles ont des chums. Des filles *plus jeunes* que moi. Sauf qu'elles sont plus développées, si tu vois ce que je veux dire.

J'ai failli lui dire que ça ne pressait pas, que la vie lui revaudrait bien ça dans quelques années, mais j'ai senti qu'il valait mieux que je me la ferme. J'ai opté pour une vieille tactique éprouvée : le changement de sujet.

— C'était comment, ta famille d'accueil ?

— Laquelle ?

Pragmatique, toujours. Pas un brin de sentimentalisme dans sa question. Seulement un désir de bien répondre.

— Je sais pas, celle que tu veux.

— La première, je m'en souviens pas, j'étais bébé. Après, ils m'ont remis à Lucie, à cause de la maintenance du lien biologique. J'ai été là dix-sept mois avant qu'elle rechute. J'ai été replacée chez les Tanguay. Eux autres, je m'en souviens, ils avaient un chien qui pissait sur toutes mes affaires. Ils m'ont remis à cause du chien. Après, j'ai été chez les Fiset.

Elle s'est arrêtée, a repris son souffle. M'a regardé, a haussé les épaules.

— Tu sais...

J'ai hoché la tête. Oui, je savais. En tout cas, l'essentiel. Faire ta valise aux trois mois, c'est rien pour t'apprendre les bonnes manières. Mais comme un soldat qui croise un collègue du champ de bataille, j'avais besoin de spécifications. La pudeur, c'était bon pour les épargnés de la vie, ceux qui ne veulent pas vraiment savoir, de peur d'être contaminés. Nous – tiens, j'étais passé au « nous » –, les explosés, il nous fallait des détails. Les plus précis possible. On ne reprenait pas le contrôle du chaos avec des sentiments, mais à petites pelletées de pragmatisme.

— C'était quoi, chez les Fiset ?

— Tout. C'est là que j'ai connu Mylène. Le père battait ses fils, pis les fils abusaient de Mylène. J'avais sept ans, elle, dix. Je l'ai dit à ma TS. Elle m'a enlevée de là. Mais j'ai jamais su ce qui était arrivé à Mylène avant qu'ils le disent aux nouvelles de ce matin. J'imagine que danseuse topless, c'était une promotion pour elle. Après, les SS[1] m'ont mis dans trois autres familles. Il y avait toujours quelque chose. Des fois, c'était de ma faute. Je me battais.

— Toi ?

Elle a eu un drôle de sourire en coin.

— J'ai pas dit que je gagnais.

— Tu voyais ta mère ?

Je n'avais pas pu m'en empêcher ; moi, je n'avais jamais revu la mienne.

— C'était pas ma mère. C'était une fille qui m'apportait des cadeaux qui entraient pas dans ma valise pis qui me

---

1. TS : travailleuse sociale. SS : services sociaux.

faisait des promesses que je voulais surtout pas qu'elle tienne. Des fois, elle avait le droit de me sortir. J'avais toujours hâte que ça finisse.

— Pourquoi ?

— Quand ta mère est belle de même, pis fuckée en plus, tu sais jamais ce qu'elle va faire. J'aimais mieux les femmes de mes familles. C'étaient des grosses pas belles qui allaient nulle part. Elles étaient pas toujours fines, mais elles étaient stables.

D'où on était, je voyais la rue qui menait au café de sa mère…

— Pis là, j'ai été placée chez les Lagacé… Je les ai aimés, eux. Ils étaient fins tous les deux. Même quand j'étais pas du monde, ils étaient fins.

— Ça t'arrivait souvent de pas être du monde ?

— Pas mal. Surtout avec eux, je sais pas pourquoi. C'est eux que j'aimais le plus, pis c'est à eux que j'ai fait le plus de trouble.

Elle avait ravalé de force la brisure de sa voix. De honte et de regret. Je savais exactement de quoi elle parlait. J'avais fait le même coup à Rebecca. On fait toujours payer ceux qui nous aiment. Ils ont le dos large, et le cœur encore plus. On peut prendre sans vergogne à même un puits qu'on imagine sans fond. On se venge sur eux de tous les autres qui n'ont pas voulu de nous. Méchant party. Jusqu'à ce qu'ils n'en puissent plus et qu'ils se poussent. Instinctivement, j'ai remis ma main sur l'épaule pointue de ma renarde. Instinctivement, nous avions ralenti le pas pour avoir le temps de finir notre conversation avant d'arriver au café. Sans lui demander son avis, j'ai bifurqué dans la petite impasse qui donnait sur la droite, et nous avons marché jusqu'aux remblais des rails du CN. Il y avait une porte de métal qui donnait sur un monticule. Machinalement, j'ai essayé de l'ouvrir. Verrouillé.

— C'est quoi ?

— Un tunnel pour les ouvriers qui travaillaient sur les tracks avant. Ils l'ont condamné. C'était plein de seringues pis de capotes. Y a même un gars qui s'est fait descendre là-dedans.

On est allés s'asseoir sur la chaîne de trottoir. Je voulais savoir la fin de l'histoire. Celle qui justifiait pourquoi ma flamboyante jeune amie préférait celles qui finissent mal.

— Alors, les Lagacé ?

— J'étais la seule chez eux. Pas de chien. Pas d'autres enfants. Ils voulaient m'adopter. Moi, je voulais au boutte. Laurie Lagacé, ça sonnait bien. Pis là, Hélène est tombée enceinte. Ça faisait des années qu'ils essayaient. Des fois, je la voyais se piquer le matin en haut de la fesse, pour avoir plus de chances. Sauf qu'à cause des traitements elle attendait des jumeaux. Pis moi, ben, j'ai eu tellement la chienne qu'ils veuillent pus de moi que je me suis mise à faire de l'asthme, pis plein d'autres affaires…

— T'es devenue du trouble.

— C'est ça. Peut-être que si Lucie s'était pas prise en main, les Lagacé m'auraient gardée. Peut-être que si elle avait encore fait la pute pour un demi-gramme d'héroïne, ils m'auraient gardée. Mais ça faisait deux ans que ma mère allait bien. Elle avait reçu de l'aide, elle avait suivi des cours, elle ouvrait son café avec une subvention spéciale. Et puis, elle voulait me ravoir… Ils se sont dit que j'étais aussi bien de retourner chez ma mère.

— Comment ça se passe ?

Laurie a plongé ses doigts blancs aux ongles noirs dans les nœuds de sa chevelure rousse.

— J'attends.

— T'attends ?

— J'attends. Avec ma mère, tu sais jamais quand ça va sauter. Je te le dis, au cas où elle t'intéresserait.

J'ai repensé aux longues jambes de Lucie, à son déhanchement nerveux, à ses yeux si doux à force d'usure… Une fille *intéressante*. Une fille qui peut « sauter n'importe quand » a toujours un potentiel dramatique digne d'intérêt pour un auteur. Moins belle que Rebecca. Infiniment moins belle. Mais intéressante, ça oui, on ne pouvait pas dire le contraire. D'autant plus intéressante que j'avais maintenant envie de connaître sa version de l'histoire. La renarde me guettait, perspicace. Est-ce que j'avais le choix de lui dire la vérité ? Pas vraiment… J'ai acquiescé.

— Si je n'étais pas occupé ailleurs, ta mère pourrait m'intéresser.

— Je le sais. Je t'ai vu la regarder.

— C'est pas elle qui m'intéresse, ai-je menti. C'est son histoire.

— Son histoire ?!

La réplique avait fusé, les lignes de défense aussitôt érigées en dards pointus. Il était évident que Laurie n'était même pas prête à envisager que sa mère puisse être l'heureuse détentrice d'une histoire qui lui appartienne en propre.

— Ben oui, son histoire. Mais ça tombe mal, j'en ai une autre à écrire.

— Même à ça. Je vois pas en quoi l'histoire de ma mère est intéressante.

J'ai allumé un cigarillo. Cette conversation me poussait au cul comme Tony savait si bien le faire quand il voulait manger. Encore une fois, la vérité me parut la plus riche des options.

— Ma mère à moi, elle est jamais revenue me chercher.

Laurie m'examina soigneusement. Je lisais son évaluation dans ses yeux. Est-ce que je faisais du sentiment? Non. Est-ce que c'était possible qu'un adulte puisse encore vouloir atteindre sa mère? Oui.

— Pourquoi elle a pas voulu de toi?

J'ai encore une fois répondu de mon mieux, même si j'étais cruellement conscient que ce ne serait pas une réponse satisfaisante.

— Je sais pas.

— Demande-lui.

— Je sais pas où elle est. Je sais même pas si elle est encore en vie, Laurie.

— Pis tu penses vraiment que si ma mère te raconte son histoire, tu vas comprendre la tienne?

Laurie m'avait jeté ça comme on jetterait des tripes sanguinolentes aux requins, certaine de me ferrer du premier coup. C'est ce que j'étais, même pour une adolescente de presque treize ans. Une prise facile. Je n'osais pas imaginer ce que je pouvais être entre les mains de Lucie, et encore moins celles de Maggy.

— Je te l'ai dit, je travaille déjà sur une autre histoire.

— Ouais ben, si j'étais toi, je trouverais une autre blonde que Lucie. Parce que si tu penses que je suis du trouble, c'est parce que tu ne connais pas ma mère. *Elle*, c'est du trouble.

— Je pense pas que tu sois du trouble, Laurie. Pour te dire la vérité, je pense que tu es une jeune fille formidable.

Touché... Son petit visage tendu venait de retrouver un peu de lumière. J'ai eu peur qu'elle se mette à pleurer, je ne l'aurais pas supporté. Heureusement, elle s'est accrochée aux mots.

— Tu penses pas que je sois du trouble ?

— Toi ? lui ai-je dit en ouvrant mon sourire aussi large que j'ai pu. Sage comme une image.

Et dans le deuxième éclat de rire de la journée, je l'ai ramenée chez sa mère.

*

Quand on a poussé la porte du café, sa mère pleine de trouble posait une énorme part de gâteau à la rhubarbe devant un grand métis au crâne rasé et aux muscles pétants sous son t-shirt kaki. Lucie riait de le voir avaler sa cuisine à grandes fournées méthodiques. Le Black avait allongé ses jambes de chaque côté de la table, incapable de les contenir en dessous, tant elles étaient longues. Ils étaient tous les deux comme des danseurs qui avaient déjà fréquenté le même ballroom. Pour la deuxième fois de la journée, j'étais jaloux.

J'ai évité de regarder la renarde. Je n'avais pas envie qu'elle devine ma jalousie, je n'avais pas envie qu'elle me voie moche après le moment parfait que nous venions de passer ensemble. De toute façon, il était tard et je n'avais plus envie d'écrire. Seulement de rentrer chez moi et d'écouter Monique Leyrac avec Tony sous le porche d'une maison que je négligeais.

J'ai repris le volant de Jolly Jumper au pire de l'heure de pointe. La route était une infernale éternité de banlieusards écrasés par la chaleur et la résignation. Seul avec un lecteur de cassettes bousillé et le vacarme de mes pensées, j'aurais donné n'importe quoi pour pouvoir fuir. Mais l'obsession maladive de l'homme moyen pour le morne enclos qu'était la banlieue rendait la chose impossible. J'étais coincé. J'ai allumé la radio et je suis tombé sur une chroniqueuse culturelle qui sévissait à la Première Chaîne depuis des lustres : « Ta gueule, toi », lui ai-je répliqué avec un bel enthousiasme. J'ai tenté une dérive à gauche jusqu'à CHOM FM, *the spirit of rock*, mais ça grésillait comme un ampli qui a pris l'eau. J'ai fini par éteindre, résigné, et je me suis penché sous le siège pour ramasser une bouteille d'eau bien chaude. C'est alors que je l'ai vu. Le iPod de Rebecca. Elle l'avait perdu, l'avait cherché, en vain. Et puis, elle m'avait quitté.

J'ai ramassé le mince rectangle vert lime qui avait appartenu à ma femme. Boîte à musique, coffre au trésor, qu'est-ce qu'elle avait mis dedans ? Je ne m'en souvenais pas. Probablement The Clash, The Ramones et les Sex Pistols ; elle adorait le punk anglais. Alors que je n'y connaissais strictement rien, j'étais tombé amoureux d'elle quand elle m'avait dit que The Clash était l'équivalent musical des *drippings* de Jackson Pollock. J'ai appuyé sur « menu » et la lumière s'est allumée. Comme celle de son iPod, la batterie de mon cœur ne s'était pas encore vidée. Je me suis branché sur les écouteurs du petit appareil comme on branche un amputé sur le Dilaudid.

J'avais tout à coup besoin de ma dose. Sans regarder, j'ai appuyé sur « Play » et je suis tombé sur le cul quand Peter Frampton s'est mis à chanter *Baby I Love Your Way*. Qu'est-ce que Rebecca foutait avec ce Ken de la musique pop ? Ça ne lui ressemblait tellement pas. Et puis, le poignard a rejoint mon plexus. Forcément, c'était *l'Autre* qui lui avait envoyé une insignifiance pareille. Combien de fois l'avait-elle écoutée ? Je ne voulais pas le savoir.

J'ai fait signe à la fille dans la Toyota d'à côté, celle dont les narines étaient grandes ouvertes sur le smog et les cuisses grandes écartées sur la cuirette bouillante de son siège, et je lui ai balancé le iPod. Elle a crié de surprise avant de me lancer un regard de veau ahuri : « T'es malade, man ! »

Ça fait longtemps que je le sais, fille... J'ai fermé la fenêtre du côté passager pour éviter toute tentative de conversation de sa part et j'ai réessayé de syntoniser *the spirit of rock*. Il devait y avoir un miracle pour les malades parce que, juste au moment où ça commençait enfin à bouger sous l'échangeur Turcot, Jean Leloup est rentré au poste, limpide comme une source : « Aujourd'hui, la fumée d'incendie a jauni le ciel et rougi le soleil, les étoiles du Nord me rappellent la mort et tu m'appelles encore. Tu dormais sur le banc tandis que je conduisais et j'espère ne jamais arriver. Regarde, les étoiles. »

23

Martin avait attendu que l'homme et l'enfant rousse partent, puis il était descendu sur la berge. Il ne pouvait s'en empêcher. Le terrain lui manquait. L'appel. La tension silencieuse des scènes de crime. Les mains qui se tendent, sèches et dures, et qu'on empoigne un bref instant pour éviter de se sentir le cul comme des chiens. Les mots rares, efficaces. L'humour qui tient les ténèbres à distance, parfois… Les gestes qui retrouvent instinctivement la marche à suivre. Contourner les corps, éviter de piétiner les lieux, tout voir sans rien toucher. Le respect du rituel de l'enquête, de l'histoire qui se cache derrière les faits. Aux informations, ils avaient dit « mort présumée accidentelle ». Martin connaissait tous les codes, tous les silences de la police. Il suffisait de savoir lire entre les lignes. Ce qu'il savait faire admirablement.

Il se pencha pour passer sa main sur les herbes écrasées par le poids de pas lourds. Ceux d'un policier, ou d'un médecin légiste, probablement. Son corps meurtri lui rappelait qu'il avait bien fait de quitter la police. Ses mains déformées par l'arthrite ne sauraient plus trouver la force de toute façon. Ce qui ne voulait absolument pas dire que les tout premiers moments d'une enquête, comme ceux de l'amour, ne lui manquaient pas.

Desmarais se redressa et quitta les berges tout en allumant une cigarette. À cinquante pieds devant lui, le Prestige... Le club avait longtemps été la propriété du père Sullivan, qui s'en était servi comme quartier général, façade de blanchiment d'argent et tripot, avant d'opérer un discret transfert de propriété au nom d'une de ses maîtresses. Celle-ci l'avait ensuite revendu à un des fils Sullivan, qui l'avait lui-même mis au nom de sa fille. C'est ainsi que l'argent du racket, de la prostitution et de la vente de stupéfiants finissait par faire oublier l'odeur du sang. Il n'y avait qu'à mettre les biens au nom d'un membre de la famille qui n'avait pas de casier judiciaire pour qu'ils deviennent insaisissables.

Martin Desmarais marchait lentement, profitant de la tombée du jour. Pointe-Saint-Charles, Saint-Henri, Verdun, tous ces bas quartiers de la ville avaient été son terrain de jeu préféré au cours de sa carrière dans la police. Martin s'y sentait chez lui, à l'aise dans la rudesse directe de ses habitants. Il en reconnaissait les codes et il en appréciait la franchise. Après son départ à la retraite, il avait décidé de rester dans le quartier. Il s'était acheté un appartement à Saint-Henri, rue Vinet, presque sous l'échangeur, à quelques pas de la maison de cette journaliste haïtienne qui était devenue représentante de la reine d'Angleterre au Canada. Une petite-fille d'esclaves transformée en ambassadrice royale chez les colons de Sa Majesté, par la grâce du multiculturalisme... Le Canada n'était pas un pays, c'était une assemblée de scouts au-dessus d'une termitière qui rongeait ses fondations.

Le clan Sullivan magouillait tout ce qu'il y avait à magouiller dans Saint-Henri, Griffintown, Pointe-Saint-Charles et Verdun. Ils avaient aussi des intérêts au sein des sections syndicales des cols bleus, des employés du port de Montréal, à la voirie et aux travaux publics. Les Calabrais prenaient leur part tout en profitant du fait qu'ils avaient aussi infiltré la police, les pompiers, la magistrature et le conseil municipal. Longtemps, les Calabrais avaient régné au-delà des Irlandais, dont ils se servaient comme hommes de main sur le terrain. Puis ils s'étaient fait planter par les Napolitains, les Siciliens, les Colombiens et les Russes.

Ses pas l'avaient amené devant le bar de Gros Bill. Desmarais poussa la porte. Il n'y avait personne, sauf Bill et la voix énergique de l'animateur d'une station de radio rock. Tant pis. Il avait soif et il avait envie d'un scotch. Il s'assit au bar et Bill vint prendre sa commande, le saluant d'un hochement de tête.

— Super ou ordinaire ?

— Super.

— Tu fêtes quelque chose ?

— Je ne sais pas. Qu'est-ce qui se passe avec les Sullivan ?

Bill haussa les épaules d'un air entendu.

— Le moins j'en sais, le mieux je me porte.

Desmarais hocha la tête, étonné de se trouver si déçu. Depuis qu'il avait envoyé les coupures de journaux, il n'arrêtait pas de penser à Maggy. En avait-elle tiré les mêmes conclusions que lui ? Pensait-elle encore à cette nuit-là ? Se souvenait-elle de lui ? Il avait suivi sa carrière avec intérêt, étonné de la trouver si belle quand il la voyait en photo sur un tapis rouge, ou aux nouvelles du soir lors d'un lancement de film. Toujours, il cherchait les traces de coups sur ce magnifique visage et, toujours, il ne trouvait qu'un masque lisse, impénétrable. Un sphinx, une énigme. Peut-être avait-elle fait la paix avec cette période de sa vie… Martin ne voyait pas comment elle pouvait avoir fait la paix, mais les femmes étaient si étranges parfois… Tous les matins, il lisait les journaux pour voir s'il y avait des développements. Rien. Tous les soirs, il consultait son répondeur pour vérifier si un jeune enquêteur n'avait pas fait un recoupement. Rien. Pourquoi l'auraient-ils fait d'ailleurs ? Le vieux Julius était mort. Le temps que la police obtienne un mandat de perquisition pour son cabinet, le dossier de Patrick Boyle aurait probablement déjà disparu. Sans identification du crâne, l'enquête n'était certainement pas une priorité.

Brièvement, Martin avait pensé informer les policiers de ses déductions. Il y avait vite renoncé. D'abord, il se ferait emmerder ; ensuite, on ne le croirait probablement pas. Et même si quelqu'un le croyait, ils seraient toujours acculés à la même maudite impasse : sans l'ombre d'une preuve, personne ne bougerait… Martin avait bien pensé à son affaïre, et la seule, vraiment, qui aurait pu faire quelque chose, c'était Maggy. Manifestement, elle avait décidé de s'abstenir. Il aurait dû s'en foutre. Mais cette pensée le déprima.

— Ça va pas ? demanda Bill. T'as des ennuis ?

Martin sursauta. Il avait complètement oublié où il était. Il fit signe que non et sortit une cigarette avant de se rappeler qu'il n'avait plus le droit de fumer. Sacrament de règlement ! Tout ça pour empêcher quelques milliers d'abrutis de mourir du cancer alors que la planète crevait déjà de surpopulation.

Bill le laissa tranquille et allongea le bras pour prendre la bouteille de Glenkinchie tout en haut de l'étagère. Alors que la canicule étouffait tout sur son passage, la brûlure du scotch était suave. Martin Desmarais le dégusta en croquant d'abord les glaçons ; sa bouée de sauvetage face au naufrage de l'alcoolisme avait été son goût de luxe pour les grands scotchs. Il se disait souvent que s'il avait préféré le rye cheap, sa cervelle se serait érodée sous l'effet du poison. Ce qui l'aurait privé d'un autre luxe, celui de pouvoir réfléchir en paix…

Dans le temps où il était encore en service, ce qui lui manquait le plus, c'était le temps. Il n'aimait pas qu'on bouscule sa réflexion. Il n'aimait pas que, sous la pression du rendement, sa pensée soit sans cesse acculée au pied du mur. Prise en otage. Poussée dans les ornières des idées reçues et des conclusions hâtives. Ça l'énervait.

Une fois qu'il s'en était plaint, son boss avait levé les yeux au ciel, mort de rire : « Si tu voulais du temps pour réfléchir, ma puce, fallait choisir un autre métier que le crime… » Ma puce ! À six pieds quatre pouces, même avec un physique émacié de marathonien, Martin pouvait difficilement prétendre au titre de « puce ».

Depuis sa retraite, il lui arrivait de constater que du temps, il en avait trop. Surtout pour qu'une femme qui se foutait de lui envahisse ses pensées. Il n'avait plus envie de penser à elle. Martin Desmarais vida son verre d'un coup et sortit sans un mot. Marcher lui ferait du bien.

24

Maggy désactiva le système d'alarme. La maison était vide. Impeccable. Pourtant, elle sentit tout de suite que quelque chose clochait, comme elle avait senti, vingt-six ans auparavant, que quelque chose clochait quand elle était entrée chez elle. À l'époque, c'était le vide qui l'avait alertée. Aujourd'hui, c'était le parfum d'une présence.

Le coffre-fort n'avait pas été touché. De toute façon, il était vide. Dans l'évier astiqué à la perfection par la femme de ménage philippine, il y avait une petite cuillère oubliée. Maggy la ramassa machinalement et la rangea. Sur le buffet, une série de photos familiales trônaient, dûment époussetées. Des photos qui donnaient aux Sullivan toutes les apparences d'une famille respectable et cossue.

Le père orgueilleux, la mère élégante, le fils ténébreux et la fille parfaite. Une famille coulée dans le marbre et la feuille d'or. Maggy se dit que grâce à sa fille Nicola, qui riait sur toutes les photos, ils avaient même l'air heureux. Un triomphe de mise en scène signé Frank Sullivan. Entre ses mains, ils avaient tous été des acteurs. Parfois dociles, parfois rebelles, toujours à sa merci.

Au salon, il ne manquait aucun tableau. Ni le François Vincent ni le Corno, dont elle détestait la vulgarité, mais qui faisait se pâmer tous leurs amis riches. Elle possédait même une série d'eaux-fortes signées Gilbert Carle, qu'elle avait achetées dans un encan de charité. Des silhouettes féminines, à la fois fortes et désinvoltes. Maggy les adorait d'autant plus que Frank, son mari, les détestait : « Toi pis tes maudits artistes ! » Frank aurait dû comprendre pourtant que ce qui animait sa femme dans la fréquentation des artistes, c'était de pouvoir les posséder. Souvent, elle invitait des réalisateurs, des peintres, des auteurs à leur table. Elle savait recevoir, ça oui. C'était toujours fastueux, généreux, abondant. Elle les régalait de vins somptueux, de mets délicats, de compliments, et ensuite ils lui étaient redevables. Gare à celui qui ne savait pas se montrer reconnaissant.

Frank n'avait jamais eu de goût ; les lions de bronze qui gardaient l'entrée de la maison en étaient la preuve pétaradante. Même chose pour la grotesque piscine en forme de haricot qu'il avait insisté pour faire creuser à grands frais alors qu'il était impossible d'y nager. On pouvait au mieux se faire macérer dans le chlore en buvant un daiquiri. D'ailleurs, il n'y avait que leur fille qui utilisait la piscine, où elle invitait ses nombreux amis. Maggy sourit à l'idée que Nicola, qui avait une vie sociale digne d'une riche héritière, y organisait probablement des orgies dès que son père avait le dos tourné. Libertine, nombriliste et outrageusement gâtée, leur fille aurait pu être insupportable. Elle ne l'était pas. Dès sa naissance, Nicola avait eu cette faculté de séduire tout le monde, même quand on avait envie de l'étrangler.

Ce qu'elle faisait de son corps, non seulement Maggy s'en foutait, mais elle savourait pleinement le fait que Frank soit humilié par la conduite de chatte en chaleur de sa fille... Bien fait pour lui.

Quant à leur fils, Maggy s'était toujours dit qu'on ne pouvait pas espérer grand-chose des enfants nés sous le signe de la pourriture. François, pourtant, n'avait pas toujours été faible. Brillant, sensible, il n'avait jamais eu besoin d'étudier. Il aurait pu faire quelque chose de cette intelligence. Le triomphe de la facilité l'avait rendu arrogant. Pour ses douze ans, il s'était payé un trip d'acide, à treize, il fumait du crystal meth avec la fille d'un trafiquant d'armes israélien, et à quatorze il ratait un pacte de suicide pourtant conclu sur de l'héroïne d'excellente qualité. Frank l'avait envoyé dans les meilleurs centres de désintoxication. Il avait fait des pieds et des mains pour sortir François de la dope. Ça lui avait coûté la peau du cul, un infarctus et un cancer. Frank ne ratait jamais une occasion de rappeler à son fils à quel point il lui coûtait cher. Mais comme le lui avait dit François un soir de Noël où tous les notables de Ville Mont-Royal festoyaient chez eux : « Venant d'un homme qui a fait sa fortune avec le trafic de stupéfiants, c'est la moindre des choses. »

Ce qui avait jeté un froid.

François avait menti, volé, escroqué sa propre famille pour ses besoins. Il avait vendu pour ses cousins qui étaient encore « dans le métier ». Eux aussi, il les avait floués. Un soir qu'il avait fait de la coke et du speed, François avait frappé un client d'un des bars de danseuses appartenant au clan. Le gars avait, selon François, « manqué de respect envers une des filles ». L'homme était mort dans le coffre de sa voiture. Frank avait dû user de son influence pour faire disparaître son fils à l'autre bout du pays le temps que les choses s'apaisent.

François en avait profité pour passer à la dope légale, et il était devenu le champion des fausses ordonnances. Il avait remplacé ses anciens dealers par une collection de médecins complaisants qui faisaient semblant de croire à ses maux de dos. Le jeune homme avait même volé les opiacés de son grand-père mourant. À quoi fallait-il s'attendre d'un enfant qui vole son propre grand-père sur son lit de mort ?

Maggy se mit à rire toute seule. De l'union de leurs deux formidables natures, Frank et elle avaient produit un minable et une dévergondée. L'image de la cuillère abandonnée toute seule dans l'évier lui revint en mémoire… François ! Il n'y avait que lui et son sens de l'humour tordu pour lui laisser une cuillère en guise de bonjour. Du temps de l'héroïne, François s'était abondamment servi dans l'argenterie de sa mère. Il avait sans doute été le seul héroïnomane de Montréal à faire chauffer sa drogue dans les cuillères d'argent de sa mère, pour le simple plaisir de bousiller de l'argenterie estampillée Birks.

Maggy monta jusqu'à sa chambre. En ouvrant la porte, elle vit que son ordinateur portable avait disparu, ainsi que tout le contenu de sa boîte à bijoux. Son fils les avait volés, et elle s'en foutait. De l'argent, elle en avait. Plus rien ne l'intéressait à part le film qu'elle voulait faire. Aucun des bijoux ne représentait quoi que ce soit pour elle. Il y avait longtemps que Maggy avait évacué de sa vie toute notion de sentimentalité. C'était Frank qui avait gardé les robes de baptême, les dragées, les photos. L'homme qu'elle avait épousé était un fascinant mélange de violence et de guimauve. Un piranha diabétique.

Elle poussa la porte de la salle de bain. L'armoire de sa pharmacie avait été vidée. Cette fois, c'était signé aussi clairement qu'une carte de fête. François. Bon. Au moins, il était encore vivant.

Maggy entra dans la chambre de Frank, ce qu'elle ne faisait jamais, évitant depuis le début de son mariage une trop grande intimité avec celui dont elle portait le nom. Elle se mit à fouiller tous les endroits qui pouvaient contenir des médicaments. François était passé par là aussi.

Dans le tiroir de la table de chevet, il y avait des demandes d'examens signées par le docteur Finch, l'oncologue de Frank. Des prises de sang. Récentes. Le cœur de Maggy s'affola. Il ne fallait pas qu'il crève, l'enfant de chienne. Pas tout de suite.

Maggy se laissa tomber sur son lit. Entre l'appartement miteux de ses dix-neuf ans et la somptueuse maison de Ville Mont-Royal, il y avait un fleuve tumultueux qu'elle avait franchi sans se poser de questions, uniquement préoccupée par sa survie. Dans cette enclave riche de Montréal où cohabitaient grands avocats, fonctionnaires de carrière et hommes d'affaires aux fortunes insolites, elle s'était trouvée comme un poisson dans l'eau. Elle adorait les larges entrées pavées, la richesse cossue et ostentatoire de l'endroit, les arbres centenaires, les mères de famille qui vont chercher leurs enfants à l'école au volant de leur 4×4 Mercedes, liftées du cul aux sourcils et armées de pied en cap de leurs cuirasses signées Prada et Burberry. Les guerrières du contrat de mariage et de l'arrangement conjugal. Comme elle.

À Ville Mont-Royal, l'obsession des apparences rendait la vie plus facile. Il suffisait de disparaître derrière pour avoir la paix. Si le gazon était entretenu par un professionnel du design paysager, personne ne voulait connaître la provenance de l'argent que ça prenait pour régler la facture.

Maggy, certaine qu'elle s'était déjà acquittée de sa dette, n'avait jamais pensé qu'il lui faudrait un jour en payer le prix. Frank avait eu ce qu'il voulait et elle s'était organisée pour obtenir encore plus. Ou du moins, c'est ce qu'elle avait toujours cru.

Mais depuis qu'elle avait reçu cette coupure de presse au sujet d'un crâne inconnu qui portait la trace d'une balle, depuis qu'elle savait qu'un obscur dentiste qui aurait pu identifier la dentition était mort, foudroyé par une voiture qui s'était enfuie, tout avait changé. Ce qui lui restait d'illusion avait été brûlé par l'acide. Maintenant, elle savait. Maintenant, elle sentait. La douleur la tenait au flanc, à la nuque, au cœur et au visage. Sa blessure était de nouveau fraîche, béante et orgueilleuse. Un feu d'artifice qui lui sautait au visage. Elle s'était laissée berner et elle avait perdu. Pour la première fois de sa vie, Maggy ne résistait plus à la douleur, qui la terrassait avec plus de violence que tout ce qu'elle avait connu à ce jour, et le diable était témoin qu'elle s'était baignée nue dans ses eaux. Même l'idée du danger ne lui faisait pas peur. Elle avait cru qu'en se collant au pire elle serait protégée de tous les autres prédateurs, mais elle s'était trompée. Elle portait en elle la blessure de toutes les victimes et elle n'allait pas se laisser faire. Frank allait le payer, et son humiliation serait publique.

Maggy entendit la porte d'entrée s'ouvrir. Elle inspira profondément, puis se leva pour aller à la rencontre de celui qui n'avait reculé devant rien pour la posséder. Du haut du grand escalier, Maggy regarda Frank qui se préparait déjà un scotch. Il était chauve maintenant, moins fort qu'avant, moins beau aussi. L'avait-elle déjà trouvé beau ? Elle ne s'en souvenait plus. Petite, peut-être… Avant de savoir que les dettes de son père feraient de sa famille les obligés des Sullivan…

Les mains de l'homme qu'elle avait épousé, si fortes, si masculines, commençaient à se couvrir de taches de vieillesse. Sa maladie l'avait fragilisé. Pourtant, il émanait encore de lui une puissance difficile à ignorer. Il était Frank Sullivan, fils de Frank Sullivan, héritier d'un empire construit sur la rapacité, l'extorsion, la violence et le crime. Il fallait bien se l'avouer, se dit Maggy avec une certaine fierté, elle avait épousé un des plus grands trous de cul d'Amérique.

Elle descendit l'escalier. Au son de ses pas sur l'ébène des marches, Frank se tourna vers sa femme. Il la trouva belle et élégante avec son beau visage altier, ses épaules fières et sa taille qui était restée impeccable malgré deux enfants. Même du temps où elle était pauvre comme la gale, Maggy se tenait comme une reine et provoquait en lui l'envie de la briser.

Frank se dit qu'il fallait qu'il parle à Finch au sujet du Viagra. Il tenait à baiser sa femme une dernière fois, en lui faisant bien sentir qu'il était l'homme de sa vie.

Maggy s'approcha de lui et lui offrit quelque chose qu'elle lui accordait rarement lorsqu'ils étaient seuls tous les deux : un sourire…

— Ça va ?

— Très bien. Tu veux quelque chose ?

— Non. Pourquoi ?

— Quand tu es comme ça, c'est parce que tu veux quelque chose.

Elle haussa les épaules :

— *You're such a fuckin' asshole.*

Sa femme était instantanément redevenue elle-même. C'était peut-être mieux comme ça.

— François est passé.

Frank reçut la nouvelle sans broncher. Sa lutte pour sauver son fils avait depuis longtemps épuisé ses réserves de colère. Il ne restait plus qu'une grande fatigue et la déception amère de le voir détruire l'œuvre de toute une vie.

— Tu l'as vu ?

— Non. Mais je sais qu'il est passé.

— Qu'est-ce qu'il a pris ?

— Comme d'habitude. Mon Mac, mes bijoux, le contenu de la pharmacie.

— La tienne ou la mienne ?

— Les deux.

Il ne manquait plus que ça. Frank Sullivan vida son scotch d'un seul trait. On avait beau venir d'une famille qui avait fait manger des ministres à son auge, personne n'était à l'abri de ses propres enfants.

Maggy sortit de la maison à l'aube. Elle ne voulait pas voir Frank. Elle emprunta l'embranchement jusqu'à

Outremont avec l'intention d'aller prendre son petit-déjeuner au Café Souvenir puis, prise d'une impulsion, elle bifurqua vers l'est. Elle n'avait pas envie de réfléchir à sa destination, alors elle alluma la radio. Les nouvelles étaient un bouquet malodorant de corruption, de délits d'initiés, de fraudes et autres délicatesses du monde « légitime ». Maggy éteignit aussitôt, écœurée. Il n'y avait plus de règles, plus de frontières entre la vie civile et le crime organisé. Tout le monde se comportait en malfrat dans une espèce d'orgie désordonnée. Une chatte n'y retrouverait pas ses petits.

Elle fouilla dans ses disques et inséra les *Variations Goldberg*. Qu'elle retira aussitôt. Trop calme. Elle s'entendait encore penser. Elle avait envie de quelque chose de fort. Instinctivement, ses doigts retrouvèrent le chemin du *spirit of rock*, qu'elle n'avait pas écouté depuis ce fameux soir du mois d'août. Tout de suite, elle tomba sur *Born to be Wild* de Steppenwolf. Elle monta le son au maximum et appuya sur l'accélérateur. Elle avait hâte d'arriver.

Dans la chambre de sa mère, ça sentait l'urine et la merde. Malgré la chaleur, les fenêtres n'étaient pas ouvertes et l'odeur stagnait, désagréable comme une invitée qui s'incruste. Maggy aurait eu les moyens d'installer sa mère dans une résidence beaucoup plus confortable. Elle aurait pu se servir de l'argent de Frank, ou encore du sien. Mais Maggy Sullivan ne voulait pas « le meilleur » pour sa mère. Elle referma la porte derrière elle :

— Bonjour, maman.

Assise sur son lit, sa mère ne releva même pas la tête. Elle tricotait des chaussons de bébé avec de la laine jaune, en plein été. Elle passait de l'une à l'autre de ses quatre aiguilles sans hésitation. Comment fonctionnait donc le cerveau humain pour que les mains se souviennent de points si précis alors que la mémoire avait foutu le camp depuis longtemps ?

Maggy s'installa à côté de sa mère sur le lit. Un préposé l'avait douchée. À travers l'odeur fétide de la vieillesse, ça sentait le shampoing et le savon Ivory. Maggy regarda le profil encore beau de celle qui l'avait mise au monde. Elles avaient le même nez, cette même mâchoire dessinée d'un coup de fusain précis. Ses magnifiques cheveux autrefois noirs étaient maintenant d'un blanc immaculé. Si ce n'avait été ses yeux au regard encore dur malgré l'absence qu'il y avait derrière, la mère de Maggy aurait été une belle vieille.

— Tu sais, je vais faire un film et tu vas être dedans. Tu ne seras pas belle, maman.

— Pas belle ?

Les aiguilles venaient de s'arrêter.

— Non, pas belle du tout.

— J'ai toujours été belle, dit la vieille avec orgueil.

— Dans mon film, c'est moi qui décide. Et je te jure que tu seras la plus laide des mères.

— Je ne peux pas être la plus laide des mères, je n'ai pas d'enfant.

— Pour qui tu tricotes les chaussons ?

— Pour ma fille. Elle va avoir un bébé, tu savais ?

— Oui. Je sais. Elle va avoir un garçon. Il va s'appeler François et il va être aussi vicié que son père et sa mère. Frank aussi va être dans le film.

Au nom de Frank, sa mère s'adoucit, rose comme une jouvencelle. Elle montra l'horloge du doigt.

— C'est le matin. Frank vient toujours le matin.

— Pas ce matin.

— Il vient tous les matins, insista sa mère. Il a toujours hâte de me voir. Il s'emmerde avec sa femme. C'est une grosse vache qui se plaint tout le temps. Il ne peut pas divorcer. *Ils* ne veulent pas le laisser divorcer. Mais il m'aime. Il nous aide beaucoup, tu sais.

Les aiguilles se remirent en marche, rageuses.

— Pas comme ton père, qui est toujours soûl.

À la pensée de son père, Maggy sentit son cœur se serrer. Toute son enfance, elle avait entendu sa mère dénigrer son père. Tu parles. Elle avait surtout besoin d'une excuse pour justifier sa liaison avec Frank senior. Alors elle répétait « toujours soûl » comme un mantra, un mauvais sort, un destin qui s'incruste. Tout le monde avait fini par croire que le père de Maggy était effectivement « toujours soûl ». Lui-même avait fini par le croire. Il s'était alors senti obligé d'être à la hauteur de sa réputation. Il était déjà pauvre et cocu. Pourquoi pas alcoolique ? Son père était mort d'une cirrhose aiguë, empoisonné par l'alcool et la honte.

— Ça fait longtemps que papa ne boit plus, maman.

— Ton père n'arrêtera jamais de boire. Il n'a aucune volonté.

— Papa est mort, laisse-le tranquille. Ton Frank aussi est mort, maman. L'an dernier, d'un cancer. Son fils a le même cancer. Tu te souviens de son fils ?

— Non.

Elle déposa ses aiguilles sur ses genoux, déroulant le fil jaune qui la reliait à la boule de laine fine, à nouveau en mode « absence ». « Comme c'est pratique, cet Alzheimer », se dit Maggy. Cet oubli à volonté, ce buffet dans lequel sa mère se servait à sa convenance, remplissant son assiette de ses amours avec Frank senior, dédaignant la fille qu'elle avait mise au monde. Elle s'était déchargée de toute responsabilité : « Ce n'est pas moi, c'est la maladie. »

Maggy la sortirait de son foyer pour la première du film. Elle l'habillerait de noir. Elle la décorerait d'un collier de perles et la ferait coiffer. Elle l'obligerait à regarder des images insoutenables, et ensuite elle la présenterait à tout le monde : « C'est ma mère, oui, c'est elle dans le film, avez-vous passé une bonne soirée ? »

La mémoire perdue de sa mère sur grand écran, jumelée à l'humiliation publique de son mari. Ce serait un formidable soir de première.

Maggy prit le chausson de bébé qui était terminé et quitta sa mère sans lui dire au revoir. Sur le lit, la vieille se mit à crier au vol comme un goret qu'on égorge. « Tant pis pour elle, se dit Maggy en s'éloignant rapidement dans le corridor beige qui suintait le désinfectant. Tant pis pour elle. »

25

Je partais de chez moi à l'aube. Je rentrais à la tombée du jour. Tony manifestait sa colère en me bousculant pour sortir dès que je lui ouvrais la porte. Il se faisait alors un devoir d'aller faire ses besoins dans la plate-bande de fleurs pour bien me signifier à quel point mes nouveaux horaires le contrariaient.

Les premières journées au café avaient été productives. J'avais presque réussi à terminer mon plan d'écriture, une sorte de carte routière qui se chargerait de me rappeler en cours de dérape créative qu'il fallait tout de même se rendre à destination. Suivant les directives de Maggy, j'avais opté pour le « très librement inspiré de l'histoire de Maria Goretti » et transposé l'action entre Verdun et les berges du canal Lachine. Pour son histoire à elle, c'était facile de me coller aux faits. Que l'arme du crime soit italienne ou pure laine, une enfant qu'on assassine, c'est universel.

Là où je n'avais pas encore trouvé d'équivalence, c'était sur la société au pouvoir, celle de l'Église dans la « vraie » histoire. Au Québec, nous n'avions pas de société au pouvoir. Les églises avaient été désertées dans un bel élan de liesse collective. *Shadenfreude*, la joie de détruire... Au mieux, nous avions une élite intellectuelle impuissante et méprisée. Or, pour que le fait divers s'inscrive dans la grande histoire, il me fallait cette équivalence de l'horreur institutionnalisée. Celle qui pardonnait à l'assassin, qui le réhabilitait, qui lui permettait de reprendre sa vie et d'assister à la béatification de celle qu'il avait transpercée à grands coups de fourche.

Le temps d'un allongé odorant, j'ai passé toutes les options en revue avant de revenir à mon point de départ, l'idée de remplacer l'Église par le crime organisé. Nous sommes un peuple bon enfant, pusillanime, glorifiant ses criminels jusqu'à en faire des héros. Après tout, si Mom Boucher avait été ovationné lorsqu'il s'était présenté à un match de boxe et que la télévision finançait des séries à la gloire des motards alors que ces mêmes motards étaient responsables de la mort d'un petit garçon innocent, je pouvais très certainement faire admettre notre soumission collective devant le pouvoir de la pègre. Face au marc de café dans le fond de ma tasse qui me prédisait un avenir incertain si je poursuivais dans cette voie, j'hésitais... Travaillant moi-même pour la femme de Frank Sullivan, j'étais mal placé pour dénoncer l'hypocrisie. Et puis, il fallait bien l'avouer, même en « inventant » une pègre qui n'avait rien à voir avec celle des Sullivan, je n'étais pas très chaud à l'idée d'affronter le regard de Maggy lorsque je lui soumettrais l'idée... J'avais enfin un contrat, je tenais à l'honorer, et surtout à me faire payer.

N'empêche... l'idée était bonne, il fallait seulement voir comment je pourrais l'utiliser.

Ça ne m'avançait pas du tout dans ma quête d'un équivalent au pape et à ses évêques. En bon scénariste, j'ai opté pour la solution facile par excellence : j'aviserais plus tard. En attendant, j'allais commander un autre allongé.

Le mot s'était passé très vite qu'un étranger avait élu domicile au café du coin. Rien de plus consanguin qu'un quartier désuni par la misère depuis sa fondation. J'entendais Lucie expliquer ma présence dans son café au moins vingt fois par jour : « Il écrit un film. »

Ça provoquait des regards curieux. Un film ? Qui se passerait dans Pointe-Saint-Charles ? De la table du fond, je les sentais méfiants. Ils n'avaient pas tort. J'étais au mieux un touriste exotique, au pire un parasite. Entre deux paragraphes, j'allais fumer une cigarette dehors. C'était un magnifique théâtre en plein air, et je n'avais qu'à ouvrir les yeux et les oreilles pour qu'on me livre les images sur un plateau d'argent. Malgré l'étroitesse de la rue aux trottoirs défoncés où les poteaux de téléphone servaient d'arbres, c'était l'humanité tout entière qui défilait devant le café de Lucie.

Les femmes me fascinaient. Elles étaient comme ces Napolitaines des films néoréalistes de l'après-guerre. Splendides à vingt ans, ravagées à vingt-cinq. Cinq ans ! C'était le temps que ça prenait pour qu'une femme se décompose à grands coups de défaites, d'enfants vite faits et de raviolis en boîte. Les hommes n'avaient pas beaucoup plus d'options. À la vente de garage du destin, il restait deux modèles : résigné ou violent. Les meilleurs d'entre eux arrivaient à conjuguer les deux en alternance, naviguant à vue d'une semaine à l'autre.

Quant aux enfants, difficile de ne pas voir l'impasse qui les attendait tôt ou tard. Pour presque tous, il était douloureux de parler d'avenir.

Au milieu de la masse, Laurie se distinguait comme une tache de sang sur un drap blanc. J'avais peur pour elle. Pas d'un danger pour sa vie, mais de cette extinction des feux qu'on lui ferait rentrer de force entre les dents pour la punir d'oser flamber alors que tous s'éteignaient autour d'elle. Il y a plusieurs façons d'assassiner quelqu'un. L'humiliation quotidienne en est une furieusement efficace. Ce que les enfants qui fréquentaient le centre de Doisneau ne se privaient pas de faire avec Laurie. À douze ans, presque treize, elle le vivait au coup par coup. Pour le moment, elle se relevait encore. Mais la répétition finirait bien par user sa peau blanche jusqu'aux nerfs.

Sa mère et moi, on se jouait notre partie de poker personnelle. De la visière de ses grands yeux bleus, Lucie me soupesait comme on évalue un melon. Qu'allait-elle trouver si elle s'avançait ? Un fruit mûr au goût de miel ou une chair insipide et pâteuse ? De mon côté, j'essayais de m'approcher sans me brûler. Le scénariste en moi s'intéressait à son histoire. Mais au fin fond de ma connerie, j'étais quand même assez intelligent pour savoir qu'avec l'histoire viendrait la femme… Et là, l'homme que j'étais s'avançait en terrain miné. Autant je n'avais qu'une envie, ouvrir ses cuisses splendides et m'y enfoncer jusqu'à l'apaisement, autant je me savais incapable d'assumer la suite. Je n'étais pas un homme, mais une terre en jachère où rien ne pousserait si on voulait aller trop vite. Il fallait attendre. Ce que je n'avais jamais su faire. Et puis, cette façon qu'elle avait de se reposer sur un pied et d'ouvrir l'autre, quand elle prenait une commande, faisait appel à ce que j'avais de plus primaire. Faut croire que même une terre en jachère pouvait bander.

Ce duel entre la conscience de mon état mental et la gestion de mes pulsions donnait lieu à une chorégraphie inventée par des idiots. C'était assez délicat comme ballet, avance de deux pas, recule de trois, grand écart entre les deux, pirouette et baisser du rideau. Je dois dire qu'elle était assez forte pour bousculer mon jeu. Elle commençait en me cognant avec une révélation choc. Comme de me dire qu'elle avait fréquenté le collège Stanislas, une des écoles privées les plus réputées à Montréal. Puis, elle sacrait son camp en cuisine ou retournait faire un brin de causette à un de ses clients, le plus naturellement du monde, me laissant seul avec mes questions. Stanislas ?! Comment pouvait-on avoir fréquenté un collège privé et ouvrir un café subventionné dans un quartier ouvrier où le taux de décrochage scolaire frôlait les quarante pour cent ? Je soupçonnais Lucie de faire exprès pour attiser ma curiosité.

Ce qui était le cas. Ma Schéhérazade des bas-fonds avait compris que, plus que ses jambes de déesse, c'étaient les histoires qui me faisaient capoter. Et des histoires, ça tombait bien, elle en avait à la chiée et elle savait exactement comment accrocher mon intérêt. En les distillant au goutte-à-goutte.

— Comment ça se fait que tu t'es retrouvée dans une école pour gosses de riches ?

— J'étais bonne à l'école.

— Tes parents, ils faisaient quoi ?

— Faut que j'aille travailler.

— Tu fais exprès.

Elle me décochait un sourire en coin, la chienne, heureuse de me laisser sur ma faim.

26

La Sony de Steve déversait son lot d'images dans le disque dur de l'ordinateur. Celles qu'il avait tournées avec les enfants de Doisneau. Steve sentait une différence dans ses images de l'adolescente blonde. Il s'était attardé sur elle, déjà amoureux. Il espéra qu'Annabelle ne le remarque pas. La haute définition rendait parfaitement le grain lisse de sa peau pâle, la lumière dans le bleu de ses yeux, ses petits seins frémissants sous sa camisole. Elle ne portait pas de soutien-gorge. Sur un des plans, elle levait les yeux vers lui, cherchant la lentille. Il y vit une invitation, presque du désir.

À ses côtés, Annabelle s'impatientait. Ça n'allait pas assez vite. Il fallait que le transfert de ce qu'ils avaient tourné se fasse en temps réel, ce qui était toujours interminablement long. Steve ne s'en plaignait pas, il en profitait pour saisir les meilleures images au vol et les ajouter à toutes celles qui dansaient dans sa tête. Pour calmer l'impatience d'Annabelle, Steve l'attrapa par la taille et la cala d'office sur ses genoux.

Elle sortait de la douche, son corps d'adolescente visible sous une de ces longues tuniques de coton blanc qu'elle affectionnait. Elle disait que de se présenter au monde vêtue de blanc était une offrande de paix. La vérité était que c'était la seule façon de dissimuler son squelette d'anorexique.

Steve ne la forçait jamais à manger, il ne passait jamais de remarques non plus et prenait toujours sa défense quand la mère d'Annabelle insistait pour que sa fille mange. Quand ils mangeaient chez les parents d'Annabelle, Steve savait qu'il entendrait les hoquets de ses vomissements dès qu'ils seraient rentrés, et ça le rassurait. Steve aimait bien ce corps d'adolescente à peine pubère, le seul qu'il pouvait désirer en toute légitimité. Il aimait bien que l'obsession d'Annabelle pour son poids monopolise la quasi-totalité de ses pensées. Entre ses études, le film et sa préoccupation constante pour la nourriture, Annabelle n'avait ni le temps ni le désir d'accorder une réelle attention aux autres. Ce qui convenait parfaitement à Steve. Pendant qu'elle comptait les calories, il avait la paix. Elle était comme ses victimes. Lymphatique. Elle n'élevait jamais la voix. Ne bousculait jamais personne. Elle n'avait pas assez d'énergie pour questionner, se battre. Steve se demanda si elle avait l'étoffe d'une mère. Saurait-elle avoir la poigne qu'il fallait pour élever leurs enfants ? Il faudrait qu'il compense. Il fallait de l'autorité dans une famille. Des règles. Des balises. On ne pouvait pas laisser les enfants faire tout ce qu'ils voulaient. Il allait devoir se montrer vigilant.

Sur l'écran, la caméra de Steve avait lentement zoomé sur l'adolescente blonde. Le plan était lent, fascinant. Jessica aimait qu'on la filme, elle aimait la lentille, elle aimait le regard de Steve sur elle et elle offrait sa beauté photogénique comme un poisson exotique s'offre en spectacle au plongeur ébloui. Comment avait-il pu passer à côté de sa beauté si longtemps ? Steve changea de position de façon qu'Annabelle ne sente pas son érection. Il ne pouvait s'empêcher de fixer l'écran, tout en guettant la réaction d'Annabelle du coin de l'œil. Il eut peur d'avoir été trop transparent dans sa façon de filmer Jessica. Heureusement, la petite fille rousse qui avait des opinions sur tout était entrée brusquement dans le cadre, interrompant la magie. Chaque fois que la caméra se posait sur la rousse, son visage se convulsait de tics nerveux. Annabelle eut un mouvement d'agacement.

— Elle gâche complètement le plan.

— C'est pas grave, répondit Steve, content de la diversion.

— T'as vu les tics qu'elle a ?

Sur le moniteur, le visage de Laurie fut pris d'une crise de tics particulièrement aiguë. On aurait dit qu'elle faisait exprès pour contredire Steve.

— On pourra jamais s'en servir. On va la couper, c'est tout.

Steve, surpris de l'agressivité insolite dans la voix d'Annabelle, se tourna vers elle.

— On ne comprendra plus rien à leur histoire si tu la coupes.

Annabelle haussa les épaules.

— Tu sais, leur histoire, ça n'est pas important. On pourrait garder juste la partie documentaire.

Steve recula, curieux. Il n'avait jamais vu cet aspect d'Annabelle. Il était inquiet aussi. Si elle abandonnait le projet, il n'aurait plus de prétexte pour passer ses journées avec les enfants.

— Tu veux enlever ce qu'ils ont écrit ?

— C'est pas bon.

— Le projet, ce n'était pas de faire un bon film. C'était de faire en sorte que les enfants *s'impliquent* dans le film.

Annabelle quitta ses genoux, tout à coup distante.

— J'ai reçu une proposition d'une boîte de production spécialisée dans le documentaire social.

— Documentaire social ?!

— Oui, tu prends un sujet avec des victimes, je sais pas, moi, des travailleurs en lock-out, des jeunes sans-abri, des malades en phase terminale, tu les mets en opposition avec ceux qui les oppriment, les boss, la société, le système de santé, David contre Goliath, pis t'as un documentaire social.

— Je comprends pas. Tu veux lâcher notre projet ?

— Non, non. Mais je veux plus tourner leur film. Je veux faire mon film. Mes films.

— Tu m'en as pas parlé…

Annabelle évita la question et reprit sa place sur ses genoux, lui flattant la poitrine.

— S'ils aiment le montage, ils vont essayer de le vendre à une télévision. Mais pour le vendre, ils m'ont dit qu'il fallait qu'on s'oriente plus sur un message d'espoir pour les jeunes.

Steve tombait des nues : un message d'espoir ?! Il n'en revenait pas. Quel espoir pouvait-il y avoir pour ces morveux attardés ? La seule qui pouvait espérer s'en sortir, c'était Jessica, une fois qu'elle serait passée entre ses mains. Elle n'aurait pas la vie sauve, mais au moins il lui épargnerait une vie humiliante et méprisable. Elle mourrait dans la perfection de sa beauté. Ce serait un moment inoubliable.

— Ils m'ont dit que ce qui serait bien, c'est de les amener à parler de l'effet positif du tournage sur leurs vies, qu'on les voie évoluer grâce au projet. Que ce serait bien de choisir ceux qui sont les plus représentatifs.

— Tu veux dire ceux qui disent ce qui ne dérange pas les gens de la télévision.

— Mais non, t'es bête !

— Explique-moi alors, je comprends pas.

— C'est juste de choisir des personnages porteurs. Ceux qui ont le plus de chances de s'en sortir.

— Et les autres ? Ceux qui n'ont pas de chances de s'en sortir ? On leur dit de rentrer chez eux ? Qu'ils ne font plus partie du film ?

Il y eut un moment de silence. Annabelle fixait l'écran, soudainement butée.

— On a juste à les tourner de moins en moins.

— Et à couper ceux qui ne fittent pas au montage...

— Qu'est-ce que ça apporte, leurs histoires de violence et de zombies qui décapitent les vivants ? C'est des clichés de série z, c'est noir, c'est débile, pis c'est pas un message positif.

Annabelle était rouge de frustration et de colère. Steve ne l'avait jamais vue comme ça. Combative. Il fallait absolument lui faire entendre raison.

— Oui, mais c'est ça qu'ils regardent chez eux ! Ils boivent de la débilité dans leur biberon ! Tu peux pas leur demander d'avoir les mêmes goûts que s'ils étaient des enfants de médecins élevés à Outremont !

Annabelle recula, heurtée. Elle était fille de médecin, élevée à Outremont. Pour une raison qui lui échappait complètement, Steve se sentait obligé de défendre ceux qui seraient abandonnés derrière. En eux vivait la plus belle part de l'humanité, celle de l'ombre et de la liberté d'action pour les hommes comme lui. Il sentit Annabelle se crisper contre lui et fit aussitôt marche arrière, pédalant dans la boue collante de l'hypocrisie. Annabelle était sa couverture. Un paravent d'une perfection absolue. Et il était prêt à n'importe quoi pour continuer de faire des images d'enfants sans qu'on se méfie de lui.

— Excuse-moi, c'est mal sorti. C'est juste que je vois mal comment tu pourrais renier tout ce qui te tenait à cœur depuis le début. Je ne voudrais pas que tu trahisses tes idéaux.

Annabelle l'embrassa en souriant. Elle semblait tout à coup animée d'une passion qu'il ne lui connaissait pas. Ses joues s'étaient empourprées, ses yeux brillaient.

— Je ne trahis rien du tout, au contraire. Tout ce que je veux, c'est les aider à s'en sortir. Leur donner de l'espoir. Et en plus, on pourrait avoir du financement, tu te rends compte ?

Steve était atterré. Du financement ? Ça voulait dire que d'autres qu'eux verraient ses images. Qu'il devrait se surveiller encore plus sur ce qu'il tournerait. Qu'il devrait maîtriser sa caméra. Éviter les beauty shots sur les adolescentes aux seins bourgeonnants. Il tenta de protester.

— Je ne sais pas, ma puce… Ce n'est pas le film que tu avais en tête au départ. Tu voulais leur donner une occasion d'exprimer leur créativité, tu voulais rester neutre, les observer comme ils sont. Pas comme on voudrait qu'ils soient.

Annabelle eut un autre mouvement d'agacement. Le deuxième en quelques minutes, ce qui était tout à fait inhabituel chez elle.

— À quoi ça sert de faire le film que je voulais faire au départ si personne ne le voit ?

Steve souleva ses cheveux pour l'embrasser sur la nuque.

— Tu as absolument raison, l'important, c'est que le plus de monde possible voie ton film.

Instantanément, le corps d'Annabelle s'assouplit contre le sien. Elle était à nouveau amoureuse de le voir si conciliant. Qu'est-ce qu'elle était conne, quand même… C'était si facile de la berner. Une main posée sur sa taille, quelques caresses, trois mots creux, et elle redevenait consentante et molle. Elle avait l'intelligence d'un lapin dont on pouvait rompre le cou d'une seule torsion de la main.

Sur l'écran de l'ordinateur, les images qu'ils avaient tournées défilaient toujours, s'enregistrant dans la mémoire du disque dur. Steve mit son pouce sur la barre qui figeait l'image juste au moment où Jessica tournait la tête vers lui. Elle semblait lui lancer un appel à l'aide : « Ne la laisse pas faire, pense à moi. »

L'espace d'un instant, Steve se dit qu'il pourrait tuer Annabelle. Ce serait facile. Peut-être même excitant. Mais alors, il perdrait son meilleur alibi. Non, il ne pouvait pas se passer d'elle. En tout cas, pas tout de suite. Il ne lui restait qu'une chose à faire avec la future mère de ses enfants : la baiser.

Ce qu'il fit en remontant sa tunique blanche par-dessus sa tête pour ne pas voir son visage, le regard fixé sur l'écran de l'ordinateur qui lui renvoyait l'image de Jessica qui l'implorait : « Viens me chercher, Steve, viens me chercher. »

27

Lucie se levait à quatre heures du matin tous les jours. Elle repliait le divan-lit, allait vérifier si Laurie dormait bien dans la seule chambre du minuscule appartement (qu'elle louait trop cher, mais qui avait le mérite d'être situé juste à côté du café), embrassait sa fille, puis elle sortait dans la nuit encore noire en prenant soin de verrouiller derrière elle. La nuit ne lui faisait pas peur. Elle savait que ce qu'elle pouvait redouter de pire, elle le portait déjà en elle.

Quand Lucie arrivait au café, Daniel, le portier du Prestige, l'attendait en fumant une cigarette.

Il était passé une nuit par hasard, alors qu'elle ouvrait. Quand elle avait vu sa silhouette massive se profiler dans l'ombre pour s'avancer vers elle, Lucie s'était instincti-vement retournée pour fuir. Elle avait alors vu un autre homme s'éloigner vivement et s'était rendu compte que le danger avait été derrière et non devant. Que la présence de Dany lui avait certainement évité une rencontre désagréable. D'une foulée musclée, Dany avait rattrapé l'inconnu qu'il avait plaqué au sol, s'était penché à son oreille pour lui chuchoter quelque chose, puis s'était relevé d'un bond élastique. L'inconnu avait filé sans demander son reste. Il n'y avait pas eu un seul cri. Pas un seul bruit. Dany s'était tourné vers Lucie pour vérifier si ça allait. Elle lui avait fait signe. Ça allait. Ils n'avaient pas échangé un mot.

Depuis, à la fin de son shift, à l'heure où les clients retournent chez leurs femmes et où les danseuses sniffent leur dernière ligne, Dany passait devant le café de Lucie et veillait à ce qu'elle ouvre en toute sécurité. Elle lui faisait à déjeuner pendant que la nuit pâlissait. Et il mangeait pendant qu'elle s'affairait en cuisine. Lorsque Dany quittait le café, l'odeur des gâteaux embaumait l'air. Ils ne se disaient jamais plus que quelques mots. Ils n'en sentaient le besoin ni l'un ni l'autre. Instinctivement, ils reconnaissaient que leur rencontre ne se passerait pas sur ce terrain-là. Lucie appréciait sa présence et son silence. Dany sortait de l'obscurité toutes les nuits pour venir vers elle, et ça lui suffisait. De toute façon, il en savait probablement plus sur elle que tout ce qu'elle pourrait lui confier.

Un matin, ils avaient couché ensemble. Au lieu d'aller préparer le café comme elle le faisait toujours, elle l'avait touché, effleurant la veine saillante de son cou musclé. Il avait été en elle presque immédiatement, la soulevant de terre comme si elle avait été une plume. Pourtant, Lucie était lourde. Ils avaient baisé vite. Fort. Sans un mot. Elle l'avait mordu au cou pendant qu'il enfonçait ses mains dans la chair de ses fesses dures. Tout de suite après, elle avait dit : « Ma fille va se lever. » Daniel avait acquiescé d'un signe de tête et il était parti. Si ça n'avait été de la rigole de sperme qui coulait entre ses jambes tremblantes, Lucie aurait pu oblitérer instantanément ce qui venait de se passer.

La nuit suivante, Dany était revenu, fidèle au poste. Cette fois-là, Lucie avait mis un soin particulier à faire son café, comme une tendresse qu'elle ne se serait pas accordée à la fin de leur étreinte. Daniel avait bu son café plus lentement que d'habitude, rendant hommage à l'affection tacite qu'elle lui offrait. Ils n'avaient jamais récidivé. Et à ce jour, Lucie ne savait toujours pas pourquoi. Mais jusqu'à sa rencontre avec Antoine, Dany avait été le seul homme dans sa vie depuis qu'elle avait retrouvé la garde de Laurie.

En sortant dans la nuit encore noire, Lucie se dit que cette absence d'homme lui avait été bénéfique. Avec le vide était aussi venue une tranquillité bienfaisante. Elle avait retrouvé sa fille, elle bossait. Lentement, elle se remettait en piste. Avec sa gueule d'ange et sa façon d'écouter, ce maudit Antoine ne pouvait que lui bouleverser le cœur. Quand il était dans son café, installé à la table du fond avec son drôle d'ordinateur tout mince en face de lui, Lucie reconnaissait la tentation du vertige, l'envie de se laisser tomber en chute libre.

Cette nuit-là, elle fut contente de voir se profiler la silhouette massive de Dany. Comme s'il pouvait la protéger. D'Antoine, d'elle-même. Et puis, elle avait quelque chose à lui demander.

Lucie prit le temps de préparer le café avant de lui poser la question. Elle connaissait la bête et elle savait qu'il ne fallait pas la brusquer. Au moment où il allait partir, elle se lança :

— T'as vu quelqu'un le soir où Mylène s'est noyée ?

Dany s'immobilisa et se retourna vers Lucie, curieux.

— J'ai vu plein de monde le soir où Mylène s'est noyée.

— Doisneau ?

Dany hocha la tête en signe d'acquiescement.

— Doisneau ne reste jamais longtemps, tu le connais.

— Il était venu pour elle ?

— Pas particulièrement.

— Il t'a dit quelque chose ? Il t'a demandé quelque chose ?

— Pas plus que d'habitude, Luce. *Why?*

Lucie haussa les épaules. Dany était le seul à l'appeler « Luce », à l'anglaise. Son accent ougandais, doux et profond, faisait ressortir toute la richesse de sa voix rauque. Les traces de l'Afrique de l'Ouest sur la langue de Dany signifiaient toujours un aller simple vers son intimité. Il s'en servait rarement, et pour cette raison même évitait de fréquenter les expatriés du Rwanda, de Somalie, d'Ouganda et du Mozambique. Les « Westas », fiers et aristocrates jusqu'à l'arrogance, lui rappelaient tout ce qu'il ne pouvait pas se permettre d'être s'il voulait continuer de faire son travail de casseur de gueules. Le Prestige avait besoin d'un cogneur, pas d'un prince.

— Je sais pas, Dany. Mais je pense pas qu'elle soit morte toute seule.

Elle sut par le seul tressaillement imperceptible de ses épaules qu'elle avait touché quelque chose. Quoi ? Lucie connaissait trop les codes pour insister. Il y eut un moment de silence mille fois plus inconfortable que lorsqu'ils avaient couché ensemble. Puis, Dany ouvrit la porte du café, brisant le silence.

— *You know how it is.*

— Je sais. Mais…

— *Don't go there, Luce.*

— Si…?

— *Just don't.*

Et dans un mouvement souple, Dany disparut, sa peau noire tranchant la lumière laiteuse de l'aube comme une lame.

28

Quelques jours plus tard, le coroner concluait à la mort accidentelle de Mylène Gouin par noyade à la suite d'une injection massive d'héroïne. J'avais appris la nouvelle très tôt le matin, sur le site de la Presse canadienne. Au mouvement de la vipère au creux de mon ventre, j'ai su que la désagréable conviction que sa mort n'était pas accidentelle s'était incrustée, tenace comme une tache de graisse. Même si j'avais raison, même si on avait aidé Mylène à mourir, il y avait trop de questions pour un seul homme. Qui pouvait avoir des raisons de tuer une danseuse mineure ? Quel mal avait-elle eu le temps de faire dans sa trop brève existence ? À qui ? En sortant se piquer, avait-elle vu quelque chose qu'elle n'aurait pas dû voir ? Peut-être qu'elle devait de l'argent… Elle devait certainement de l'argent.

Sans réfléchir, j'ai décroché le téléphone et j'ai appelé au café. C'était la première fois que je me conduisais autrement qu'en client. Même si j'étais surtout préoccupé par la mort d'une adolescente, la pensée que je transgressais une règle en appelant Lucie m'a traversé l'esprit. J'étais tout à coup intimidé, mal à l'aise. Si Lucie avait répondu, j'aurais probablement raccroché. Mais ç'a été la voix de clarinette mouillée de la renarde qui a retenti à mes oreilles. Trop tard pour reculer.

— Café du trèfle à quatre feuilles, bonjour !

L'été était tout entier dans le ton joyeux de sa voix. Manifestement, Laurie s'était levée du bon pied. Sa bonne humeur était contagieuse.

— Salut, c'est Antoine.

— T'appelles ben de bonne heure !

— Pis toi, t'es ben de bonne humeur !

— Je pars au camp ce soir. Il y a un lac.

— Quel camp ?

— Avec la fondation ! Je te l'ai dit, t'as posé des questions, *come on.*

Ah oui. Le camp. Le formulaire à signer pour que ce soit gratuit. Les garçons.

— Ah oui. Le camp avec les garçons.

— *Yessss.*

— Vous partez toute la gang du centre ?

— Non. Il y en a que leurs mères ne veulent pas.

Elle n'avait pas dit « leurs parents », seulement « leurs mères ». Ça en disait long sur l'état matrimonial des ménages de Pointe-Saint-Charles. Parlant de mères…

— Ta mère est là ?

Le choc de l'appareil qu'on dépose sur la table, le bruit lointain des ustensiles de cuisine qu'on range, de la vaisselle qu'on bardasse. La voix de Lucie assourdie : « C'est qui ? » Celle flûtée de Laurie : « C'est ton chum. »

Son chum ?! Un raclement de gorge. La mienne. Je n'étais pas prêt à être le chum de qui que ce soit, encore moins d'une fille aux grandes jambes qui ne me plaisait qu'à moitié. Si je devais un jour me réengager, ce serait au moins avec…

— Allô.

La voix de Lucie entra dans mon oreille. Une giclée de lait dans l'espresso serré de mon amertume. J'ai raclé ma gorge une deuxième fois.

— C'est moi… Je…

Oh le con ! Déjà le « c'est moi », oh le con !

— Tu voulais me dire quelque chose ?

— Oui…

Lui dire quoi ? J'avais complètement perdu le fil. Que je n'avais pas encore fait mon deuil ? Que je n'étais pas prêt ? Qu'avant je sortais avec des filles canon, mille fois plus belles qu'elle ? C'était nul. Minable. Cliché. Entendu mille fois.

Par miracle, l'autopsie a refait surface au milieu de la vase.

— En fait, je voulais te demander si tu savais pour Mylène.

— Non.

— Ils ont dit aux nouvelles que c'était une mort accidentelle. Qu'elle s'était noyée à cause de l'héro.

Il y eut un long silence au bout du fil. J'entendais seulement sa respiration rauque. J'avais l'impression que son souffle reprenait sa cadence après l'orgasme, au creux de mon oreille. C'était d'une intimité foudroyante. Elle m'a ramené sur terre.

— Tu vas venir aujourd'hui ?

— Oui.

J'ai nourri Tony, j'ai repassé une chemise propre, j'ai pris le volant de Jolly Jumper, traversé le village comme si ma vie en dépendait, et j'ai fait le trajet fast back jusqu'à Montréal-la-tourmente. Putain de fille.

Lucie s'était mise à rire quand j'avais avancé cette hypothèse de la dette, au sujet de Mylène :

— Quand tu dois de l'argent, ils te gardent en vie. Ils te battent, ils te menacent, ils te pimpent, mais ils te tuent pas.

Elle était en train de préparer le sac de Laurie pour le camp, la jupe encore pleine de farine. Ses gestes étaient précis, méticuleux, pressés pour plier les chandails, le maillot, les chaussettes dans un grand sac de vinyle bleu qui portait encore le logo des Expos de Montréal. Je regardais ailleurs, le dos collé contre le chambranle de la porte de la seule chambre de son appartement.

— Pourquoi ?

Elle a eu le bon goût de ne pas me remettre ma bêtise sur le nez.

— Parce que mort, tu rembourses pas.

C'était un argument de poids. Pour me distraire, je me suis concentré sur les détails : le voile de coton à fromage qui séparait le divan orange où devait dormir Lucie dans le fond du salon, la lampe Tiffany qui trônait, insolite, sur une caisse de bois, les livres qui jonchaient le plancher, les linges à vaisselle découpés dans de la toile de sacs de farine Five Roses. La chambre de Laurie était propre, mais étrangement peu encombrée. Il n'y avait ni jouets ni bibelots. Un lit, un bureau, des crayons de couleur dans une tasse ébréchée, une photo de Johnny Depp dans *Pirates des Caraïbes*, d'autres photos de jeunes acteurs d'une série américaine, et des vêtements pliés dans des boîtes de bois ouvertes et disposées les unes sur les autres pour faire une étagère. La chambre presque typique d'une ado en plein rush hormonal. Presque. Je reconnaissais cette décoration de peu qui s'installait juste assez pour se gosser un nid n'importe où, facile à déménager s'il fallait faire vite. Une chambre de pensionnaire. Pas une chambre d'enfant qui était chez elle. Dans un cadre à trois sous, installée bien en évidence sur le bureau comme un avertissement, une photo où l'on voyait Laurie assise au milieu d'un couple. Laurie, agrippée au cou d'une jeune femme comme un bébé koala à sa mère. L'homme avait posé sa main sur l'épaule de sa femme et il l'embrassait avec l'abandon d'un homme qui ferait n'importe quoi pour celle qu'il aime. Laurie m'avait parlé d'un couple... Les Lagacé ?

Les cheveux roux de la renarde flambaient au milieu du couple un peu terne. Même au creux d'une photo banale, Laurie était de trop. Comment auraient-ils pu la garder ?

Dans cet encadrement *made in China* plaqué or, je pouvais sentir l'arrachement qui avait été le sien lorsque Lucie avait demandé à la reprendre et que les Lagacé l'avaient abandonnée. Sa peine, enflée comme une plaie qui suinte le pus, palpitait à travers le verre qui protégeait ce qui avait été la période la plus heureuse de sa vie. Quelle chance avait Laurie de faire la paix avec Lucie ? Aucune. Face à cet éden perdu, Laurie ferait ses comptes tôt ou tard. Et elle exigerait de sa mère qu'elle lui rende la monnaie de sa pauvre pièce.

Le reste de l'appartement donnait une impression de vide alors qu'il était trop petit pour deux. Cette austérité ne cadrait pas avec la pauvreté qui se transmet de génération en génération, celle qui n'a rien, mais qui se noie sous un amoncellement de cochonneries.

Comment je m'étais retrouvé chez Lucie, je ne le sais pas. Je ne voulais pas le savoir. J'imagine que j'avais réussi à me convaincre que c'était pour l'aider avec les bagages. Elle m'avait sorti nonchalamment : «Tu me donnes un coup de main pour porter sa valise ?» Et j'avais dit oui. Parce qu'elle me l'avait demandé. Parce que j'aimais bien Laurie. Cette dernière raison était vraie, même si elle ne reflétait pas entièrement la vérité sur mes motivations. La renarde s'affairait à composer un sac d'affaires de toilette : shampoing, brosse à dents, crème solaire. Sa mère le défaisait au fur et à mesure que son adolescente de fille entassait.

— T'as pas besoin de deux tubes, tu pars cinq jours.

— Six ! rétorqua Laurie, pointilleuse.

— T'as l'air excitée de partir.

Elle se tourna vers moi, son petit visage agité de tics nerveux.

— J'aime ça, la nature, les lacs, le bois, me dit-elle le plus sérieusement du monde.

C'était étrange pour une enfant de presque treize ans d'aimer la nature.

— Tu viendras chez nous alors.

C'était sorti tout seul. Lucie me jeta un regard en coin, évaluant ce que j'avais voulu dire. Je me suis rendu compte que mon invitation était probablement ambiguë.

— Vous deux, je veux dire.

Encore plus ambigu. Décidément, j'étais le roi des pieds dans la merde. Autant y aller franchement.

— J'ai un grand terrain, un petit bout de bois, même. Avec un ruisseau qui passe au milieu.

— T'as des animaux ?

— J'ai un cochon.

— Un cochon ?!

— Un cochon. Énorme. Il s'ennuie quand je suis pas là. Il aime beaucoup les filles.

— Vraiment ?!

Elle avait déjà l'air prête à aimer cette grosse brute porcine. Même à douze ans, les filles me terrifiaient par cette compulsion qu'elles avaient à sauter dans l'amour sans se poser de questions.

— Heu, oui, vraiment.

— Il s'appelle comment ?

— Tony.

— Ce que j'aimerais, c'est un chat. Et un cheval. T'as de la place pour mettre un cheval ?

— Laurie.

La voix de Lucie s'était faite impérative. La renarde haussa les épaules.

— Faudrait qu'on se dépêche, l'autobus m'attendra pas.

On s'est donc dépêchés de sortir de cet appartement aux plafonds trop bas.

On s'est rendus au centre à pied, tous les trois chargés comme des romanichels. Il était à peine cinq heures et la chaleur n'était pas encore tombée. Devant le Centre du docteur Doisneau, l'excitation était à son comble. Des serviettes sortaient des sacs de plastique. Plusieurs enfants avaient carrément mis leurs affaires dans des sacs-poubelle, les valises ne faisant manifestement pas partie de l'attirail normal des familles du coin. Laurie s'est immédiatement échappée, à la recherche de Jessica, se fondant dans la masse tonitruante qui s'agitait autour d'un gros autobus jaune pendant que son chauffeur fumait une cigarette en épongeant son front en sueur.

Les deux missionnaires du kodak filmaient l'événement comme s'ils avaient été à un sommet du G8. Ils étaient juchés sur les marches du centre, l'air pénétré de ceux qui se croient investis d'une mission de première importance. Je n'ai pu réprimer mon agacement. Elle, surtout, me tombait royalement sur les nerfs avec son jean Calvin Klein blanc et ses airs angéliques de dame patronnesse nouvel âge. Est-ce que j'ai été leurré comme tout le monde par la belle mission humanitaire d'Annabelle qui permettait à Steve de se cacher? Ou ai-je été trompé dès le début parce que j'avais été moi-même l'époux d'une documentariste que ni son mari ni son pays n'avaient su retenir? Les blessures d'orgueil détournent l'instinct le plus fort, et j'étais – je suis toujours – un mec orgueilleux.

Je me souviens m'être penché à l'oreille de Lucie, lui désignant les deux cinéastes amateurs: «Penses-tu qu'ils vont survivre si on arrête de les fournir en bonnes causes?» Elle a ri, spontanément. Librement. Comprenant instantanément ma fine allusion aux drogues dures. Elle aurait pu ne pas comprendre. Elle aurait pu, comprenant, s'en formaliser. Elle a ri, repoussant une lourde mèche de miel sauvage loin de son visage, m'offrant sa bouche trop grande et ses yeux affamés.

À cette seconde-là, j'ai été pris d'une envie irrésistible de la manger. Là. Maintenant. Devant tout le monde.

Comme Tony quand il engouffre son gruau matinal. Sans manières, comme un porc. Juste à la façon qu'elle avait de me tendre sa nuque comme une offrande païenne, je savais qu'elle ne résisterait pas. Que je pouvais faire d'elle ce que je voulais.

C'est Jessica, la copine blonde de Laurie, qui nous a sauvés de l'impulsion destructrice. Elle était seule devant nous avec son sac à vidanges, ses shorts trop petits et son t-shirt délavé Adidas. Sa peau blanche et ses yeux inexpressifs lui donnaient décidément l'air d'une méduse ballottée par les flots. Était-elle incapable d'avoir des émotions ou était-elle particulièrement douée pour cacher celles qu'elle avait ? Impossible de savoir… D'une voix éteinte qui ne révélait rien, elle nous a salués. Elle cherchait Laurie. J'ai levé les yeux en quête d'une tache rousse parmi les enfants. Je ne la trouvais pas. Instinctivement, ça m'a inquiété. Lucie, elle, n'avait pas l'air de s'en faire : « Elle doit être quelque part, en dedans. » Dans cette insouciance que Lucie affichait, j'ai eu la vision d'une fille enceinte qui se shoote. D'une fille au gros ventre qui se foutait de l'enfant à naître comme de sa première seringue. Je ne devais pas oublier que Lucie était *aussi* capable de ça. Je ne devais pas oublier que j'avais *aussi* été capable de dire : « On arrête, on débranche » à propos de ma propre fille. Des tueurs d'enfants. On avait ça en commun, Lucie et moi.

Une vague de nausée est montée. J'ai eu peur et j'ai barré mon cœur à quarante.

Un petit homme mince aux cheveux poivre et sel et aux traits tirés se promenait entre les enfants, saluant l'un, riant avec l'autre, s'allumant une cigarette en écoutant patiemment les doléances d'une mère qui avait l'air d'en avoir gros sur le cœur. J'ai interrogé Jessica :

— Doisneau ?

Elle a hoché la tête en posant son sac-poubelle trop lourd sur le ciment du trottoir. Quand elle s'est penchée pour déposer son paquet, j'ai vu le creux de ses reins et la courbe de ses jeunes fesses qui dépassaient du haut de son short. Des veines bleutées couraient sous sa peau livide. Surprenant la caméra de l'étudiant cinéaste pointée sur moi, j'ai vite détourné les yeux, mal à l'aise. Qu'avait-il filmé ? Un scénariste pervers qui matait ce que révélait le short taillé trop basse d'une adolescente aux courbes naissantes ?

C'est à ce moment-là que j'ai vu Laurie foncer sur Doisneau. Son petit visage était tout éclairé, offert, confiant. C'était la première fois que je lui voyais cet air-là à la petite. En regardant Doisneau se tourner vers elle, j'ai immédiatement compris pourquoi. Il avait un regard qui voyait les gens jusqu'à la moelle et qui les éclairait d'une lumière qui adoucissait les contours arides et les défauts de fabrication. J'avais presque quarante ans et j'avais envie qu'il me regarde avec la douceur de ces yeux-là. Qu'il me chauffe à sa lumière, qu'il m'adoucisse jusqu'à ce que je perde toute aspérité. Qu'il voie l'enfant solitaire que j'avais été. Que j'étais encore.

Escorté par Jessica, je suis allé à la rencontre de l'homme. Laurie a eu l'air contente de me voir débarquer, parce qu'elle a aussitôt tiré la manche de Doisneau : « Gilbert, Gilbert. » Devant lui, ses émois d'adolescente obsédée par les garçons disparaissaient complètement.

Il n'y avait que l'enfant spontanée et vive qu'elle n'avait probablement jamais été…

Gilbert a levé les yeux sur moi et j'ai eu envie de pleurer. De près, on voyait les rides profondes de son front, les cernes qui assombrissaient encore plus le noir de ses yeux, la flétrissure de son cou d'homme vieillissant. J'ai été à nouveau saisi de cette envie de pleurer. Comme un gamin qui sent qu'il va devoir rendre le trésor qu'il vient de trouver. J'étais plus grand que Doisneau, je me suis retenu. Mais je lui ai serré la main pendant que Laurie expliquait que j'écrivais une histoire de meurtre dans le café de sa mère. Doisneau a eu l'air intéressé.

— De meurtre ?

— Librement inspiré de la vie de Maria Goretti.

Il a levé son sourcil gauche, épais et broussailleux. J'ai senti le besoin de m'expliquer.

— C'est une commande pour un film.

— Vous travaillez avec Steve et Annabelle ?

— Non !

C'était sorti dru. Trop vite. Violemment. Je refusais qu'on me prenne pour un touriste des bonnes œuvres. Doisneau n'a pas eu l'air de s'en formaliser. J'ai quand même essayé d'amortir le choc.

— Non, j'écris seulement de la fiction…

— Ah. Un film avec des acteurs, alors…

Malgré son regard plein de gentillesse, j'ai senti sa déception. La fiction décevait toujours les purs. Ils lui préféraient le documentaire, plus sincère, croyaient-ils. Je n'étais pas d'accord. Une caméra qui roule, en partant, c'est un vice de sincérité. Cette opinion m'avait valu de nombreuses conversations houleuses avec Rebecca, et je n'avais pas envie de contrarier Doisneau à notre première rencontre.

— Oui…

— Vous travaillez pour Maggy.

Ce n'était pas une question… J'ai hoché la tête. Doisneau la connaissait donc ?

— Oui, je travaille pour Maggy.

Doisneau hocha la tête à son tour.

— Elle produit toujours des choses intéressantes ; son documentaire sur Griffintown était très bien.

Et voilà. Un pur. Je n'avais pas vu le documentaire sur Griffintown produit par Maggy Sullivan. Mais j'étais intrigué par Doisneau, qui parlait de Maggy comme s'il la connaissait intimement. Décidément, ma productrice était un personnage étonnant. Je n'ai pas résisté à l'appel de ma curiosité.

— Vous la connaissez bien ?

— Maggy ? Tout le quartier la connaît. Elle s'implique beaucoup.

Je n'ai pas eu le temps d'éclaircir cette réponse sibylline. Lucie était venue nous rejoindre et elle salua Doisneau en l'appelant Gilbert, comme si elle aussi le connaissait depuis toujours. Je me suis à nouveau senti étranger au pays de la Pointe. Il me restait tant de choses à apprendre de la vie de ce quartier, tant de choses à découvrir sur Lucie, Doisneau, Maggy…

Les enfants montaient dans l'autobus dans un désordre qui faisait plaisir à voir. Laurie et Jessica sur les talons, je me suis approché d'Annabelle. Elle était appuyée contre une borne d'incendie, à l'écart de son chum qui filmait les enfants qui se bousculaient. Elle le fixait, lui.

— Qu'est-ce que vous allez filmer pendant que les enfants seront partis ?

Malgré sa façade de douceur et d'apôtre de la paix, elle n'a pas pu réprimer un mouvement d'agressivité. Je la dérangeais. J'entrais dans sa bulle. Elle ne s'est détendue qu'en voyant arriver Jessica, dont elle caressa les longs cheveux blonds avec affection tout en ignorant superbement Laurie. Devant le rejet évident, le visage de la renarde fut instantanément agité de tics.

— On a du montage à faire.

Quelque chose me disait que Jessica et sa photogénie seraient en vedette dans leur beau documentaire social. Quelque chose me disait aussi que Laurie, ses zombies, ses fins désastreuses et son manque de contrôle sur ses terminaisons nerveuses ne feraient pas long feu… Ma main s'est posée instinctivement sur l'épaule de ma jeune amie. Elle n'avait peut-être pas la beauté de sa copine, mais elle avait ma main sur son épaule. Pour ce que ça valait…

Les enfants sont montés dans l'autobus et nous, les grands, on est restés sur le quai.

Sans eux, chacun de nous se retrouvait seul avec ses démons et sa merde.

J'ai senti une brûlure sur mon bras nu. C'était Lucie qui me frôlait. De son corps en sueur se dégageait une odeur de sucre brûlé et de café amer. Ça me rendait fou.

J'ai reculé et je me suis dépêché d'allumer une cigarette. C'est alors que j'ai senti un regard peser sur moi… Steve.

Il me filmait.

29

Steve sentit monter en lui une agitation incontrôlable. Il avait vu Antoine regarder Jessica. Il l'avait vu s'attarder sur son short qui dévoilait ses fesses blanches. Qu'est-ce qu'il foutait là ? Est-ce qu'il la voulait lui aussi ? Il ne pouvait pas laisser faire ça. C'était mal. Dépravé. Les gars comme Antoine, avec leurs airs supérieurs et leur sale perversité, il fallait les faire condamner, les castrer, les éliminer. La justice était trop clémente avec les pédophiles.

À travers sa lentille, le regard de Steve avait affronté celui d'Antoine. Mis à nu, les yeux d'Antoine s'étaient mis à flamber, explosant sous la colère d'avoir été filmé à son insu.

Steve avait baissé la caméra, satisfait d'avoir fait sentir à son rival qu'il était démasqué.

La satisfaction fut de courte durée. Et si l'avertissement n'était pas suffisant ? Et si Antoine mettait la main sur Jessica avant lui ? Elle serait souillée. Et ça, Steve ne pouvait pas le supporter.

Lui, c'était différent. Lui, il les aimait, les filles qu'il choisissait. Il leur redonnait confiance en elles. Il leur donnait du plaisir. Il ne laisserait personne faire de mal à sa protégée. Surtout pas ce minable de scénariste qui se prenait pour un autre parce qu'il écrivait des films *professionnels*.

Steve observa Antoine qui s'en allait avec la fille du café. Pourquoi est-ce qu'il traînait avec une ancienne junkie si ce n'était pas pour avoir accès à sa fille et aux amies de celle-ci ? Qu'est-ce que les filles pourraient bien lui trouver de toute façon ? Il avait au moins quarante ans. Il était vieux.

Steve se dirigea vers Doisneau, qui discutait avec Annabelle. Celle-ci penchait la tête avec sérieux en écoutant ce que lui disait le bon docteur. D'après ce que Steve pouvait entendre de la conversation, la fondation qui avait envoyé les enfants passer la semaine à la campagne organisait une levée de fonds en présence de tous les membres de son conseil d'administration, tous des gens influents : directeurs de banque, juges, artistes, célébrités du journalisme. Doisneau demandait si Annabelle pouvait montrer quelques images de son film lors de la soirée. Steve constata qu'Annabelle n'hésita pas une seconde avant d'accepter, avide. Elle ne l'avait pas consulté. Elle ne s'était même pas tournée vers lui. Comme s'il n'existait pas. Attirée comme un papillon de nuit par la lumière de tous ces gens « importants » qui pouvaient aider sa carrière, elle s'était empressée de dire oui, rayonnante.

Steve savait qu'elle ferait un montage des plus beaux enfants, des meilleures réactions, des répliques les plus percutantes. La misère organisée mise en scène et offerte entre le dessert et le café à des gens en robe du soir et en smoking qui n'avaient jamais ouvert de boîtes de conserve que pour leur chien. Et encore.

À la fin de la soirée, gavée de compliments sur sa belle sensibilité, Annabelle rentrerait chez elle, dans son appartement greffé à l'immense maison de ses parents fortunés, en ayant l'intime conviction qu'elle s'impliquait parmi les plus démunis de la société. Il y avait des moments où Steve ne supportait plus Annabelle. Alors qu'il ne rêvait que de mort tendre pour ses jeunes victimes, il éprouvait de curieux fantasmes de violence envers Annabelle. Il imaginait ses poings lourds la frapper. Il voyait sa lèvre éclater, son nez se briser et sa peau se fendre jusqu'à ce que le masque tombe et révèle qui elle était vraiment : une petite garce privilégiée qui se faisait une carrière avec la crasse de ceux qui n'avaient rien.

Steve entreprit de ranger la caméra dans son étui. Il avait envie d'une bière glacée, d'un calvados et d'une douche. En solitaire. Une fois la nuit tombée, il aviserait.

30

Au volant de son 4×4 Mercedes, Maggy emprunta la rue transversale qui lui permettait de rejoindre l'autoroute Ville-Marie. Elle aurait pu prendre un chemin plus direct, mais il lui aurait alors fallu passer devant l'appartement qui lui rappelait trop de souvenirs. Maggy avait compris depuis longtemps qu'il fallait choisir ses batailles. Elle avait choisi la sienne et elle entendait la mener jusqu'au bout, à sa façon. Elle enfonça Leonard Cohen dans le lecteur. La voix du poète la remplissait chaque fois d'énergie combative : « *Everybody knows the war is over, everybody knows the good guy lost.* »

Personne ne savait mieux qu'elle que la guerre était perdue. Que les pauvres seraient toujours pauvres et que les riches continueraient de s'enrichir. Il n'y avait qu'une façon de transgresser la règle : infiltrer le système et l'exploiter à son avantage. Maggy n'en avait rien à foutre, des autres. Quand elle en avait eu besoin, le seul qui s'était manifesté n'avait pas eu le pouvoir de l'aider.

À quoi pouvait bien servir le secours d'un seul homme, aussi bienveillant soit-il, contre tout un système ? Si elle l'avait écouté quand il avait essayé de la convaincre de ne pas revenir sur sa décision, ils seraient morts tous les deux. Maggy avait abandonné son âme sur la chaise de métal à la housse de vinyle brun déchirée d'un poste de police. Et elle avait quitté les lieux avec une seule certitude : dans cette vie, c'est chacun pour soi.

Devant elle, l'autobus jaune de la fondation s'éloignait, emportant avec lui les enfants du quartier. Instinctivement, Maggy tourna la tête vers l'église. La fondation Harricana faisait du bon boulot. Doisneau avait été leur meilleur coup. Tout le monde aimait Gilbert Doisneau. Les dirigeants corporatifs, les personnalités, et surtout les médias. Les médias l'adoraient. Grâce à l'implication de Doisneau, personne ne remettait la légitimité de la fondation en doute, parce que, fondamentalement, son porte-parole était un homme de bien. Et puis, la fondation accomplissait réellement des miracles. Tous ces enfants qui en bénéficiaient étaient eux aussi d'excellents porte-parole. Bien sûr, il fallait sacrifier quelques pions, mais la perfection n'étant pas de ce monde, Maggy s'arrangeait avec la réalité.

Alors que la voiture s'apprêtait à passer devant l'église, le regard de Maggy fut attiré par une silhouette qu'elle mit quelques secondes à reconnaître. Antoine Gravel. Il marchait avec cette fille blonde qui tenait le Café du trèfle à quatre feuilles. Maggy ralentit pour mieux apprécier l'image. Ça ferait un beau plan, le lent mouvement de ces deux-là qui marchaient côte à côte, fébriles de l'impatience de leurs corps. Maggy eut mal. Il y avait si longtemps qu'elle n'avait pas senti l'émotion unique qui précède la première fois de l'amour, quand la conscience de ce qui s'en vient n'arrive plus à se dissimuler.

Maggy avait espéré qu'Antoine Gravel traîne dans le quartier, bien sûr, qu'il s'imprègne de sa sueur et qu'il écrive son scénario au plus sacrant. Pas qu'il pousse la conscience professionnelle jusqu'à coucher avec un de ses personnages.

Elle appuya sur l'accélérateur. La Mercedes bondit sans un bruit, fluide, et dépassa le couple, les laissant seuls au monde. Aujourd'hui, c'était elle qui était au volant de sa bête silencieuse. Le luxe ultime, la vraie puissance, c'était de pouvoir échapper à ses prédateurs. Frank était encore plus fort, mais elle avait toujours été plus rapide que lui…

Elle roula vite jusqu'à ce qu'un feu rouge au coin des rues Notre-Dame et des Seigneurs la force à s'arrêter. Un taxi solitaire attendait un client, ses fenêtres grandes ouvertes. Le chauffeur désœuvré s'était accoudé à sa portière et il discutait avec un autre homme qui fumait une cigarette et dont la silhouette élégante retint l'attention de Maggy, sensible à son profil viril. Était-ce le fait d'avoir vu le désir d'Antoine pour la fille du café ? La nostalgie d'un élan trop fort pour être saboté par le doute ? Elle avait connu ça une fois. Une seule fois.

La voix de Cohen chantait dans ses oreilles, narquoise : « *Everybody knows, it's coming apart, take one last look at this Sacred Heart. Before it blows. And everybody knows.* »

Le feu passa au vert et Maggy ne se rendit même pas compte qu'au stand de taxis l'homme qui fumait suivit la Mercedes du regard jusqu'à ce qu'elle disparaisse de son champ de vision.

Martin Desmarais avait reconnu Maggy derrière la vitre polarisée de sa voiture noire, et il s'était interrompu au milieu de sa phrase… Son ami Pierre Léon lui décocha un sourire entendu. Il savait toujours quand Martin était attiré par une femme.

— Une de tes conquêtes ?

— Quoi ? répondit Martin, tiré de sa rêverie.

— Une de tes conquêtes ?

Martin haussa les épaules, gêné d'avoir été surpris en flagrant délit par son ami.

— Ben voyons donc !

— Ah, tiens, à te voir la binette, j'aurais cru.

— Tu crois trop de choses, Pierre Léon, dit Martin en maudissant l'œil aiguisé de son complice écrivain.

— Peut-être…

Ils entretenaient une amitié confortable et sans chichis. Ils se voyaient rarement, souvent par hasard et toujours avec plaisir. Ils avaient fait connaissance le soir de la petite fête qui avait été donnée en l'honneur du départ à la retraite de Martin. Il avait trop bu, on lui avait appelé un taxi, et l'homme qui l'avait conduit jusque chez lui avait engagé la conversation simplement alors que Martin n'avait aucune envie de parler. C'était Pierre Léon. Ils avaient discuté de Bukowski, de Charlie Parker, de la faune nocturne que le chauffeur côtoyait toutes les nuits et dont il s'inspirait pour écrire ses histoires. Depuis leur rencontre, Pierre Léon avait publié deux recueils de nouvelles, mais il continuait de conduire un taxi de nuit. Sur « la Pointe », il était chez lui, sur son territoire. Il avait peut-être remarqué quelque chose…

— T'étais sur la route le soir où la petite Mylène a été tuée ?

Vif comme un singe, Pierre Léon l'enligna.

— Ils ont pas dit que c'était une overdose ?

— Ce serait pas la première fois que ça ferait leur affaire de se tromper. T'as vu quelque chose ?

Pierre Léon prit son temps, réfléchissant. Puis il hocha la tête, incertain de la pertinence de son information.

— J'ai vu un gars qui a pas pris le métro.

— Quoi ?

— J'étais devant la station. Des fois je ramasse des clients qui décident qu'ils ont envie d'un taxi plutôt que de se taper le métro la nuit... J'ai vu un gars passer tout droit, alors que le métro était encore ouvert.

— Peut-être qu'il habitait pas loin, qu'il n'avait pas besoin de prendre le métro.

— Non, non. Je le vois souvent, ce gars-là. Sauf que d'habitude c'est au début de mon shift, vers l'heure du souper. Il est toujours avec une fille et ils prennent toujours le métro.

— Tu sais qui c'est ?

— Je l'ai jamais embarqué, répondit Pierre Léon en haussant les épaules. Beau gars, vingt-cinq ans à peu près.

Bref, un jeune gars qui était sorti sans sa blonde un beau soir d'été et qui avait probablement décidé de marcher au lieu de s'enfermer dans un wagon puant l'humanité en manque de déodorant... Martin soupira. Pierre Léon lui donna un coup de coude.

— Je te déçois ?

— Tu peux pas tout voir.

— Je te dépose chez toi ? Je reprendrais mon McCarthy si tu l'as fini…

— Tu relis tes livres, toi ?!

— Toujours. Quand c'est bon, c'est meilleur la deuxième fois.

Et Martin s'installa sur le siège du passager, comme il aimait le faire depuis qu'ils avaient traversé la frontière du siège arrière du client pour passer au siège avant de l'amitié.

31

Je n'aurais pas dû.

En tout cas, pas ce soir-là. Pas avec ce que je pouvais lui offrir, c'est-à-dire rien du tout. Pas avec Tony qui devait avoir démoli son enclos en m'attendant, furieux de ne pas avoir eu son Pablum et sa dose de Monique Leyrac.

Je l'ai fait quand même.

J'aimerais pouvoir justifier mes actes en disant que j'avais bu, mais elle n'avait rien chez elle. Même pas de la bière sans alcool.

Pourtant, quelques mètres à peine après avoir quitté l'église, c'est la première chose que j'ai demandée. Je pense que j'espérais encore pouvoir résister. Invoquer toutes les raisons raisonnables d'une esquive.

— Il y a un endroit où je peux acheter une bouteille de vin décente ?

— Je bois pas.

— Jamais ?

— Rien.

— Même si c'est pas la même chose ?

— C'est toujours la même chose. C'est de la fuite.

Elle disait ça droit devant. En fuyant quand même un peu mes yeux. J'ai continué de marcher à ses côtés, dans son quartier ravagé, en alignant mes pas sur ceux de ses interminables jambes. J'aurais pu prendre les miennes à mon cou. Jolly Jumper était juste devant, arborant fièrement un ticket sur son pare-brise. Je ne l'ai pas fait.

Alors Lucie m'a regardé droit dans les yeux.

— Je ne fuis plus.

Difficile de se pousser sans avoir l'air du dernier des lâches après ça. De toute façon, je n'avais plus envie de m'en aller. Je savais que j'aurais envie de partir tout de suite après. Mais j'en étais incapable à ce moment-là. Ce qui n'est ni honorable ni glorieux. Mais au moins, c'est la vérité.

On a fait les derniers pas jusqu'à son appartement au-dessus du café. Il faisait chaud, avec ces lents tourbillons d'air suffocant qui viennent avec les étés bitumineux. Ses mains ont tremblé quand elle a cherché sa clé pour ouvrir la porte. L'odeur de café amer s'est faite plus présente. Elle transpirait. Sa nuque était moite. Elle a relevé ses cheveux, exaspérée par sa gaucherie, par la chaleur sous ses cheveux lourds. Je l'ai embrassée sur la nuque comme j'en avais envie depuis l'église. Elle a eu un hoquet. Une plainte. J'ai tourné la clé. La porte s'est ouverte.

Et nous sommes devenus fous.

32

Steve avait eu toutes les peines du monde à se débarrasser d'Annabelle. Plus il se cherchait des excuses, plus elle insistait, inquiète. Il avait dû lui faire des promesses, la rassurer, lui dire son amour indéfectible. Là-dessus au moins, il avait pu être sincère. Annabelle lui était indispensable, elle était son masque, sa couverture sociale, son ambassadrice. Il pouvait facilement lui dire qu'il avait besoin d'elle sans mentir. Mais ce soir-là, il n'en pouvait plus de ses inquiétudes de petite fille riche qui a sans cesse besoin d'être rassurée.

Toute son énergie avait été gaspillée à contenir son impatience. La chaleur avait fait le reste. Il était épuisé. Puis, l'inquiétude l'avait repris. S'il fallait que le gars qui traînait autour de Jessica passe à l'acte, Steve ne savait pas de quoi il serait capable. C'était la première fois qu'il était confronté à la jalousie. Avant, il n'avait jamais été préoccupé que du désir qu'il éprouvait, tout entier consumé par lui.

Aujourd'hui, il y avait un intrus dans sa vie. Et Steve n'aimait pas ça. Non, il n'aimait pas ça. Ça le perturbait et il avait peur de se mettre à faire des gaffes.

Il lui fallait une distraction. Laquelle ? Il se dirigea vers la douche en quittant ses vêtements imbibés de sueur. L'eau fraîche lui ferait du bien. Elle détendrait son corps et lui donnerait des idées.

*

Sous l'eau de la douche, Lucie pleurait. Nous n'avions pas dormi. Pas parlé. Seulement baisé. Fort. Gauchement. Ça n'avait été ni tendre ni harmonieux. J'avais perdu la tête, elle aussi. Comme s'il fallait évacuer le plus de tension possible et que nous n'avions entre nos mains que cette unique chance. Le jour allait se lever. C'était presque déjà l'heure pour elle d'aller travailler. Et je m'en allais. Comme un sauvage, comme un lâche, incapable d'en prendre plus. Viscéralement poussé vers la fuite. J'avais parlé de Tony qui m'attendait. Je la quittais pour un cochon.

Elle pleurait, dégoulinante, le visage nu, le mascara en pleine débâcle et les jambes tremblantes. Épuisée et incapable de feindre. J'aurais voulu être plus fort. J'aurais voulu qu'elle soit la femme de ma vie. J'aurais eu la force de la prendre dans mes bras, de la porter jusqu'au lit et de lui faire la promesse qu'elle ne serait plus jamais seule.

Mais c'était Rebecca, la femme de ma vie. Pas Lucie.

Ce qui venait de se passer avec elle, je ne voulais même pas savoir ce que c'était. Alors, je l'ai quittée avec une pauvre promesse : « À demain. »

Elle ne m'a pas répondu.

Je suis sorti de chez elle par la porte qui débouchait sur la ruelle, sans verrouiller derrière moi. Lucie avait un minuscule jardin, quelques mètres de gazon en friche, qui donnait directement sur les coulisses de son appartement et du café. Il manquait une planche sur deux à la clôture qui fermait cet espace. De quoi planter trois tomates, poser un géranium en pot et entreposer un vélo. Il n'y avait rien de tout ça. Seulement un bac de recyclage défoncé.

J'ai cru sentir quelqu'un. Une présence dans la nuit. Mais je n'ai vu personne.

Dans la rue devant, Jolly Jumper m'attendait, arborant un deuxième constat d'infraction. Mais au moins, les pneus étaient intacts. J'ai démarré le moteur et la voix de Tom Waits m'a sauté à la gorge. « *I want you you you. All I want is you.* »

J'aurais tué pour prendre Rebecca dans mes bras. En Espagne, le soleil était déjà haut dans le ciel. Elle devait être en train de faire ce qu'elle savait faire mieux que personne : filmer la vie.

Ou elle était en train de rire au bras de son amant.

Dans l'obscurité épaisse de la nuit, Steve hésita. Il n'avait jamais tué de vraie femme jusqu'à maintenant. Mais il en était venu à la conclusion que tuer Lucie serait probablement la meilleure façon de se débarrasser d'Antoine. Il l'étranglerait, pour faire différent. Avec un peu de chance, on accuserait le scénariste qu'on avait vu avec elle. Et si on ne le déclarait pas coupable, il n'oserait plus traîner dans le coin sans raison, de peur qu'on le soupçonne. Dans les deux cas, Steve retrouverait son terrain de jeu et le monde redeviendrait le meilleur des mondes.

Il avait vu Antoine partir. Ça ne l'avait même pas étonné. Ce genre de gars-là se poussait toujours la queue entre les jambes, lâchement. Une fois le pick-up disparu, la rue était redevenue lourde et silencieuse. Alors que les rues n'étaient jamais tout à fait tranquilles, la canicule était telle que personne n'avait l'énergie de faire des mauvais coups. Steve eut envie de fumer une Camel. Mais il se dit que ce n'était probablement pas une bonne idée. Qu'il fallait profiter du moment.

Steve se mit en marche vers la cour intérieure.

*

Lucie n'avait pas eu besoin d'entendre Antoine sortir pour savoir qu'il était parti. Les hommes qu'elle aimait lui glissaient toujours entre les doigts. Avant même qu'elle les aime officiellement, ils le sentaient et foutaient le camp. Elle ne pouvait pas les blâmer. Pas un n'était assez fort pour remplacer le bonheur de l'héro. N'empêche. Elle aurait aimé qu'Antoine reste. Elle aurait aimé qu'il reste jusqu'à ce qu'il tombe amoureux, lui. Alors, ç'aurait été elle, qui serait partie.

Elle enroula une serviette usée autour de son corps. Dans le miroir embué, il y avait l'image d'une fille qui était une étrangère chaque fois qu'elle posait ses yeux sur elle. Une drôle de poupée désarticulée qu'elle habitait comme si son âme n'avait été qu'une invitée qui dérange et qu'on peut foutre dehors à n'importe quel moment.

Lucie se dit lucidement que les seules fois où sa tête avait été en harmonie avec son corps, c'était du temps où la blanche régnait en reine dans sa vie. Elle la fumait, elle l'inhalait, elle l'injectait, elle l'aurait mangée en crémage à gâteau si elle avait pu. Chaque fois qu'on avait tenté de lui faire valoir les bienfaits de la vie à jeun, Lucie avait eu envie de crier. La vraie vie, ce n'était pas cette vie grise et moche, pleine d'embûches et de contrariétés. C'était celle où il n'y avait qu'à se laisser aller comme une feuille sur l'eau, emportée par le courant chaud du sang des fleurs de pavot.

Il n'y avait que Laurie pour lui faire renoncer à la dope. Que sa minuscule petite fille dont le corps fébrile refusait de grandir.

Lucie entendit un craquement sur le plancher du salon. Elle sentit immédiatement que ce n'était pas Antoine qui avait changé d'idée. Le craquement avait été provoqué par un pas plus lourd que le sien.

Par l'entrebâillement de la porte de la salle de bain, Lucie eut le temps de voir une silhouette massive cagoulée de noir. Des mains gantées. Puis, elle entendit des coups sourds. Son cœur.

Lucie referma très doucement la porte de la salle de bain, enfonça le verrou en sachant qu'il céderait au troisième coup et tenta de se concentrer malgré le vertige. « Pense, Lucie, pense. » Elle leva les yeux, vit le puits de lumière encrassé et n'eut pas le temps de se dire que ça valait la peine d'essayer. L'intrus venait de donner le premier coup d'épaule à la porte de la salle de bain.

S'agrippant au pommeau de la douche, Lucie eut le temps de défoncer la vitre du puits de lumière avec la poubelle de métal. Une pluie d'éclats de vitre lui éclaboussa le visage. Au même moment, elle entendit le verrou s'arracher et la porte s'ouvrir. L'inconnu posa sa main gantée sur l'interrupteur et la lumière s'éteignit en même temps que le dernier espoir de Lucie.

33

Maggy n'arrivait pas à dormir. Il lui fallait un scénario le plus vite possible. Elle se dit qu'entre les demandes aux différents paliers de gouvernement elle ne pourrait pas tourner avant le printemps. À condition de trouver un réalisateur avant le dépôt du projet. Elle avait beau avoir graissé ses entrées partout, il fallait tout de même que les apparences soient sauves. Et puis, Maggy était orgueilleuse. Ce n'était pas parce que ses productions lui étaient garanties par les pions qu'elle avait achetés qu'elle allait faire de la merde. Parfois, elle se disait même qu'elle était maintenant assez puissante pour se passer de sa filière interne.

La preuve de son envergure était la meilleure des façades. Maggy se leva. Frigorifiée par l'air climatisé, elle enfila une veste de cachemire. Privilège des riches que de s'habiller quand la plèbe crevait de chaud, comme de se promener en robe légère sur le pont d'un voilier en janvier alors que les gens ordinaires se les gelaient. Il lui arrivait parfois de penser à ce petit appartement miteux où elle avait déjà aimé. Le bois des fenêtres était si pourri que la neige entrait dans sa cuisine par les interstices. On pouvait savoir le temps qu'il faisait sans mettre le pied dehors. Elle possédait maintenant une maison si étanche que plus rien du monde extérieur n'arrivait à la pénétrer. Même la haine n'arrivait pas à s'en échapper.

Sa maison parfaite était plongée dans l'obscurité. Elle descendit l'escalier qui menait à la cuisine, dépassant la chambre de Frank. Elle s'arrêta quelques secondes et tendit l'oreille. Rien. Le silence.

Il lui faudrait trouver un réalisateur qui n'avait pas tourné depuis longtemps, quelqu'un à qui elle pourrait faire miroiter quelques mirages dans le désert. Ce qui était délicat, c'était de trouver un réalisateur désespéré et talentueux. Du côté des désespérés, elle avait le choix. Du côté du talent, elle devait s'attendre à rencontrer plus de difficultés. Ceux qui avaient quelques miettes d'inspiration étaient rarement malléables. Et pour ce projet-là, pas question de lâcher prise sur quoi que ce soit. Ce serait « son » film, et Frank, comme sa mère, verrait sa vie défiler dans toute la splendeur de sa médiocrité. Le cerveau de sa mère était dans un état de détérioration trop avancé pour recevoir le plein impact de la vengeance de sa fille, mais Frank, lui, l'aurait en pleine gueule.

Maggy se foutait de la justice officielle. Elle savait très bien que les coupables ne paieraient jamais, Frank moins que tout autre. Ce qu'elle voulait, c'est qu'à travers le masque de la fiction qu'était en train d'écrire Antoine Gravel la vérité puisse enfin jaillir, forte et libre. Qu'elle contamine le regard des incrédules et qu'elle se répande comme un virus justicier jusqu'à ce que plus personne ne soit dupe. Frank n'était pas un homme d'honneur. Il n'était qu'un usurpateur, un produit dérivé, le parasite du pouvoir de son père, un minable qui n'avait jamais réussi à être aimé pour ce qu'il était. Ce qu'il avait gagné, il le devait à l'intimidation, à la violence et au meurtre.

Ce besoin de *voir* la vérité sur un écran était plus fort que tout, plus fort que la peur des représailles, plus fort que la crainte de voir ses enfants et sa réputation éclaboussés, plus fort même que sa volonté de détruire Frank.

Et pourtant, elle voulait le détruire. Comme il l'avait détruite, elle, jusqu'à la moelle. Elle n'avait pas eu droit de cité dans sa propre vie. Elle avait accepté cette vie de belle au bois dormant, bercée par le luxe et l'argent. Maggy caressa le grain lisse de l'acajou de la rampe d'escalier qu'un ébéniste avait faite sur mesure pour cette splendide maison. Elle avait aimé chaque seconde la beauté que lui avait procurée le pacte qu'elle avait fait avec Frank. Il avait suffi d'une lettre anonyme pour que la belle au bois dormant se réveille, un goût de guerre et de sang dans la bouche. L'impérieuse nécessité de la vérité venait de mettre la beauté au plancher.

Maggy avait trop vécu pour ne pas savoir que les mots ne voulaient rien dire. Qu'ils pouvaient toujours être travestis, déchirés, détournés. Elle-même avait renié ses propres aveux. « La lumière voyage plus vite que le son, lui avait confié un directeur photo à qui elle reprochait un jour de prendre trop de temps pour éclairer une scène. L'image s'imprime dans le cerveau avant les mots, l'image raconte l'histoire mieux et plus efficacement que n'importe quel dialogue. Il faut soigner la lumière, c'est à travers elle que l'histoire fait son chemin… »

Maggy n'avait pas oublié la leçon. Peu importe le talent et quoi qu'on y fasse, les mots n'atteindraient jamais la puissance des images. Les images s'imposaient, victorieuses, indélébiles, incontournables. Le film, son film, serait la plus puissante des dénonciations.

Et pour le peu de vie qui lui restait à vivre, Frank serait ostracisé, isolé, rejeté, y compris de sa fille adorée, qui le regarderait désormais avec dégoût. Brièvement, Maggy pensa aux conséquences possibles de la sortie du film sur sa fille. Elle écarta le doute très vite. Nicola serait furieuse que la honte de son père rejaillisse sur elle, elle aurait peur que sa popularité en souffre, et peut-être que son aura de fille lustrée en serait momentanément ternie, mais Nico était suffisamment superficielle pour que le traumatisme soit de courte durée. Elle s'en remettrait. Et dès qu'elle toucherait l'héritage de son père, elle aurait tout oublié. Elle avait été élevée à l'école de la laque sociale, il suffisait de remettre une couche de vernis pour que tout soit à nouveau parfait.

Quant à François, Maggy n'imaginait pas que son fils puisse s'intéresser à autre chose qu'à sa prochaine dose de morphine.

Après, Maggy ne voulait même pas y penser. Il n'y avait pas de futur pour elle, seulement un présent qui la poussait au cul, pressant. Le film existerait. Il ferait sa vie. Frank mourrait, il serait enterré et Maggy… Rien. Au-delà de sa mort, elle ne voyait rien, n'envisageait rien. Une page blanche.

En fouillant dans le Frigidaire à la recherche d'une eau minérale hors de prix, Maggy se demanda encore une fois à qui elle ferait appel pour réaliser *Maria Goretti*.

Elle se demanda aussi ce que pouvait bien faire Antoine Gravel avec la fille du Café du trèfle à quatre feuilles… Qu'est-ce qu'il voyait en elle ? Une aventure circonstancielle, une inspiration pour le film ? Maggy secoua la tête, agacée. L'ennui avec les scénaristes, c'est qu'on ne sait jamais à quoi ils pensent avant de les lire.

Sur le cadran de l'horloge de la cuisine, les chiffres au néon vert indiquaient quatre heures… Le jour allait bientôt se lever. En montant l'escalier, Maggy entendit un bruit qu'elle n'avait pas entendu depuis des mois. C'était le râle d'une poitrine éclatée par la nausée. Derrière les portes de sa chambre, Frank vomissait. Ce qui ne pouvait vouloir dire qu'une chose. Le cancer était revenu et Frank n'avait pas jugé bon de la mettre au courant. Maggy s'agenouilla, le cœur en feu et la gorge sèche. Il ne fallait pas qu'il meure. Pas tout de suite.

Pendant que Frank se vidait de l'autre côté de la porte, charrié par les nausées comme un chalutier usé sur la mer déchaînée, le regard de Maggy se posa sur les photos de famille qui ornaient les murs. Tous ces artifices qui la narguaient et lui remettaient ses erreurs en plein visage. Son fils qu'elle avait tant aimé, petit. Sa fille, Nicola, dont la beauté était constamment enlaidie par la vulgarité héritée de son père. Frank, qui posait en propriétaire de son cheptel, arrogant et sûr de lui, encore ignorant des tourments qui viendraient de ceux qu'il appelait « sa famille ».

Maggy affronta son reflet figé derrière la vitre de la photo encadrée de vermeil. La femme qui était devant elle, souveraine et fière entre ses enfants et son mari, était une imposture. Un faux. Maggy n'arrivait pas à s'en détacher, fascinée par son propre talent. La copie était plus réussie que l'original.

Mais la vraie Maggy ne supportait plus celle qui avait mangé, bu et vécu à sa place toutes ces années. C'était plus fort que la raison, plus fort que ses enfants, plus fort que la peur et plus fort qu'elle-même. Tout ce qu'elle avait dû abandonner en cours de route pour accepter sa vie telle qu'elle était, tout explosait en même temps. L'espoir, l'amour, la jeunesse s'étaient transformés en mine bourrée de clous d'acier et de jets d'acide. Même l'amour qu'elle avait la certitude d'avoir eu pour ses enfants lui filait entre les doigts.

Elle poussa la porte. Le spectacle était pitoyable. Le teint gris, faible et vulnérable, Frank Sullivan junior, fils d'un des hommes les plus puissants du crime organisé, vomissait ses tripes en gémissant comme un bébé. Maggy ne ressentait aucune compassion pour lui. Mais elle s'approcha de lui et lui caressa doucement la tête.

— Frank. Tu veux que j'appelle Finch ?

— Non.

De grosses larmes coulaient sur ses joues creuses, ridées, cireuses comme la mort. Un petit vieux. Maggy n'était pas dupe. C'étaient des larmes de nausée, pas de chagrin. Elle mouilla une serviette et entreprit de le nettoyer. Trop faible pour résister, il se laissait faire comme une larve.

— T'as recommencé la chimio ?

Frank hocha la tête imperceptiblement. Un râlement, une nausée. Combien de temps avait-il devant lui ? Maggy savait que ça ne pouvait pas être une troisième rémission. Impossible. Finch lui avait dit : « Si ça revient… »

Elle rafraîchit la serviette et l'épongea de nouveau. Il s'abandonna à ses mains.

— Combien de temps ?

Il ne répondit pas. Maggy le poussa contre la cuvette, la tête sur la porcelaine. Il essaya de résister, il était trop faible. Ses mains glissèrent sur la cuvette et tout son corps s'avachit sur le sol, prostré.

— Combien de temps, Frank ?

La voix de Maggy était blanche.

— Combien de temps ?

— Cinq, six…

— Semaines ?

— Mois ! Des mois !

Il avait crié, choqué de la voir si persuadée qu'il n'en avait plus que pour quelques semaines. Ce que Frank Sullivan n'avait pas compris, c'est que sa femme était soulagée. Elle avait du temps, un peu de temps. Elle se pencha vers lui. Frank leva le coude, comme une femme qui a peur qu'on la frappe. Maggy mit quelques secondes à comprendre la réaction de son mari. Il avait peur d'elle.

— T'as peur de moi ?!

Frank ne répondit pas. Maggy fut prise d'un fou rire incontrôlable. Elle avait eu peur de lui si longtemps ! Enfant, déjà, elle avait peur de lui. Tout au long de leur vie commune, elle avait eu peur de lui. Dans la salle d'accouchement, c'était la peur encore qui la poussait à ne pas vouloir lui montrer qu'elle souffrait comme une bête alors qu'elle mettait au monde un fils qu'il lui avait fait de force. Comment pouvait-elle avoir été terrorisée par cet homme gris qui puait le vomi ?

— Viens. Aide-toi.

Avec délicatesse, Maggy posa le bras de son mari autour de son cou pour le soulever. Il se remit péniblement debout et elle entreprit de l'escorter jusqu'à son lit. Maggy sentit qu'il s'appuyait sur elle et, pendant une fraction de seconde, elle fut tentée par la pitié. Elle se reprit. Il ne fallait pas. Même affaibli, même vulnérable, c'était encore Frank. Celui qui ne s'était servi de sa force que pour brutaliser, écraser et détruire tous ceux qui lui résistaient.

Dès le début de leur mariage, Frank avait clairement établi les clauses de leur pacte. Prendre le nom des Sullivan venait avec de grands avantages. Frank prendrait soin d'elle, il la protégerait et faciliterait sa carrière. Maggy ne manquerait ni d'argent ni de pouvoir. Bien sûr, elle ne sortirait jamais de la famille. Entrer chez les Sullivan, c'était signer un contrat d'esclavage, comme celui que le père Hilton avait signé pour ses boxeurs de fils. Maggy appartenait à Frank aussi sûrement qu'une vache porte le sceau du cultivateur sur son flanc. C'était comme ça, c'était la règle.

Toute petite, Maggy avait su qu'avec les cartes qu'elle avait en main elle n'aurait pas de marge de manœuvre. Elle était née fille dans un milieu pauvre et inculte. Elle avait d'abord cru que sa beauté serait un atout. Cela avait été sa première erreur. Sa beauté avait été une lumière qui attirait sur elle une attention qu'elle ne contrôlait pas et qui ne lui avait occasionné que des ennuis. Alors elle avait laqué cette beauté jusqu'à ce qu'elle ne soit plus qu'un masque de dureté dont elle s'était servie comme d'une armure. C'était facile. Peu de gens manifestaient l'envie de rencontrer la fille qui se cachait derrière ce visage dur.

Sa seconde erreur avait été de croire que, bien à l'abri derrière son armure, elle était immunisée contre l'amour. Un seul n'avait pas été dupe du masque et le lui avait délicatement retiré pour embrasser son vrai visage. À celui-là, Maggy avait tout donné. Et il était parti. Dans une vie où elle avait survécu à tous les coups, c'était l'amour qui lui avait été fatal. Elle s'en souviendrait.

Maggy avait donc accepté l'accommodement raisonnable que lui offrait Frank. Avec lui, elle était sortie de la masse des perdants pour rejoindre le minuscule royaume des gagnants. Elle avait vu à faire fructifier les bénéfices de son contrat et elle avait réussi. Elle était devenue quelqu'un, grâce à lui, malgré lui. Il y avait des jours, parfois des semaines, où elle ne pensait plus du tout à ce qui aurait pu être. Il y avait eu des moments d'apaisement où elle avait presque apprécié la compagnie de Frank Sullivan. Quand François avait appris à marcher en tenant la main de son père. Quand Maggy avait compris que l'obsession qu'il avait eue pour elle avait été unique et qu'il ne toucherait pas à leur fille adolescente. Quand il avait usé de son influence pour qu'elle puisse devenir productrice. Elle n'avait jamais cherché à savoir ce qu'il avait fait. Elle savait déjà trop de choses sur le clan Sullivan. Elle avait simplement dit merci et était partie faire ses films. Ils évitaient soigneusement de s'intéresser à leurs mondes respectifs. Frank ne s'intéressait au cinéma que dans la mesure où c'était une façon comme une autre de blanchir de l'argent, et Maggy ne s'intéressait aux affaires de Frank que dans la mesure où elles lui permettaient de financer ses films. Tacitement, ils ne joignaient leurs activités que lorsqu'elles concernaient les événements familiaux. Tout le monde était content. Peut-être qu'avec l'âge et la maladie ils auraient pu faire la paix… Peut-être.

Mais il y avait eu l'enveloppe anonyme et cette vague de bile qui avait submergé Maggy quand elle avait compris qu'elle n'avait pas été trahie et que c'était Frank qui avait omis de mentionner qu'il y avait un vice caché dans leur entente.

Un vice qui remettait toute sa vie en question.

Depuis, elle ne pensait qu'à une chose, se venger, le battre, l'humilier, cracher le cri de révolte qu'il lui avait fait ravaler de force quand elle était jeune. C'était son tour maintenant de souffrir comme il l'avait fait souffrir.

Écœurée par l'odeur fétide qui se dégageait de l'haleine de son mari, Maggy Sullivan fut saisie d'un vertige. Le corps de Frank était déjà attaqué de toutes parts. Est-ce que ce n'était pas suffisant comme souffrance ? Ça ne l'était pas. Maggy voulait plus. Elle voulait la destruction de son nom, de son âme. Frank Sullivan était enfin à sa merci. Maggy savourait le moment.

Elle l'aida à s'asseoir sur son lit. Il inspira profondément, comme quelqu'un qui combat la nausée. Maggy se détournait pour partir quand la voix de Frank la rappela, toujours impérieuse malgré les ravages de la chimio.

— Reste.

Maggy revint sur ses pas et se pencha pour s'approcher du visage de son mari.

— Non.

Dans les yeux de Frank, il y eut une lueur de surprise, puis une flambée de colère. Pour lui, une femme serait toujours un être à dominer, une jument à monter, un titre de propriété à vendre.

— Reste.

— Je n'ai plus peur de toi, dit-elle très bas. Pour le temps qu'il te reste à vivre, je veux que tu saches une chose, Frank… je n'ai plus peur de toi.

Frank posa ses deux mains à plat sur le lit, comme pour reprendre ses assises. Puis, affrontant le regard de la femme dont il avait fait la mère de ses enfants, il lui cracha au visage.

34

Tout était possible en ce monde. J'étais rentré alors qu'il faisait encore nuit. Tony n'avait pas massacré son enclos, sans doute trop inquiet de ne pas me voir revenir. Je l'avais laissé entrer dans la chambre, il s'était blotti dans son coussin et s'était aussitôt mis à ronfler.

Je m'étais débarrassé de la sueur de la ville sous l'eau sulfureuse du puits artésien et je m'étais glissé sous le drap de coton. J'avais dormi comme un bébé, content de retrouver mon lit, ma solitude, mes affaires. J'étais même content de retrouver mon trou de campagne et la brise légère qui me semblait presque fraîche après la chape d'humidité qui écrasait Pointe-Saint-Charles.

Au matin, j'ai eu l'impression d'avoir rêvé. Comme si Lucie ne m'avait jamais ouvert ses jambes pour que j'y voie son cœur. Comme si une gamine rousse n'avait pas mis sa main dans la mienne en riant à gorge déployée devant une scène de crime. J'étais à nouveau seul, libre et l'obligé d'un seul maître, mon scénario. La dernière fois que j'avais éprouvé cette sensation, c'était le matin où Rebecca était venue se blottir contre moi comme une chatte pour m'annoncer qu'elle était enceinte. Je jouais aux échecs contre l'ordinateur et j'étais en train de gagner, avec les noirs. Elle était entrée dans le bureau avec un air de touriste égaré que je ne lui connaissais pas. Elle s'était assise sur mes genoux, avait regardé l'écran d'un air soulagé.

— Tu gagnes.

— Sûr que je gagne. T'as vu ? Je l'ai baisé solide.

— Je suis enceinte.

C'était rentré lentement. Comme quand on se rend compte qu'on a bien joué et que la reine de l'adversaire est à portée de main. La victoire au bout des doigts.

Le lendemain de ma nuit avec Lucie m'avait apporté la même plénitude. Le même sentiment de m'être emparé d'une pièce importante. Pas la reine – ce titre-là était assigné à Rebecca pour la vie –, mais une tour. Une pièce sans romantisme, mais utile car elle permet de jouer dans les coins. Ça faisait des mois que je stagnais tout seul devant une partie qui n'allait nulle part. Ma nuit avec Lucie m'avait permis d'ouvrir le jeu. Paradoxe prévisible, grâce à la générosité de son corps, j'avais retrouvé mon désir pour la solitude. D'autres avaient déjà appelé ça de la fuite, ou un refus de l'engagement. C'en était sûrement. Je n'avais jamais compris cet acharnement des femmes à vouloir s'engager avec le premier trou de cul qui passe pour assouvir le besoin aussi primitif que primaire de s'y faire un nid. « Trou de cul land » n'était pas une banlieue où il faisait bon élever des enfants, et encore moins cultiver l'amour.

Pour la culture, j'avais mon champ, mon cochon et Monique Leyrac ; ça me suffisait. En buvant mon premier café sous le porche ce matin-là, je ne pensais déjà plus à Lucie. J'étais en forme et dégagé des interférences qui étaient trop souvent venues squatter mon cerveau.

Quand je saurais plus tard ce qui s'était passé, ce que Lucie avait vécu pendant que je dormais, soulagé d'échapper à sa présence, je retrouverais la sensation familière du chaud mépris de moi-même que je m'étais découvert à la mort de ma fille et au départ de ma femme.

Mais je n'en étais pas aux retrouvailles avec la honte. Pas encore.

Sur la machine, il y avait un message de Maggy Sullivan qui s'impatientait. Elle voulait lire quelque chose. Mais je n'étais pas prêt. Je savais de plus en plus ce que je voulais écrire et comment je voulais l'écrire. Je n'avais qu'un seul problème : je ne l'avais pas encore écrit.

Et puis, il fallait que je m'occupe d'un truc urgent. La réparation de la fosse septique. J'avais déjà laissé trois messages et « on » ne m'avait pas rappelé. Il faut croire que tout le monde était le retardataire de quelqu'un. Je venais de laisser un quatrième message quand le téléphone a de nouveau sonné.

J'ai cru que c'était le gars qui allait enfin me sortir de la merde. C'était Maggy. Dans sa voix impatiente, il y avait une note d'urgence qui ne ressemblait pas à l'exaspération d'un producteur devant un texte qui tarde à rentrer. C'était autre chose. Quoi ? Comme à peu près tout ce qui concerne cette histoire, sur le coup, j'ai été incapable de mettre le doigt dessus.

— Il faut qu'on se rencontre aujourd'hui.

— Je n'ai pas fini...

Sachant pertinemment que je faisais un fou de moi, j'ai entrepris de lui expliquer mes problèmes d'intendance rurale. Le silence au bout du fil était éloquent. Maggy n'en avait rien à foutre, de ma fosse septique. Elle me voulait à Montréal et l'option « non » n'était pas incluse dans le jeu.

— Je t'attends au bureau.

Je commençais à en avoir sérieusement plein le cul de ne pas savoir dire non.

35

Steve ne s'était pas attendu à ce qu'elle se débatte autant. Malgré les éclats de verre qui jonchaient le plancher de la salle de bain, elle s'était défendue comme une tigresse.

Steve avait dû la terrasser en lui frappant la tête contre la fonte de la baignoire. Lucie s'était affalée avec un gémissement de bête qui meurt. Steve la tenait enfin. Le corps chaud de Lucie, moite de transpiration, glissait entre ses mains. Il sentit quelque chose de visqueux glisser sur sa poitrine. Il porta la main à son cou douloureux, furieux de constater qu'elle l'avait lacéré au sang. La salope. Il entreprit de lui ouvrir les cuisses pour se soulager en elle. Ce serait au moins ça. Et puis, son regard se posa sur le ventre de Lucie, zébré par les vergetures. Steve se détourna, dégoûté, au bord de la nausée. Molle, elle était molle et flasque comme toutes les femmes. Enragé, il se mit à la frapper. La poitrine de Lucie émit un souffle rauque. Il ne l'avait pas cognée assez fort. Il ne pensait à rien, ni au corps dont il devrait disposer ni à son sang à lui qui tombait à grosses gouttes visqueuses sur le plancher de la salle de bain. La mort de celle-là ne ressemblait à aucune autre. Steve n'éprouvait ni tendresse ni délicatesse. Seulement la brutale réalité de sa haine, virulente. L'image d'Annabelle ne cessait de s'interposer entre le visage tuméfié de Lucie et son poing, augmentant encore son excitation.

Puis il entendit un bruit qui venait de la porte d'entrée. Des coups sourds. Une voix masculine qui criait : « Lucie ? »

Steve se releva d'un bond. Ce crétin d'Antoine avait donc décidé de revenir ? Il l'avait peut-être mal évalué, finalement. Les coups sur la porte gagnaient en intensité. Shit. Rien n'allait comme il voulait.

Sur le plancher, Lucie ne bougeait plus. Steve empoigna une serviette qu'il enroula autour de son cou pour éponger ses écorchures.

Il se poussa par la porte de derrière et descendit l'escalier quatre à quatre, au moment même où les coups à la porte cessaient. Dans l'obscurité de la nuit moite, il se retourna pour voir une silhouette massive qui contournait le coin de la rue et se dirigeait vers l'entrée de l'appartement. Steve se dissimula derrière le conteneur à déchets, contenant sa respiration. La nuit encore noire cachait le visage de l'intrus. Steve n'arrivait pas à le voir.

Au pied de l'escalier qui menait à la porte de chez Lucie, l'homme marqua une seconde d'arrêt, comme s'il hésitait. Puis, au grand soulagement de Steve, l'homme était entré chez Lucie.

Steve disparut dans la nuit encore noire. Il l'avait échappé belle.

36

Quand il entra dans la salle de bain, Dany se pencha immédiatement sur Lucie. Son visage était couvert de sang, mais sous ses doigts il sentit le pouls qui battait encore. Elle était vivante. Il entreprit aussitôt de tourner sa tête sur le côté pour vider sa bouche du sang accumulé. Lucie eut un haut-le-cœur et vomit sur le plancher. Elle se mit à grelotter, agitée de tremblements convulsifs. Dany la prit délicatement dans ses bras et la transporta jusque sur le lit d'enfant, le seul lit de l'appartement. Puis, l'ayant couverte de la couette, il chercha de la glace dans le congélateur, des linges de cuisine propres. Sous la morve et le sang, un œil déjà fermé par l'enflure, Lucie gémissait, terrifiée. Elle vomit à nouveau, ce qui inquiéta Dany. Il se pencha à son oreille.

— Luce, c'est moi. Doux.

Lucie ouvrit un œil et murmura :

— Pas la police.

Dany hocha immédiatement la tête. Il connaissait trop cette méfiance de la police pour protester.

— D'accord, pas la police, mais il faut que tu voies quelqu'un.

Prostrée, Lucie perdit à nouveau connaissance. Dany se laissa glisser quelques instants sur le sol. Il avait besoin de penser. Devant ses yeux, les toutous de Laurie le narguaient, le mettant au défi de prendre la meilleure décision. Dany prenait connaissance du reste de la vie de Lucie pour la première fois. Il savait qu'elle avait une fille, bien sûr. Mais il ne lui avait jamais accordé d'importance. Dans cette chambre d'enfant, alors qu'il réfléchissait, tout son corps absorba la présence de l'enfant.

D'instinct, Dany comprenait que Lucie ne voulait pas alerter la police pour protéger sa fille. Alerter la police, c'était attirer les services sociaux. Ce n'était jamais une bonne idée quand on avait déjà perdu la garde de son enfant. Dany se méfiait d'eux autant que Lucie. Mais si l'enfant qui habitait cette chambre ne voulait pas se retrouver à nouveau dans le système, il fallait que lui, Dany, protège Lucie.

Il n'y avait qu'une solution.

Gilbert Doisneau avait l'habitude de se faire réveiller la nuit. Ce n'était jamais pour se faire annoncer de bonnes nouvelles, et celle-là ne différait pas des autres. Ce qui l'avait étonné par contre, c'était que la voix au bout du fil soit celle de Dany. Le portier du Prestige ne lui avait jamais demandé quoi que ce soit.

Doisneau était arrivé chez Lucie avec les premières lueurs de l'aube.

Elle souffrait de multiples contusions, elle avait proba-blement des côtes fêlées et, à voir la peau qui avait éclaté comme une pivoine sous son œil, Doisneau était à peu près sûr qu'elle se tapait une commotion cérébrale.

D'une voix faible, Lucie avait été catégorique. Pas de police, pas d'hôpital. Doisneau avait essayé d'insister. En vain. Elle ne faisait confiance ni à l'une ni à l'autre. Avec ce dont il avait été témoin trop souvent, Doisneau ne pouvait pas la blâmer.

Pour la police, la justice et même les services hospitaliers, une pute restait une pute toute sa vie. Une junkie, c'était pareil. Que Lucie signale son agression, et ce serait elle qui serait sous examen. Contrairement à Dany et à Lucie, qui se réfugiaient spontanément dans la zone grise de la survie marginale, que la justice soit devenue arbitraire au point de ne susciter que la méfiance et la peur rendait Doisneau complètement fou. La plupart du temps, il oubliait, trop occupé à résoudre des problèmes plus pressants. Faire manger un enfant qui n'avait rien dans le ventre depuis des jours avait la priorité sur l'entretien avec sa travailleuse sociale. Toujours. Mais parfois, Doisneau aurait donné son âme pour que le système se soucie un peu moins de la protection de ses fonctionnaires et un peu plus du geste qu'il aurait fallu poser dans l'immédiat.

Dany se tourna vers lui.

— Il n'y a pas de lait. Ni de sucre.

Ils prendraient leur café noir. Pendant que Dany servait le café, ils avaient discuté à voix basse en grillant une cigarette. Il fallait réparer la fenêtre de la salle de bain. Ajouter un verrou à la porte de derrière. Nettoyer la salle de bain dont le plancher était maculé de sang.

Dans le lit de sa fille, Lucie dormait. Doisneau lui avait donné des antidouleurs. Il avait cousu la peau de son visage. Elle garderait une cicatrice, mais il s'était appliqué en regrettant de ne pas avoir fait de spécialité en chirurgie esthétique. Au cœur de la misère, Doisneau ne sous-estimait pas le pouvoir réparateur de la beauté. Il avait vu des filles perdues se reprendre en main par la seule grâce d'une coupe de cheveux offerte par une coiffeuse généreuse. Il avait vu le pouvoir d'un vêtement neuf opérer de plus grands miracles sur la dignité d'un homme que n'importe quel panier de Noël.

Lucie l'inquiétait. Il fallait pouvoir surveiller son sommeil et il ne voyait pas comment il pourrait rester à ses côtés toute la journée. Dany l'avait rassuré. Il la garderait.

En écrasant sa cigarette, Doisneau se tourna vers lui, soucieux.

— Tu sais qui a fait ça ?

Dany haussa les épaules. Il l'ignorait. Lucie ne lui avait rien dit. Et il ne le lui avait pas demandé.

Chez lui, Steve avait soigné la déchirure à son cou et épongé la croûte de sang séché avec du peroxyde. Sa peau était déjà mauve. La salope. Il allait devoir se trouver un autre alibi que le misérable chaton qui ronronnait contre ses jambes. Il avait nourri la chatte, changé ses vêtements sales qu'il avait mis dans un sac de plastique, s'était rasé de frais, avait ouvert un paquet de Camel neuf et était sorti.

Il s'était débarrassé de ses vêtements dans la benne à ordures de la ruelle du Leméac, rue Laurier. Personne n'osait fouiller dans les poubelles des quartiers chics.

Il avait ensuite poursuivi sa route matinale jusque chez les parents d'Annabelle, rue Stuart. C'était une magnifique maison de brique jaune, aussi cossue que leur train de vie. Dans l'entrée, une Saab côtoyait un 4×4 Mercedes. Steve descendit les trois marches qui menaient au petit appartement privé d'Annabelle. Il avait sa clé. L'air climatisé le soulagea instantanément. Dans un grand lit blanc, Annabelle dormait paisiblement, emmitouflée dans le duvet de sa couette en plumes de canard. Steve retira tous ses vêtements et se glissa nu contre le corps juvénile de sa blonde. Il se mit à bander instantanément. Un corps d'adolescente. Elle avait un corps d'adolescente. Il fallait qu'il en profite avant qu'elle ne soit irrémédiablement gâchée par la maternité. Réveillée par son désir, Annabelle amorça un mouvement vers lui pour lui faire face. Steve la plaqua contre le matelas et la pénétra par-derrière. Il ne voulait pas voir son visage.

37

En arrivant en ville, je suis passé devant le café de Lucie, le cœur battant tout à coup. Autant j'avais été content de la fuir, autant j'étais irrésistiblement attiré par le désir de sentir l'odeur de sucre brûlé de sa peau mêlé à celui du café qu'elle infusait. L'auvent était rangé. Le trottoir était vide. C'était fermé.

Je me souviens d'avoir eu un pincement au cœur, comme si c'était à moi seul que s'adressait cette fermeture : « Tu t'es poussé comme un voleur ; si tu voulais la voir, t'avais juste à rester. »

Je suis allé garer Jolly Jumper devant l'église. Le centre communautaire était fermé aussi. Seule une silhouette aux épaules voûtées se dirigeait vers l'entrée. Doisneau. En entendant le son du moteur bruyant de Jolly Jumper, il leva les yeux. À la lumière du jour, son visage me parut vieux. Les cernes sous ses yeux s'étaient creusés et ses boucles blanches accentuaient son teint gris.

J'ai levé la main pour le saluer. Il a esquissé un geste. Une esquisse. J'ai essayé d'avoir l'air enjoué.

— J'espère que vous allez profiter que les enfants soient en vacances pour en prendre vous aussi ?

— Des vacances ?

Il m'a regardé comme si j'étais un demeuré.

— Vous ne prenez pas de vacances ?

— Il y a un service pour Mylène à onze heures. J'ai beaucoup de choses à faire avant.

Pendant un moment, je n'ai pas su de qui il parlait. Puis ça m'est revenu d'un coup. Mylène. La petite pute qu'on avait retrouvée le visage couvert de vase. J'ai pris son commentaire pour un reproche.

— J'avais oublié que c'était aujourd'hui…

— Venez donc. Ça vous fera du bien.

Du bien ?! Qu'est-ce qu'il y avait de bénéfique dans les funérailles d'une adolescente ? Je ne savais pas ce que Doisneau voulait dire. Que ça me « ferait du bien » de quitter le monde superficiel de la fiction pour le monde bien réel de sa vie quotidienne ? Ou que le fait d'être face à face avec la mort « pour de vrai » m'aiderait à mieux écrire la mort « pour de faux » ?

— Je ne la connaissais pas.

— Ça n'a pas d'importance.

— Bon, alors si je termine ma réunion à temps, je… ai-je bafouillé, gêné.

Il a hoché la tête. Je le décevais et il n'a pas cherché à le cacher. Je n'ai pas terminé ma phrase. Maggy m'attendait.

*

Je n'ai pas eu droit à la marinade en solitaire dans le couloir cette fois. L'assistante s'est levée dès qu'elle m'a vu, sans même me saluer, l'air affolé d'un agneau un jour de méchoui. Elle m'a fait signe d'entrer dans le bureau de Maggy, qui m'attendait. Ça n'a pas traîné.

— Où en es-tu dans le scénario ?

— J'ai l'histoire.

— Tout le monde la connaît déjà, l'histoire.

— Non, justement. Tout le monde pense qu'il la connaît, mais au fond personne ne sait rien. La seule chose que les gens ont retenue à propos de Maria Goretti, c'est qu'elle est morte d'avoir voulu sauver sa virginité. Alors que c'est la partie la moins intéressante.

— C'est ce qui lui tenait le plus à cœur et tu ne trouves pas ça intéressant ? répliqua sèchement Maggy.

— Ce que je veux dire, ai-je rectifié vivement, c'est que personne ne sait jamais rien des victimes en dehors du crime. Comme si ce qu'elles ont subi devient leur identité, une sorte de voile noir sur tout ce qui a déjà eu des couleurs.

Maggy Sullivan s'est reculée dans son fauteuil, attendant la suite. Je sentais que mes explications étaient loin de la satisfaire. Alors je me suis enfoncé un peu plus loin dans la merde. Tant qu'à y être.

— C'est comme Mylène Gouin.

— Mylène Gouin ?

— La fille qu'ils ont retrouvée noyée. La danseuse du Prestige.

— Je veux pas d'une danseuse dans le film.

— Non, non. Dans le film, c'est une adolescente comme les autres…

— Une enfant.

— Oui, une enfant.

— Pas comme les autres, ajouta-t-elle.

— Comme toutes les autres, au contraire.

Il y eut un moment de silence. Je venais, je crois, de toucher quelque chose chez Maggy. Elle se reprit promptement.

— Et ? s'impatienta-t-elle.

— Et je suis en train d'apprendre à la connaître.

La vision de Laurie, fugace, passa en accéléré devant mes yeux. Je ne voulais pas que ce soit elle. Je refusais qu'elle soit une inspiration pour le film.

— Elle vit seule avec sa mère. Elle n'a jamais connu son père. La mère rencontre un gars qui a un fils. Elle est blonde.

— Blonde ?

— Pour que chaque fois qu'elle est dans le cadre, ce soit elle qui accroche la lumière.

Maggy hocha la tête avec approbation. Elle avait compris du premier coup, j'étais content.

— C'est une enfant timide, qu'on voit se développer devant nos yeux. Je pense qu'elle fait du théâtre avec d'autres enfants du quartier.

— Il n'y a pas d'enfants qui font du théâtre dans le quartier.

— Il y a des enfants qui font un film.

Touché.

— Je pense que c'est important qu'on la voie tenir à quelque chose qui n'appartient qu'à elle. Quelque chose qui la révèle autrement, une vision qui laisse présager ce qu'elle aurait pu devenir si on l'avait laissée vivre et…

— Je peux lire ?

Elle venait de me couper sans me laisser finir ma phrase. Et là, il est arrivé un truc incroyable. Un événement stupéfiant, un revirement de situation digne des plus grands scénaristes, une révolution. J'ai dit non.

— Non.

Il y a eu un moment de flottement. Je crois que, si elle avait pu, Maggy m'aurait crucifié sur place. Autant la première fois que je l'avais rencontrée son visage était lisse de toute émotion, autant ce matin-là il n'était qu'une mer houleuse agitée par des vents contraires.

— Je pourrais te remplacer.

Je n'ai rien répondu parce qu'il n'y avait rien à répondre et que j'étais encore moi-même sous le choc de mon premier non catégorique en carrière. Pas désagréable d'ailleurs. Je n'étais pas en défaut, l'échéance n'étant que dans trois semaines. Ce qui ne voulait absolument pas dire qu'elle ne pouvait pas se débarrasser de moi si elle le voulait. Elle pouvait faire du compost avec le contrat si telle était sa volonté. Mentalement, j'ai calculé que j'avais encaissé la somme qui venait à la signature du contrat et que ça, au moins, elle ne pouvait pas me l'enlever.

Voyant qu'elle ne réagissait pas, j'ai amorcé ma sortie.

— Si je double ton salaire, est-ce que tu peux me livrer le scénario la semaine prochaine ?

— …

— Je veux le tourner le plus vite possible.

— Mais la date de dépôt pour les institutions n'est pas avant le…

Elle m'a coupé d'un geste catégorique.

— Rien à foutre des institutions. Je veux tourner avant la fin de l'été et, pour ça, j'ai besoin d'un scénario la semaine prochaine. Est-ce que tu peux livrer ?

— La semaine prochaine…

— Oui ou non ?

J'ai pris une chaise et, sans y avoir été invité, je me suis assis et j'ai fait face à Maggy Sullivan, en égal.

— Bien sûr que je peux… Mais je veux savoir.

— Savoir quoi ?

— Pourquoi si vite.

Elle a levé une main impatiente comme une gifle.

— Je suis pressée.

— Ça je sais, mais j'aimerais savoir pourquoi.

Cette fois, c'est elle qui m'a fermé la porte au nez.

— Non.

De notre étrange duel naissaient des plages de silence où nous nous observions l'un et l'autre, dans l'attente d'un coup inattendu. J'ai à nouveau brisé le silence.

— Et le réalisateur ?

— Je ne sais pas. On verra.

— D'habitude ils veulent s'impliquer plus tôt.

Pour la première fois, Maggy ne m'a pas manifesté son impatience.

— Au pire, tu le tourneras, toi.

— Quoi ?!

— Ne me regarde pas comme ça. Ce n'est pas si compliqué, quand même. Tu connais l'histoire par cœur. Et puis, je serai sur le plateau, je ne te laisserai pas faire de conneries.

Je ne pouvais pas tomber de plus haut. Moi, réalisateur ? Là, j'étais franchement inquiet. Autant c'était facile de chialer contre tous les autres, autant je me voyais mal me crucifier moi-même. En tant que scénariste, j'avais déjà une large expérience du masochisme, mais quand même, faut pas charrier. Maggy m'a lancé un regard fatigué.

— Alors ?

— D'accord. Une semaine et un jour.

— Pourquoi « et un jour » ?

— Parce que j'ai un enterrement aujourd'hui.

Elle a hoché la tête et ne m'a pas demandé qui. Elle savait. Ou elle s'en foutait. Au moment où je franchissais la porte, elle m'a retenu.

— Antoine !

— Oui ?

— Le père. C'est trop facile s'il n'est pas là. Je veux que tu me mettes le père dans l'histoire.

— Si je mets le père, il ne va pas vouloir protéger sa fille ? ai-je dit en pensant au père de Maria Goretti, qui avait été le seul à voir le danger. S'il n'était pas mort de malaria, sa fille ne serait pas morte non plus.

— Dans notre histoire, je veux un père. Vivant. La mère le met dehors pour le remplacer par son amant. Je veux que tu m'écrives que le père a toutes les raisons du monde de s'inquiéter.

— À cause de l'amant ?

— À cause de tout ce qui vient avec l'amant.

— Et qui, malgré le fait qu'il ait toutes les raisons de s'inquiéter, ne fait rien ?

— C'est ça.

— Pourquoi ?

J'étais en retard pour l'enterrement, je le savais, mais je ne pouvais pas m'en aller sans poser la question. Il y eut un long silence, comme si Maggy cherchait à s'expliquer la réponse.

— Parce que c'est un homme avant d'être un père. Un homme cocu qui boit sa vie et qui préfère protéger son orgueil plutôt que de protéger sa fille.

Maggy a soutenu mon regard, attendant mes objections. Ce n'était pas une réplique qui incitait à la discussion, et ses yeux étaient une invitation au défi : « *Dare me if you can* », semblait me dire Maggy Sullivan.

Je n'avais aucune raison de la contrarier. Non seulement son explication avait du sens, c'était même à mes yeux la seule possible. Ma productrice connaissait bien les hommes… Et puis, pour la première fois de notre collaboration, Maggy avait dit « notre » histoire. Ça valait ce que ça valait, mais c'était déjà ça.

38

Le grand lit aux draps blancs était constellé de minuscules taches de sang à l'endroit où Steve avait posé sa tête pour dormir. Annabelle retira les draps, jusqu'aux housses qui protégeaient le matelas et les oreillers. Elle mit le tout dans la laveuse, qu'elle remplit d'eau chaude et d'eau de Javel. Elle prit des draps de rechange dans l'armoire et refit le lit, en bleu lavande cette fois. Sa chambre de jeune fille en fleurs était de nouveau immaculée. Impeccable.

Puis elle se déshabilla et alla rejoindre Steve sous l'eau brûlante de la douche. Le visage tendu, les yeux fermés, il était ailleurs, dans cet étrange pays dont il était l'unique citoyen. À travers la vapeur, Annabelle voyait les lacérations sur son cou, son torse, ses épaules. Son visage avait bizarrement été épargné. Elle connaissait ses préférences sexuelles, elle avait vu les photos dans son ordinateur, elle connaissait son propre corps, aussi lisse et plat que celui d'une jeune adolescente. Elle ne s'en formalisait pas. Mieux, elle était convaincue que ça lui assurait la première place dans le cœur de Steve. Elle était son genre de femme, à jamais une enfant.

Devant ces égratignures de tigresse, Annabelle se sentait vulnérable, troublée. Elle espérait qu'il se soit battu, incapable d'imaginer qu'il puisse en désirer une autre. Encore moins une vraie femme. Elle n'avait jamais eu à affronter le doute d'une rivale potentielle, et elle n'aimait pas ça. Elle se lova contre son torse puissant. C'est à peine s'il tressaillit. Mais lorsque du bout des doigts elle effleura ses égratignures, il ouvrit les yeux et saisit son poignet.

— Touche pas.

— Elle est plus belle que moi ?

Annabelle refusait de baisser les yeux, combative. Steve sentit monter la violence. Encore. Elle revenait vite. Il tenta de se raisonner. Annabelle était son meilleur alibi. Comme un mantra, il se répéta très vite « j'ai besoin d'elle, j'ai besoin d'elle, j'ai besoin d'elle ». En vain, l'instinct était plus fort. « Baisse les yeux, petite salope, ou je te tue. »

— Touche pas, j'ai dit.

— Qu'est-ce qu'elle a de plus que moi ?

Elle refusait de lâcher prise. Steve mit ses mains autour du cou d'Annabelle. Sous l'eau, ça glissait tout seul. Il la sentit devenir molle entre ses mains, les yeux exorbités, suppliants. Elle redevenait la belle et douce Annabelle sous sa domination complète. La voix de la raison s'imposa à son esprit : « T'as besoin d'elle, t'as besoin d'elle, t'as besoin d'elle. »

Il la lâcha. Annabelle fléchit et se laissa tomber jusque sur le carrelage de la douche, hoquetant. Elle entoura les jambes de Steve de ses deux bras et leva vers lui des yeux éplorés, la gorge en feu.

— Je t'aime.

39

À l'église, il n'y avait presque personne. Un prêtre, deux danseuses du Prestige venues rendre un dernier hommage à une petite sœur déchue et trois hommes. Doisneau, moi et un homme à la carrure imposante et aux cheveux drus et gris, assis quelques bancs devant moi. Je ne le voyais que de dos, mais il me semblait trop vieux pour être le père d'une si jeune fille. Quoique de nos jours, n'importe qui pouvait être père, même un vieux. Peut-être que moi aussi un jour...

Je me suis interdit de penser plus loin. J'avais eu ma chance. Je l'avais perdue. Tant pis pour moi. Il n'y avait pas eu de service pour ma fille. Alice avait été inhumée dans un minuscule cercueil que je n'avais pas choisi, et la seule chose dont je me souvenais de la journée de son enterrement était la boue sur mes chaussures. J'aurais préféré que la terre soit sèche pour accueillir ma fille.

Le service à la mémoire de Mylène Gouin fut court. Le cercueil était moche, même pas verni. La seule touche éclatante était un immense bouquet de lys blancs. « Comme pour Maria Goretti », me suis-je dit. Comme les fleurs dont avait rêvé Alessandro juste avant de se repentir. Dans le cas de Mylène, on ne pouvait pas dire que la morte avait défendu sa virginité. Quant à l'honneur, je n'étais même pas sûr que Mylène ait déjà su ce que ça voulait dire. Une question futile et gossante comme un maringouin me tournait autour pendant que le prêtre rendait la jeune morte à la poussière. Qui avait fait livrer des lys pour une junkie corrodée jusqu'aux os ? Doisneau, peut-être, qui voyait des enfants dans chacune de ces filles ? Ou alors cet homme qui fixait le corps décharné du Christ sur sa croix pendant que le prêtre bénissait le cercueil ? Elle avait eu des clients, peut-être que l'un d'entre eux avait été plus sentimental, qui sait ?

Mes yeux se posèrent sur les mains de l'homme, crispées sur le dossier du banc d'en avant, bras écartés comme un pianiste devant son clavier. De grandes mains déformées par l'arthrite. De la souffrance jusqu'au bout des doigts. J'avais déjà vu ces mains-là. Sur la rambarde du pont des Seigneurs.

Je suis sorti de l'église avant lui et, comme un gosse de la petite école, j'ai attendu l'homme aux mains d'araignée. Je n'avais aucune idée de ce que j'espérais en me mettant sur son chemin, une intuition, une curiosité, ce maudit désir de toujours vouloir savoir. Il est sorti juste après le cercueil, porté par des hommes qui ne s'étaient même pas donné la peine de bien s'habiller. Des employés de la fabrique, sans doute. La gerbe de lys blancs avait été déposée sur le pin blond du cercueil, ce qui donnait une dernière dignité à cette vie qui en avait cruellement manqué. L'homme aux mains d'araignée est sorti le dernier. La lourde porte de l'église s'est refermée derrière lui dans un claquement sourd. Je me suis planté sur son chemin pour qu'il me voie bien. Il a levé les yeux et j'ai vu qu'il m'avait aussi reconnu.

Il s'est arrêté devant moi, a plongé ses grandes mains dans ses poches. Doisneau est arrivé et l'homme aux mains d'araignée a tendu sa grande paluche déformée. Ils se connaissaient.

— Gilbert.

— Salut Martin.

Ils étaient l'un à l'autre ce que l'absinthe est au carré de sucre. Viscéralement différents, étrangement complémentaires, la douceur de l'un servant de messager à la flamme de l'autre. De près, l'homme que Gilbert Doisneau appelait Martin était encore plus intimidant. Une tête de rapace, les traits creusés, acérés comme ceux d'un Modigliani dessiné au scalpel. Ses yeux, d'un bleu profond, les longs cils soyeux, les sourcils fournis et surtout la masse grise et drue de ses cheveux, tout chez lui rappelait la tête d'un faucon. Doisneau a tendu la main en direction du cercueil qui s'éloignait, porté par les employés de la fabrique.

— Tu as eu affaire à elle ?

— Non.

Doisneau a haussé un sourcil curieux. Mais le faucon à tête grise a pointé le menton dans ma direction, comme s'il voulait d'abord s'assurer de la confiance que Doisneau me portait. Manifestement, elle n'était pas très grande parce que le bon docteur m'a regardé longuement en silence… Je me suis présenté, bravement.

— Antoine Gravel.

— Un membre de la famille proche ?

J'ai mis plusieurs secondes avant de comprendre qu'il me demandait si j'étais un membre de la famille de la défunte enfant.

— Non, non. Je suis scénariste.

C'est alors que Doisneau est intervenu. D'une voix calme qui ne laissait rien paraître, il s'est tourné vers l'homme aux mains d'araignée.

— M. Gravel écrit un film pour Maggy.

— Ah…

L'œil de l'homme me guettait, vif.

— C'est ça, ai-je répondu, nerveux comme un adolescent qui cherche à impressionner son père. Un film. En fait, le personnage principal a existé pour vrai, mais…

Putain, je bafouillais comme un enfant de chœur, encore traumatisé à l'idée de décevoir Doisneau.

— … c'est une fiction. C'est une adaptation de l'histoire de Maria Goretti. Celle qui a dit non.

La réaction de Martin Desmarais a été celle de l'oiseau de proie qui vient de voir un lapin au milieu d'un champ fraîchement moissonné et qui sait qu'il n'a qu'à se laisser planer au-dessus de son civet jusqu'à ce que le moment soit propice. J'avais des petites nouvelles pour lui, le lapin n'avait aucune envie de servir de lunch à un faucon. Je l'ai regardé dans les yeux et je lui ai renvoyé sa question.

— Et vous êtes ?

— Martin Desmarais.

On s'est serré la main. Je devrais plutôt dire que sa main a englouti la mienne avant de la serrer. Fort. Son nom ne me disait rien. Je ne savais pas ce qu'il foutait là, pas plus que je n'avais su ce qu'il faisait sur les lieux de la mort d'une danseuse mineure du Prestige. Je pense que Doisneau a eu pitié de moi et de ma profonde ignorance.

— Martin a longtemps travaillé dans le quartier.

— Ah…

— Comme enquêteur.

— Ah ?

— Je suis à la retraite maintenant.

— Ah.

On est restés plantés là tous les trois à attendre que l'un de nous se décide à poser la première question qui l'engagerait sur un terrain glissant. Doisneau a sorti son paquet de cigarettes, qu'il nous a tendu. L'ancien flic en a pris une. Pour faire bonne mesure, j'ai allumé un cigarillo. Il y avait les liens du sang, ceux de l'amour et de la haine, et il y avait les liens du tabac. Alors que les hommes de la fabrique mettaient le cercueil de Mylène Gouin dans la herse, nous étions trois hommes solitaires qui fumaient en silence sur les rives d'un nouveau continent.

40

De la fenêtre de son bureau, Maggy Sullivan regardait le cercueil sortir de l'église. Bonne idée d'avoir fait envoyer des lys. Même de loin, ils illuminaient le gris de l'image de leur beauté blanche. Maggy se dit qu'il faudrait penser à faire un plan en plongée pour la scène des funérailles de Maria Goretti. Son regard se posa sur les trois hommes réunis sur le parvis de l'église. Elle reconnaissait la chemise de toile rose pâle d'Antoine, elle savait que la silhouette frêle était celle de Doisneau, qu'elle fréquentait depuis qu'il avait ouvert le centre, mais elle n'avait aucune idée de l'identité du troisième. Elle pouvait voir qu'il était imposant, mais il était trop loin pour qu'elle distingue les traits de son visage. Qu'est-ce qu'ils pouvaient bien foutre là tous les trois ? Pourquoi est-ce qu'Antoine traînait là au lieu d'aller travailler ? Il perdait du temps. Il perdait *son* temps.

Dans la vie comme au cinéma, le temps était compté, précieux, volatile. Il fallait faire vite, il fallait compter, il fallait rentabiliser. Cette troisième ronde de chimio, c'était une condamnation. Maggy le sentait jusque dans ses os. La vie après la mort de Frank, Maggy ne voulait pas y penser. Comment vivent les soldats en temps de paix ? Elle ne savait pas et elle était incapable de l'envisager.

Maggy se tourna vers leur photo de famille et elle se mit à rire. Aussi absurde que ça puisse paraître, Frank avait été capable de ce dont peu d'hommes sont encore capables après vingt-six ans de mariage. Il avait réussi à la surprendre. Il fallait lui donner ça : en étant un homme redoutable, il avait fait d'elle une femme redoutable. Comme sur le ring, la qualité de l'adversaire donnait la mesure du boxeur.

Maggy réussirait à le surprendre aussi… Avec Maria Goretti, Maggy allait s'offrir un feu d'artifice d'images, le testament en 35 mm de ce qu'avait été sa vie jusque-là.

En faisant tuer Patrick, Frank l'avait privée de la seule certitude qui avait compté pour elle, celle d'avoir été aimée une fois dans sa vie. C'était bien la moindre des politesses qu'elle lui rende par le poison ce qu'il avait tué par le feu. Ils auraient au moins été un couple assorti par la même passion, celle de se détruire l'un et l'autre.

41

On a marché jusqu'au quartier général de Doisneau. Les enfants étant au camp, c'était remarquablement tranquille. Avec soulagement, je me suis rendu compte que c'était surtout la vision de la cinéaste des bonnes œuvres que je redoutais.

Doisneau nous a ouvert son bureau et il a tourné les talons.

— Je vous laisse, j'ai à faire.

Et il est parti sans nous demander notre avis, préoccupé. Je ne savais pas encore que, s'il se hâtait, c'était à cause de Lucie, dont l'état l'inquiétait. Je ne sais pas comment j'aurais pu le savoir, j'avais soigneusement évité de téléphoner à Lucie pour prendre de ses nouvelles. Lâche un jour, lâche toujours.

Le bureau de Doisneau était à son image, simple, convivial, en désordre. Par-dessus une pile de dossiers à la couverture cartonnée beige, une boîte de poulet barbecue avait été laissée ouverte, offrant à l'œil une carcasse raidie et un casseau de sauce gélatineuse refroidie. Quelqu'un, sans doute Doisneau, s'était servi du petit pain comme cendrier. La vision était répugnante. J'ai été content de pouvoir enfin trouver un défaut au bon docteur. Non seulement il fumait, mais il n'avait aucune manière de table.

Visiblement, Desmarais connaissait l'endroit. Il est revenu avec une chaise de bois qu'il a installée en face de celle qui servait normalement aux visiteurs. Les instructions étaient claires, personne ne prenait la place de Doisneau.

C'est donc dans ce minuscule bureau encombré que j'ai commencé à comprendre… Desmarais m'a demandé ce que je savais exactement sur Maggy Sullivan. Je lui ai dit la vérité.

— C'est une productrice qui a les moyens de bien me payer. Et je suis dans la merde.

— Rien d'autre ?

J'ai haussé les épaules. Bien sûr… Comme tout le monde, je savais qu'elle était mariée à Frank Sullivan junior, fils du légendaire Frank senior. Desmarais a penché son grand torse vers moi, amusé.

— Tu sais tout ce que tout le monde sait déjà, finalement.

— J'imagine.

— Tu veux savoir ce qu'il y a derrière la réussite de Maggy Sullivan ?

Pour la première fois de ma vie, j'ai résisté une seconde à l'attrait d'une bonne histoire. Certaines pouvaient être comme ces femmes qui vous aiment encore et qui vous quittent quand même, fatales. Ma curiosité l'a emporté. Maggy était irrésistible.

Martin Desmarais racontait bien. Il était précis, rigoureux, dénué de toute sentimentalité. J'aurais aimé lire ses rapports.

C'était un mois d'août de canicule, il y avait vingt-six ans. Il venait de réintégrer la patrouille. Tout le monde avait cru à une rétrogradation. Ce n'était pas le cas. Le jour où il avait constaté que, quoi qu'il fasse, il ne changerait pas le monde, il avait lui-même demandé de retourner à la patrouille de nuit. Il était presque cinq heures du matin, juste avant l'aube. La fille lui avait elle-même ouvert la porte. Elle était couverte de sang, le nez cassé. Elle protégeait son corps nu d'un drap de coton usé, délavé. La peau de sa joue droite avait été fendue. Martin saurait quelques minutes plus tard que c'était par la lanière d'une ceinture de cuir. Mais elle l'avait regardé dans les yeux, le regard halluciné et la tête haute.

J'ai su à ce moment-là que Martin Desmarais me parlait de la femme que je venais de quitter.

— Maggy.

— Oui.

— Vous racontez bien. Précis.

— J'ai relu mon rapport.

— Vous l'avez gardé ?

Il a hoché la tête. Et m'a tendu les feuilles de papier qu'il a retirées de la poche intérieure de son blouson. Des photocopies toutes neuves. Martin Desmarais a vu mon regard curieux.

— L'original est ailleurs.

J'ai hoché la tête, allumé un autre cigarillo et je me suis plongé dans le rapport de Martin Desmarais, qui avait soigneusement pris en note l'histoire que Maggy lui avait racontée ce soir-là.

Je lisais, envoûté par la force de ces mots simples soigneusement calligraphiés par la main de Martin Desmarais.

— C'est votre écriture ?

— Oui, a-t-il dit en levant ses mains difformes, je ne faisais pas encore d'arthrite. J'ai pris sa déposition sur place.

Je me suis remis à lire, transporté ailleurs, emporté par ma seconde nature de raconteur. C'était plus fort que moi, je *voyais* les images et je réécrivais, à ma façon, emporté par ce que mon imagination ne pouvait s'empêcher d'ajouter au récit de l'ancien policier.

– Maggy –

Elle se hâte dans la nuit, insensible à ses pieds douloureux, à l'obscurité humide qui a pris possession de ses cheveux et les a transformés en jungle moite, aux rigoles de sueur qui lui mouillent la poitrine, les aisselles et le creux des reins. La rue est vide à cette heure où l'obscurité plonge vers une dernière décadence avant l'aube.

Elle marche, légère, portée par le désir qu'elle a d'être contre le corps de celui qui l'attend. De sa peau, de son odeur, de ses mains sur ses fesses quand il la prend, de l'urgence de fin du monde qui s'empare d'eux et les consume trop vite, toujours trop vite, jusqu'à ce qu'ils aient à nouveau tout leur temps.

Ils sont jeunes, ils s'aiment et ils se sont promis l'inimaginable pour des enfants de la misère ; ils seront différents de leurs pères et mères, qui ne savent transmettre que leur malchance, leur violence stérile et leur obésité résignée. Eux, ils n'auraient pas d'enfants. Ils mettraient fin au malheur obligé. Ils seraient *heureux*.

Elle est contente, elle va enfin échapper au fils de l'amant de sa mère qui la harcèle depuis que son corps gracile s'est transformé.

Elle se hâte, elle se dépêche, elle court. Ce soir, elle va pouvoir partir parce qu'elle aime et qu'elle est aimée. Elle a dix-sept ans.

En passant devant l'église de bois blanc, fragile vigile de la nuit, au coin de Wellington et de Sainte-Madeleine, elle s'arrête brièvement et se signe, plus par superstition que par conviction. Demain, elle ira allumer un cierge pour remercier Marie de lui avoir envoyé ce grand jeune homme aux mains calleuses qui l'aime à mourir. Ensemble, ils se sauveront de leur destin. Elle ne sait pas prier Jésus, elle ne comprend pas ce grand corps maigre et couvert d'épines. Elle ne comprend pas qu'on puisse se laisser mener à l'abattoir sans protester. Quant à Dieu, il joue dans une ligue hors de sa portée. Et elle sait qu'il vaut mieux ne pas trop attirer l'attention des tout-puissants de ce monde. Être dans leur champ de vision, c'est forcément attirer le malheur.

Elle entend la voiture avant de la voir. À la brusque contraction de sa poitrine tout à coup trop petite pour contenir la colère qui monte, elle sait. Elle n'a même pas besoin de se retourner pour savoir que c'est *lui*. C'est toujours lui. Protégé par son père, il a tous les droits.

Elle prend soin de ne pas accélérer le pas. Surtout ne pas lui montrer qu'elle a peur. Surtout garder la tête haute, le regard fixé sur la rue déserte, sur le prochain lampadaire. Elle sent la Mercedes qui remonte paresseusement jusqu'à elle, qui la frôle, obscène. Elle ne se souvient pas combien de fois déjà elle lui a dit non. Elle a cessé de compter.

Elle entend le glissement de la vitre automatique de la voiture qui descend. La moiteur tropicale de la nuit porte jusqu'à elle les effluves de la climatisation et du cuir imprégné d'*Eau sauvage*. Elle sent son regard de prédateur sur elle, insistant. Son regard noir qui salit tout.

À sa droite, le terrain vague et le renflement du terre-plein sur lequel passent les voies du chemin de fer. Elle sait que l'entrée du tunnel se trouve au fond du terrain vague. Enfant, elle s'y était réfugiée souvent pour échapper au tumulte. Le tunnel débouche sur la petite rue en cul-de-sac. Elle y a un minuscule appartement aux murs lépreux. Elle ne les voit même plus. Dans ce taudis, elle aime.

La voiture ronronne, toujours en première, lente et inéluctable. Elle sent la calandre allemande de l'aile qui prend son temps pour lui pousser dans le cul. Tout à coup, sa peur est terrassée par un jet de bile furieuse. Les mots sortent tout seuls, comme une incantation : « L'enfant de chienne, l'enfant de chienne, l'enfant de chienne. »

Le tunnel est un coupe-gorge, mais son obscurité totale lui semble tout à coup bienfaisante, salvatrice. Elle y sera en sécurité.

Elle pique à travers le terrain vague. Elle entend un cri furieux derrière elle, un coup de klaxon, brutal. Le claquement de portière redouté ne vient pas. Elle continue sa course sans s'arrêter, contourne la grille, plonge dans le noir, se dirigeant à l'instinct. Dans le tunnel, elle court sur la pointe des pieds afin d'atténuer l'écho de ses semelles sur les pavés. Elle bute sur une armature métallique. Chute brutalement sur le sol. Elle ne sent ni la douleur ni le sang sur ses genoux, mais entend le bruit qu'elle a fait en tombant. Est-ce qu'il est là ? Est-ce qu'il l'a entendue ?

Dans l'humidité du tunnel, aucun souffle, aucun son. D'une poussée silencieuse, elle ouvre la porte qui donne sur le cul-de-sac.

Reprenant le contrôle sur son cœur affolé, elle se force à examiner les lieux. La rue est tranquille, déserte, familière. Personne.

Elle laisse échapper un rire de victoire, portée par l'adrénaline de la fureur autant que par celle de la peur. Elle se hâte, aux aguets. Quelque chose manque. Le Duster. Sa carrosserie bleu poudre gangrenée par la rouille devrait être stationnée devant la porte cochère.

Elle entre, verrouille soigneusement derrière elle, allume. Le couloir est vide. Saisie d'un pressentiment, elle se précipite dans la chambre où il n'y a plus que ses affaires à elle. Puis, elle la voit, blanche et chargée de toutes les promesses de la douleur, une feuille de papier pliée, appuyée sur une bouteille de Coke vide qui sert de vase à une rose résignée.

Elle se bat contre la certitude qui monte : « Non, non, non. »

Elle n'a même pas lu ce qu'il a écrit pour la quitter, elle est déjà à genoux, le souffle coupé. Puis, du fond de la brume dont elle refuse d'émerger, elle entend le couinement de la porte d'aluminium qui donne sur la cour arrière. Elle laisse échapper un sanglot de soulagement. Il n'est pas parti, elle savait bien que ce n'était pas possible, qu'il ne pouvait pas renoncer à elle si facilement. On ne renonce pas comme ça à un amour comme le leur.

Une flambée d'*Eau sauvage* la sort de sa torpeur.

— Il ne reviendra pas.

Un sursaut de terreur, pas pour elle cette fois.

— Qu'est-ce que tu lui as fait?

— Rien. C'est un garçon intelligent, il a pris l'argent.

Elle se débat avec l'image de Patrick qui prend l'argent, de Patrick qui l'abandonne, de Patrick qui *la laisse toute seule avec lui.* Non, non, non, Patrick ne peut pas faire ça, Patrick l'aime. Frank lui sourit.

— Tout le monde a un prix.

— Pas lui.

— Sois pas bête.

Dans son cœur affolé, les émotions s'entrechoquent comme des boxeurs fous qui n'entendraient plus l'arbitre: le soulagement de savoir que son amour est vivant, tout de suite remplacé par la pensée qu'elle a été trahie, abandonnée.

— Combien?

— Un bargain. Si tu savais comme tu m'as pas coûté cher…

Elle se cache le visage. Elle ne veut pas qu'il voie ses yeux. Ça le fait rire.

— Quoi, tu pensais que ton *grand* amour n'avait pas de prix ? Que ton petit trou de cul ne te vendrait pas pour le prix d'une peinture sur son char ?

Il déboutonne sa chemise. Une chemise qui a certainement coûté le prix du loyer de son taudis. Qui appartient à sa famille d'ailleurs. Est-ce qu'il y a quelque chose dans le quartier qui ne leur appartienne pas ? Il la dépose soigneusement sur le dossier de la chaise pour qu'elle ne se froisse pas.

— Tu devrais le savoir : j'ai toujours ce que je veux.

Elle le toise, soutenant son regard. Elle ne lui offrira pas le plaisir de la défaite et de l'humiliation.

— Oui, mais toi, t'as été obligé de le payer pour m'avoir. Lui, il m'a eue gratis.

Un éclat dans l'œil, une contraction des jointures. Il pourrait la tuer, elle le sait. Mais la provocation est le seul pouvoir qu'elle a sur lui, et ça, elle le sent jusque dans ses os.

Alors qu'il s'avance sur elle, repliant déjà sa ceinture de cuir pour la frapper, elle a le temps de se dire que c'est à son tour de payer, et que ça n'a plus aucune importance.

J'ai relevé la tête et j'ai fixé Martin Desmarais dans les yeux.

— Elle a été violée par Frank Sullivan.

— Oui.

— Elle a porté plainte.

— Oui.

— Et puis… ?

Je n'arrivais pas à finir ma phrase tant ce revirement me paraissait incompréhensible. Martin Desmarais l'a finie à ma place, d'une voix très douce.

— Elle a retiré sa plainte et elle l'a épousé.

Un long silence a suivi ces mots. Il n'y avait rien à dire. Rien à expliquer. Toute une vie passée avec l'homme qui l'avait harcelée, battue, violée. Deux enfants. Je les avais vus en photos, dans leur cadre plaqué or. Une photo parfaite. Une famille parfaite. Le père, la mère, les enfants. Souriants. Contrairement à Maria Goretti, Maggy avait dit oui. Comment avait-elle pu ?

J'ai levé les yeux vers Martin Desmarais pour qu'il m'aide à comprendre. Tout seul, je n'y arrivais pas. Il a fouillé dans le tiroir du bureau de Doisneau, a trouvé un paquet de cigarettes, en a allumé une.

— Ce n'est pas tout.

— Je ne suis pas sûr que je…

Il a sorti une autre photocopie de son veston. Sur la même page, soigneusement cadrés, deux coupures de journaux. L'avis de décès d'un dentiste. Un crâne inconnu retrouvé près de la rivière Rouge, un trou de .45 dans la nuque. J'ai hoché la tête. C'était surréaliste.

— Le crâne… ?

— … n'a jamais été identifié parce que le seul qui aurait pu le faire a été renversé par un chauffard. On n'a pas retrouvé le dossier qu'on cherchait dans son cabinet. On ne sait toujours pas qui c'est. Juste qu'il a été exécuté et que, soudainement, son crâne a refait surface plus de vingt ans après avoir été enterré quelque part dans les Hautes-Laurentides.

— Mais c'est…

J'ai agité les photocopies du rapport.

— … c'est le gars qu'elle allait rejoindre ?

— Le gars s'appelle Patrick Boyle. Le seul des frères Boyle qui n'avait pas de casier judiciaire. Sa famille a toujours dit qu'il était devenu machiniste à Hollywood.

— Machiniste ?

— Ils ont inventé un mensonge plausible, c'est toujours ça. Après, ils ont tous fait des contrats pour les Sullivan.

— Des contrats…

— Oui. Ils ont tous des jobs. Sauf celui qui est encore en dedans.

Tous des jobs… Je n'avais jamais pensé qu'il était possible de négocier ces choses-là. Mais peut-être que c'était vrai qu'il était parti pour Hollywood, peut-être que…

— C'est facile de savoir s'il y a un Patrick Boyle qui travaille comme machiniste.

— Il y en a eu un déjà. D'après les registres IATSE, il ne travaille plus, et ils ne savent pas où vont leurs membres quand ils arrêtent de faire du cinéma.

— Donc, le crâne, c'est quand même pas *sûr* que ce soit lui.

Martin Desmarais m'a souri. Presque gentiment. Il a hoché la tête.

— Pas *sûr*, non. Juste assez sûr pour qu'une voiture renverse un dentiste la veille où il allait remettre le dossier dentaire de Patrick Boyle au service d'anthropologie judiciaire.

J'ai soulevé délicatement la feuille de l'avis de décès et de la découverte du crâne de la rivière Rouge. Est-ce que Maggy savait ?

Martin Desmarais a plissé les yeux, a aspiré la dernière bouffée de sa cigarette et l'a butchée dans le petit pain.

— Si la poste fonctionne toujours, Maggy en sait autant que moi.

Maggy… Je l'ai revue, impeccable dans son tailleur, se penchant vers moi pour me dire : « Je veux que tout le monde soit coupable. » Je l'ai revue m'interroger sur la personnalité d'un homme qui portait *Eau sauvage*, de Dior… Elle venait de comprendre que Patrick ne l'avait pas abandonnée. Et que l'homme avec lequel elle avait pactisé pour être à l'abri de ses assauts non seulement l'avait violée, mais était aussi le meurtrier du seul homme qu'elle avait aimé…

Ce qui ne pouvait vouloir dire qu'une chose. J'avais été engagé pour écrire l'histoire de Maggy Sullivan et j'étais le scénariste d'une vengeance. J'ai vu dans les yeux de Desmarais qu'il pensait exactement la même chose que moi.

— Vous auriez fait un bon scénariste, monsieur Desmarais.

— Vraiment ? Je me suis toujours dit que je manquais d'imagination…

Il y avait de la dérision dans sa voix. Une moquerie. Face à lui-même beaucoup plus qu'à moi d'ailleurs. Un homme qui parle au miroir.

— Pourquoi l'avoir avertie ? Qu'est-ce que vous espériez ?

Il a eu un geste de la main, comme s'il repoussait une mouche imaginaire.

— Je ne sais pas. Une réaction. Une réponse. Cette nuit-là, son premier réflexe a été de porter plainte. J'ai vraiment cru qu'elle irait jusqu'au bout. Je pense que j'espérais que le crâne de Patrick Boyle soit le foulard rouge qui réveille la fureur du taureau. Je peux vivre avec l'absence de justice, pas avec l'absence d'explication.

Nous sommes sortis ensemble. Dehors, la chaleur était légèrement tombée et le ciel était zébré d'éclairs. On entendait le tonnerre de l'autre côté de la ville. On allait l'avoir sur la tête. L'imminence de la pluie m'a ramené à une autre réalité. Celle de l'adolescente qu'on enterrait. La terre allait être boueuse, comme pour Alice. Je me suis tourné vers Martin Desmarais. Pour la première fois, je me rendais compte qu'il marchait avec une claudication à peine perceptible. L'humidité sans doute.

— Et Mylène ?

— Quoi, Mylène ?

— Quand je vous ai vu sur le pont des Seigneurs, le jour où ils ont trouvé son corps...

— Je voulais voir.

— Vous pensez qu'elle a été tuée ?

— Je ne sais pas. C'est difficile avec les junkies de savoir s'ils ne cherchent pas délibérément la mort.

— On joue pas un peu sur les mots, là ?

Il a souri. Ça lui allait bien, cette détente.

— Il y en a une autre qui a été tuée, ai-je insisté, il y a deux ou trois semaines. Celle-là portait des marques sur son corps. Mélanie quelque chose.

Il a hoché la tête et m'a enligné avec curiosité.

— Tu es toujours aussi obsédé par tes sujets ?

Il me tutoyait. Je n'arrivais pas à lui rendre la politesse. Impossible. Juste ses mains imposaient le « vous ». Je me suis senti obligé de me justifier.

— Je ne suis pas obsédé. Disons que, quand on plonge dans un sujet, on est plus attentif à ses résonances. Et puis, je ne les ai pas inventées, Mélanie et Mylène…

— Des histoires comme ça, il y en a partout.

Il a tendu l'index vers le haut de la ville.

— En haut, ils les cachent mieux. Mais ici, y a pas de paravents. Même quand on ne sait rien, tout se voit.

Il a tourné le regard vers le canal. Les goélands criaient, sensibles à l'orage qui approchait.

— Au moins, les corps de Mélanie et de Mylène ont été retrouvés… Pas comme la petite Jolène Riendeau…

— Rien ?

— Volatilisée. Comme si elle n'avait jamais existé. Partie au dépanneur, jamais revenue. Jamais trouvé son corps. Ça fait dix ans.

— Vous n'avez pas de pistes, pas de soupçons ?

— Il y a toujours des pistes, toujours des soupçons. La difficulté, quand t'es policier, c'est les preuves.

J'ai pensé au dentiste, au crâne de la rivière Rouge, à Maggy, qui avait retiré sa plainte, au nombre de vies gâchées par les bons soins de Frank Sullivan et de sa famille sans que personne puisse agir, faute de preuves.

— Ça doit être épouvantable de savoir que quelqu'un est coupable sans que personne puisse faire quoi que ce soit.

— Pas « personne », a promptement réagi Martin Desmarais. La justice est impuissante, pas forcément les gens…

Il avait agi, lui. Il avait mis ce qu'il pensait être une partie de la vérité dans une enveloppe, il avait collé un timbre dessus et il l'avait envoyée à Maggy. Elle m'avait alors embauché. Pour écrire, et peut-être tourner, ce qui avait été la première partie de sa vie. Ce moment où, comme Maria Goretti, elle avait – peut-être – espéré être sauvée. Maggy n'était pas morte éventrée à coups de fourche. Elle s'était rendue, elle avait tendu la gorge, elle avait dit oui. Elle avait épousé son violeur, elle lui avait fait deux enfants. Vivre exige que l'on fasse des compromis. Qu'avait-elle rescapé du naufrage ? Je n'osais même pas imaginer le prix qu'elle avait dû payer. À défaut d'être sauvée par une intervention miraculeuse, le film lui permettrait au moins d'être entendue. C'était déjà ça.

Nous étions arrivés devant le Café du trèfle à quatre feuilles. Toujours fermé. Étrangement silencieux du rire de ma renarde. J'étais content qu'elle soit loin, à la campagne, en sécurité. J'étais soulagé qu'elle ne s'appelle ni Mylène, ni Mélanie, ni Jolène. Le ciel était complètement noir. J'ai reçu la première goutte au moment où Martin Desmarais me tendait sa grande main d'araignée avant de me quitter.

— C'est pas un quartier pour les filles, ici, me dit-il en guise d'au revoir.

— Non. C'est pas un quartier pour les filles.

Je l'ai regardé partir et j'ai tout à coup eu envie de serrer Lucie contre mon cœur. Pour lui dire quoi ? Je ne savais pas. Pour lui promettre quoi ? Je ne savais pas non plus. Mais la veille, quand nous faisions l'amour, elle s'était ouverte comme une pêche mûre, vulnérable et tendre. Elle m'avait offert son parfum, la peau tendue de son ventre et ses seins lourds. Elle avait accepté de me voir partir en sauvage sans chercher à me retenir, sans combattre. Elle méritait mieux, et surtout je n'en pouvais plus du spectacle de ces filles fracassées par la brutalité des hommes.

Je suis allé cogner à sa porte. Le grand Black que j'avais rencontré au café est venu m'ouvrir, méfiant. Il faisait déjà noir à l'intérieur de l'appartement et aucune lampe n'était allumée. Avec l'orage qui noircissait le ciel, on n'y voyait rien.

— Je voudrais voir Lucie.

— Elle dort.

La silhouette de Gilbert Doisneau s'est détachée derrière le Black. J'ai répété, comme un perroquet idiot.

— Je voudrais voir Lucie.

Doisneau a posé sa main sur l'épaule musclée du cerbère, légère comme un colibri.

— Ça va, Dany.

Dany s'est effacé pour me laisser entrer. Je sentais bien qu'il n'était pas content, que ça le contrariait, qu'il y avait quelque chose de pas normal.

Puis j'ai vu Lucie. Recroquevillée dans une couverture, le visage enflé et le cou noirci. Je me suis tourné vers Doisneau, paniqué. Il m'a fait signe de me taire. Et il a chuchoté, pour ma gouverne :

— Elle est dans un sale état, mais elle va s'en remettre.

— Qu'est-ce que… ?

— Elle a été attaquée la nuit dernière.

— La nuit dernière, j'étais ici, ai-je murmuré, incrédule.

— Jusqu'à quelle heure ?

— Je ne sais pas. Trois heures, quatre ?

Doisneau s'est tourné vers Dany. Qui a levé le nez sur ma présence, m'ignorant délibérément, concentré sur Gilbert Doisneau.

— Je suis arrivé à quatre heures, comme d'habitude.

Et puis, à regret, il m'a désigné d'un geste de mépris dédaigneux.

— C'est pas lui que j'ai vu partir. Celui que j'ai vu était plus costaud que lui. Plus en forme. Plus fort aussi.

Tout ce que je n'étais pas… Et pour la première fois de ma vie, j'ai été soulagé de ne pas être cet homme-là. Je me suis approché de Lucie et je lui ai pris doucement la main. Elle était couverte de bleus. J'ai entendu la voix de Dany dans mon cou.

— Elle s'est bien défendue.

— J'aurais dû rester.

— Les gars comme toi, ça reste pas. Ça se pousse.

J'aurais pu lui répondre. Me justifier. Pour quoi faire ? Il avait raison sur toute la ligne. Lucie a ouvert un œil, elle m'a reconnu, elle a essayé de sourire. J'ai eu honte. Comme quand j'avais dit oui pour qu'on débranche Alice. Honte d'être assez fort pour m'occuper de ma vie, mais pas assez pour en défendre une autre.

J'ai baissé la tête. Lucie s'est éclairci la voix.

— Pourquoi t'es parti hier ?

— Je sais pas. Il fallait que je rentre. Je voulais être seul. Je sais pas, Lucie. Je pouvais pas.

— C'est dommage.

Elle m'a tué quand elle a dit ça. C'est dommage. Comme si j'avais cassé une assiette ou oublié le fromage qu'elle m'aurait demandé en allant au marché.

Derrière nous, Dany brassait de la vaisselle dans l'évier.

— Je vais faire du café avant d'aller travailler, tu en veux ?

— Oui.

Il a fait du café et il est parti en même temps que le ciel tonnait un grand coup, juste au-dessus de Pointe-Saint-Charles. L'Ougandais est sorti par la porte de derrière, qu'il a refermée soigneusement derrière lui. Sous la pluie, le coton de son t-shirt trempé moulait son torse où se découpaient ses muscles gonflés comme des melons de métal.

Doisneau est resté, quelques minutes. Il était brûlé. À bout. Je l'ai envoyé se coucher et je suis resté seul avec Lucie.

— Barre la porte, a-t-elle murmuré.

— Oui.

Je suis allé verrouiller la porte. J'ai fait du thé. Je me suis installé par terre, au chevet de Lucie, et je l'ai veillée. Doisneau m'avait recommandé de ne pas la laisser dormir trop longtemps. Elle dormait, se réveillait. Elle est revenue à la charge, elle voulait savoir pourquoi j'étais parti l'autre nuit, en sauvage. Je lui ai raconté Rebecca, Tony et son combat contre le chien jaune, la naissance d'Alice puis sa mort, quelques jours plus tard.

Lucie m'a raconté son enfance « en haut », son père médecin, sa mère folle raide et son adolescence hors d'elle-même, sur une dérape perpétuelle. Elle a ri en me disant qu'au début elle prenait de la dope juste pour faire chier sa mère. Ce qui avait fonctionné à merveille. Évidemment, le crack et l'héroïne avaient pris le dessus sur sa révolte et elle était devenue une junkie comme les autres. Manipulatrice, voleuse, menteuse. Elle ne se souvenait pas du garçon avec qui elle avait conçu Laurie. Elle ne s'était même pas rendu compte qu'elle était enceinte. Elle avait accouché prématurément à l'hôpital Saint-Luc, où une ambulance l'avait livrée comme une pizza pour cause d'overdose. Laurie avait eu de la chance. Sans l'overdose de sa mère, elle serait née dans un squat qui sentait la pisse de chat et elle serait probablement morte à la naissance.

La tête sur l'oreiller, Lucie fixait le plafond. J'ai remonté le drap sur son corps meurtri. Je revoyais le corps d'Alice, intubé, martyrisé par la médecine, j'imaginais celui de Laurie, empoisonné par les excès de sa mère. À travers les brumes de la fatigue, je ne faisais plus très bien la différence entre les deux. Malgré tout, j'enviais Lucie.

— Toi, au moins, tu as sauvé la tienne…

— Je ne l'ai pas sauvée, je ne savais même pas qu'elle était dans moi. Tu te rends compte ?

— Je ne voulais pas dire à sa naissance, je parlais de maintenant.

La voix de Lucie s'est durcie, comme quand elle m'avait servi le premier jour.

— Arrête, Antoine. Ta fille n'avait pas ce qu'il fallait pour vivre. Tu n'avais pas le choix. Moi, je l'ai toujours eu et j'ai toujours choisi la destruction.

Il y a eu un long silence entre nous. Je lui ai versé du thé à la menthe et je l'ai fait boire. J'ai réalisé que moi, j'avais au moins la possibilité de me réfugier dans l'alcool de temps en temps. Lucie, elle, ne prenait plus rien. La grosse réalité sans esquive, sans échappatoire.

— Comment tu fais pour vivre avec la culpabilité à froid ?

— Je ne vis pas. Je fais mon temps et j'essaie de réparer. Je me lève, je cuisine, j'ouvre le café, je m'occupe de Laurie, je ferme le café, je dors et je recommence. Elle passe avant tout le reste parce que je lui dois ça, tu comprends ?

— Je pense que oui.

Des images plutôt torrides de ses longues cuisses qui s'ouvraient pour moi, de sa bouche qui me cherchait, de ses mains sur mes fesses, sur mon sexe, sur ma nuque, passèrent devant mes yeux ; comment oublier ?

— Donc nous deux… ?

— Nous deux ? On n'a jamais eu une seule chance. Pas une.

— Alors, ai-je ajouté doucement, alors pourquoi tu pleurais quand je suis parti, l'autre nuit ?

Elle a souri d'un seul côté, l'autre était trop enflé.

— Parce que tu m'as donné le goût de recommencer à vivre. J'avais oublié à quel point ça pouvait faire mal.

Et comme ça, sans prévenir, elle s'est endormie dans mes bras.

À l'aube, Dany est revenu aussi silencieusement qu'il était parti, et sans un mot il a pris ma place au chevet de Lucie.

Dehors, l'orage avait nettoyé une partie du ciel et le smog n'avait pas encore repris ses droits. J'avais violemment envie d'un café, n'importe lequel. J'ai marché, en quête d'un restaurant ouvert à cette heure qui appartenait encore un peu à la nuit. Derrière l'église, la fenêtre du bureau de Doisneau était fermée, toutes lumières éteintes. Tout à coup, je réalisais que je ne savais rien du reste de sa vie. Où allait-il quand il n'était pas à son bureau ? Avait-il une femme, des enfants à lui ? Aucune idée. Martin Desmarais avait raison, la Pointe était un quartier où l'on voyait tout, mais où l'on ne savait rien.

Je suis passé devant le jardin communautaire. Les petits pois avaient poussé en friche, dépassant leur tuteur, sauvages comme des voyous mal-aimés. J'ai suivi le sentier, traversé le pont, enjambé les rails et marché jusqu'à la rue Notre-Dame. Un greasy spoon servait déjà ses premiers œufs tournés avec bacon aux ouvriers et aux camionneurs du matin. Je suis entré et j'ai commandé un énorme déjeuner, que j'ai englouti en lisant les dernières manchettes du *Journal de Montréal*. Alors que mon cerveau savait très bien que Lucie n'avait pas appelé la police pour rapporter son agression, je tournais quand même les pages avec impatience, espérant tomber sur la nouvelle d'un dangereux récidiviste en fuite ou d'un agresseur arrêté. Rien. Cette nuit-là, à Montréal, il n'y avait eu ni évasion, ni agression, ni meurtre. En tout cas, rien qui n'ait été rapporté à la police ou aux médias… Si quelqu'un avait été assassiné, le crime avait eu lieu dans la plus stricte intimité. J'essuyai les dernières traces de jaunes d'œufs avec un bout de pain en spéculant sur la quantité de crimes qui bénéficiaient des ténèbres du secret.

Beaucoup trop, semblait-il. Qu'une fille comme Lucie refuse de rapporter l'agression dont elle avait été la victime de peur de perdre sa fille, c'est qu'il y avait quelque chose de pourri au royaume de la justice. Un système qui accorde plus d'égards aux criminels qu'aux victimes renvoie celles-ci à leur solitude, à leur désespoir, et parfois à leur vengeance.

J'ai payé et je suis sorti du restaurant. Il y avait une fille que j'avais envie de regarder dans les yeux, et il n'était pas question qu'elle m'échappe.

42

J'avais décidé de l'attendre dans le stationnement où elle garait sa voiture. J'en étais à mon troisième cigarillo quand j'ai enfin entendu le moteur du Mercedes. Je devais avoir l'air d'un épouvantail, la chemise froissée, le menton mal rasé. La chaleur qui montait à vue d'œil n'avait pas arrangé la moiteur collante de ma nuit blanche. J'avais besoin d'une douche. Maggy est sortie de son énorme Mercedes, mince comme un fil dans son tailleur d'un jaune très pâle, le regard dissimulé derrière de grosses lunettes noires. Elle a marqué un temps d'arrêt en me voyant.

Je suis allé vers elle, elle est venue vers moi dans un double slow motion que n'aurait pas renié Lelouch. Elle s'est arrêtée à quelques pieds et a baissé ses lunettes de soleil pour mieux me voir. J'ai vu deux éclairs d'émeraude et j'ai pensé à la mort du Petit Prince, mordu par le serpent jaune. Je ne savais pas quoi dire, alors j'ai plongé.

— Je sais qui a tué Patrick Boyle.

Elle a hoché la tête, sans répondre. Puis elle a regardé autour, comme si elle se demandait si on nous observait. Il n'y avait personne d'autre que nous deux. Un homme et une femme. Une histoire et un narrateur.

— Viens, m'a-t-elle dit.

Elle s'est mise en route et je l'ai suivie. Elle marchait vite malgré ses talons hauts, malgré la chaleur qui montait, de plus en plus lourde. Elle empruntait les ruelles sans hésiter, comme une chatte qui arpente son territoire. Pour la première fois, je prenais la pleine mesure de la femme qui m'avait embauché. Malgré son tailleur Armani, sa voiture de luxe et son arrogance de femme fatale, Maggy Sullivan était citoyenne de Pointe-Saint-Charles au même titre que les enfants de Doisneau. *Born and raised in shit*. La seule différence, c'est que, contrairement à eux, elle n'en était plus prisonnière. Je la suivais, comme un touriste suit son guide en pays de guerre, évitant les tessons de bouteille, les seringues, les crevasses profondes du bitume.

Nous nous sommes retrouvés dans une impasse, tout près de l'ancienne gare de triage, devant la porte verrouillée qui donnait sur le tunnel où Laurie m'avait dit qu'il y avait eu un meurtre. Nous n'avions pas prononcé un seul mot. Maggy est allée s'asseoir sur une marche de ciment, devant la porte délabrée d'un appartement qui donnait directement sur la rue. Un taudis. Elle a touché le ciment effrité de la marche, du bout des doigts, comme une caresse. J'ai compris.

— Vous habitiez ici.

— Pas longtemps. On voulait partir.

J'ai hoché la tête, absorbant le décor, la lumière, le moment. C'était parfait.

— Il faudrait tourner ici.

Elle m'a lancé un drôle de regard. Elle m'évaluait. Ami ou ennemi ? Elle a dû sentir qu'elle avait toute mon attention parce qu'elle a fini par acquiescer.

— Oui. Il faudrait. Et puis dans le tunnel aussi. De l'autre côté des rails. Sur Wellington en venant de l'ouest.

— C'est quoi, la scène dans le tunnel ?

— Elle s'est cachée là le soir où il l'a suivie.

J'avais une question délicate pour elle.

— C'est la fin ou le début du film ?

— La fin, me dit-elle avant de reculer et d'hésiter. Je ne sais pas. Peut-être que c'est le début. C'est toi le scénariste.

— C'est toi la productrice.

Elle a sursauté à mon tutoiement. Puis elle a cédé.

— Qui t'a dit que Frank avait tué Patrick ?

— Personne. Enfin, quelqu'un qui n'a pas de preuves.

— Qui ?

J'ai hésité. Une espèce de pudeur me retenait à l'idée de révéler à Maggy que l'homme qui l'avait vue au moment le plus vulnérable de son existence ne l'avait jamais oubliée.

— Il s'appelle Martin Desmarais.

— Je ne le connais pas.

— C'est un ancien policier. C'est lui qui a pris ta déposition la nuit du viol.

Elle a tendu la main vers ma boîte de cigarillos. Je lui en ai offert un et j'ai flambé une allumette. Elle fumait, menton pointé vers l'avant, me cachant ses yeux. À quoi pensait-elle ? À qui ?

— Je ne veux pas de scène braillarde dans le film, tu sais, la fameuse scène où la fille craque et qu'on voit son côté vulnérable ?

— Celle que tout le monde attend ?

— Oui. J'en veux pas.

— Très bien, ai-je tout de suite répondu. Je la remplace par quoi ?

— Qu'est-ce que tu veux dire ?

— Si je ne mets pas la scène où ce qu'elle raconte permet au spectateur de comprendre ses motivations, j'ai besoin de voir autre chose.

Un temps, suspendu, immobile comme l'humidité vaporeuse de ce matin qui annonçait une autre journée de canicule. Maggy Sullivan regardait droit devant elle. Je n'allais rien obtenir d'elle en la prenant de front. Alors je suis revenu à notre point de départ, ce qui nous avait unis l'un à l'autre dès le début.

— Maria Goretti avait douze ans.

Pendant un long moment, j'ai cru que je n'aurais pas de réponse. Et puis, prudemment, elle a fini par accepter la main tendue que je lui offrais.

— « Elle » avait onze ans.

Ça y est, on y était. Maintenant, il fallait que je joue en douceur, comme si j'avais déjà gagné la partie. Malgré les mille questions que j'avais envie de poser, je me suis retenu et j'ai attendu que ça vienne tout seul. C'est venu, comme un crachat.

— Ils ont pas une cenne. Jamais. Le père travaille comme un fou, ça change rien, ils ont jamais assez d'argent pour arriver. La mère est belle, toutes les femmes de la famille sont belles, mais elle, c'est spectaculaire, une vraie beauté. Elle a jamais été amoureuse du père, mais il avait une bonne job quand elle l'a rencontré. Il lui a promis une vie meilleure. Elle l'a cru. Sauf qu'à coups de bad lucks, il perd sa bonne job, alors ça fait longtemps qu'il y a plus d'amour non plus. Juste des enfants, du mépris et des dettes. Le jour où l'homme le plus puissant du quartier lui fait des avances, la mère dit oui. L'amant paye tout, le loyer, l'épicerie, les vêtements des enfants, le luxe. La mère tombe amoureuse. Elle met le père dehors et demande le divorce. C'est l'époque où on peut pas encore divorcer par consentement mutuel, il faut qu'un des deux accuse l'autre. Alors la mère accuse le père d'adultère, d'alcoolisme et de désertion du domicile conjugal.

— Superbe.

— Comme tu dis.

— C'est vrai qu'il boit ?

— Pas plus que n'importe quel gars qui a un héritage irlandais, me dit Maggy avec un sourire désabusé. Après le divorce, ç'a été pire.

— Le père accepte de disparaître comme ça ?

— J'imagine qu'il a fait face à des arguments convaincants, ironisa Maggy.

Avec ce qui était arrivé à Patrick Boyle, ce n'était pas très difficile d'imaginer ce que le père Sullivan avait pu dire au père de Maggy pour qu'il fasse de l'air. Entre s'éclipser gracieusement ou se faire descendre d'une balle dans le crâne, j'osais espérer que le père de Maggy avait accepté l'humiliation.

— Il voit ses enfants ?

Maggy regardait droit devant elle, étrangement détachée.

— De moins en moins.

Pauvre gars. Cocu, privé de ses enfants, et c'est lui qu'on avait accusé d'adultère. Un homme n'est jamais aussi pauvre que lorsque sa femme cesse de croire en lui. La mienne m'avait quitté pour la même raison, mais au moins Rebecca ne s'était pas sentie obligée d'en rajouter en portant de fausses accusations contre moi. Je me suis tourné vers Maggy.

— C'est quand le père Goretti meurt de malaria et que la mère se met en ménage avec Serenelli qu'Alessandro commence à la harceler.

Maggy a repris son récit, celui de sa vie.

— L'amant vient de plus en plus souvent. Il amène son fils avec lui. Son fils lui sert d'alibi.

— Je ne comprends pas.

— Pour que sa femme ne se doute de rien quand il va voir sa maîtresse, il amène son fils.

— Et le fils attend dans le salon que son père ait fini de baiser?

— Oui… a fait Maggy avec un sourire ironique. C'est ça, la pègre catholique. Tu as le droit de tuer, de vendre du crack à des enfants, d'intimider et d'extorquer des commerçants honnêtes, mais t'as pas le droit de divorcer.

L'histoire tombait maintenant devant mes yeux comme une série de dominos. Je pouvais presque entendre le claquement de l'ivoire d'une pièce sur l'autre, tac, tac, tac. Sullivan « le Père » amenait son fils avec lui, il se servait de lui. Le fils avait pris exemple sur le modèle paternel et il s'était accordé des droits sur la fille comme son père s'accordait des droits sur toutes les femmes.

— Quel âge, le fils ?

— Quinze ans.

— La mère voit quelque chose ?

300

— La mère est amoureuse de son amant. Elle voit son argent, son pouvoir, la vie facile. Elle n'a plus besoin de travailler, elle ne manque de rien depuis que Frank est dans sa vie.

— Elle voit pas que le fils de son amant harcèle sa fille ?

Il y eut un moment de silence. Sur le trottoir d'en face, un adolescent terminait tranquillement une transaction de dope avec un junkie plus vieux que lui. Indifférent au couple assis sur les marches de ciment de la maison d'en face. Nous étions transparents pour eux.

— La mère voit tout. Elle ne fait rien.

— Et la fille ?

— Elle se défend. Elle ne cède pas. Ça devient une espèce de jeu. Plus il est mauvais, plus elle se fait un devoir de le narguer. Elle le rend complètement fou. Elle n'a aucun pouvoir dans sa vie, sauf celui-là.

— Elle a onze ans quand ça commence ?

— Onze ans au début, dix-sept à la fin.

Elle avait résisté six ans… Six ans ! Qu'est-ce qui s'était passé pour qu'elle casse ? Qu'est-ce qui avait fait céder son barrage ? La réponse est venue d'elle-même. Une seule chose avait pu la briser en deux comme une noix. L'amour. Saleté d'amour. Maggy avait donc dix-sept ans quand elle avait rencontré Patrick Boyle.

— Dix-sept quand elle rencontre l'autre, ai-je dit tout haut.

— Dix-sept ans quand elle rencontre l'autre… Dix-sept ans quand elle le perd. Dix-huit quand elle épouse le fils de l'amant de sa mère devant tous ceux qui savaient et qui n'ont rien fait.

La voix avait tenu le coup mais, de biais, je voyais les ailes de son nez fin qui frémissaient, trahissant son émotion. Dans un geste dont, moi, Antoine Gravel, je ne me serais jamais cru capable, j'ai pris son visage entre mes mains et j'ai retiré ses lunettes noires. Avec un abandon dont je ne l'aurais jamais crue capable, Maggy Sullivan m'a laissé faire. Ses yeux étaient des ciels orageux, d'une eau turquoise à la pureté inouïe traversée de noir et d'indigo.

— Et le père, l'amant, il n'a pas quitté sa femme pour la mère…

Maggy eut un sourire. Quelque chose qui ressemblait à une victoire.

— Jamais. Ç'a été le drame de sa vie, qu'il ne quitte pas sa femme pour elle. Elle voulait se faire épouser.

— Mais c'est sa fille qui a épousé un Sullivan…

— Oui.

La première vengeance de Maggy avait donc été contre sa mère…

— Comment est-ce qu'on passe du viol au mariage ?

— Facilement. On se dit qu'en portant plainte on est encore perdante. Alors, on va chez son violeur et on négocie. Le retrait de la plainte contre un mariage qui vous met à l'abri pour toujours.

J'étais stupéfait. Maggy a haussé un sourcil ironique.

— Quoi ? Tu penses qu'une fille de dix-sept ans est incapable de voir à ses intérêts ?

— Non. Je pensais à…

Je n'arrivais pas à prononcer le mot, obscène dans les circonstances.

— Tu pensais à l'amour.

— Oui.

— Je l'ai connu, l'amour, a-t-elle achevé dans un souffle à peine perceptible.

Maggy avait retiré sa plainte et décidé qu'elle ferait de son violeur le meilleur de ses atouts. Si Patrick Boyle l'avait abandonnée, s'il avait été acheté par Frank Sullivan comme celui-ci l'avait dit, Maggy Sullivan aurait remporté son pari. Mais voilà. Patrick Boyle l'avait vraiment aimée et il en était mort. Je ne voyais pas d'autre film que celui-là.

— Maggy…

— Oui ?

— C'est ce film-là qu'il faut faire.

Elle m'a regardé comme si j'étais un innocent tombé du ciel. Peut-être que je l'étais.

— Évidemment que c'est ce film-là qu'il faut faire. Pourquoi est-ce que tu penses que je suis allée te chercher ?

J'ai mis un moment à me remettre de la colère que je sentais monter.

— Pourquoi ne pas me l'avoir dit dès le début au lieu de me faire croire qu'il fallait que je réinvente Maria Goretti ?!

Devant le ton de ma voix, Maggy m'a fait face, redevenant instantanément la productrice autoritaire que j'avais connue.

— Parce que c'est la même chose ! Dans les deux cas, elles ont été abandonnées par tout le monde. La seule différence, c'est que Maria Goretti a dit non et qu'elle est morte. La fille de notre film a dit oui et elle est à côté de toi.

Je lui ai tenu tête, affrontant son regard. C'était terminé, le temps où je reculais devant l'intimidation. Je me suis souvenu que Maggy m'avait donné sept jours pour écrire un scénario prêt à tourner.

— Je veux savoir ce qui presse.

Maggy a hoché la tête, cédant à ma demande.

— Frank est malade. Je veux qu'il puisse voir le film avant de mourir.

Elle voulait qu'il sache d'où venait le coup… J'ai pensé à Andromaque, « ma vengeance est perdue s'il ignore en mourant que c'est moi qui le tue ». Racine aurait écrit l'histoire de Maggy bien mieux que moi, mais Racine aussi était mort.

Je me suis levé. Maggy m'a imité.

— Où tu vas ?

— Écrire.

Nous avons rebroussé chemin en direction du bureau de Maggy. J'étais en train de me demander où j'avais stationné Jolly Jumper en me disant que Tony avait dû massacrer toutes les plates-bandes quand la voix de Maggy me sortit de mes pensées.

— Le policier…

— Quel policier ?

— Celui qui a pris la déposition…

— Martin Desmarais.

— Oui. Il t'a dit quoi à propos de cette nuit-là ?

— Tout ce dont j'ai besoin pour l'écrire.

— Tu sais où le joindre ?

— Non. Je sais qu'il se tient dans un bar de blues.

— Gros Bill ?

— Je ne sais pas. Gilbert Doisneau le connaît. Il doit le savoir, lui.

Elle a tendu encore une fois la main vers mon paquet de cigarillos. Je lui en ai donné un autre et l'ai allumé. Elle a inspiré une bouffée avant d'écraser un magnifique Roméo et Juliette flambant neuf sur le pavé. Shit.

— C'est dégueulasse, ces trucs-là. Comment tu fais pour fumer ça ?

— Ça m'empêche de me ronger les ongles.

Maggy a éclaté de rire. On était arrivés devant Jolly Jumper, dont le pare-brise étoilé arborait trois contraventions. Je les ai tendues à Maggy. Elle a haussé un sourcil devant mon nouveau sans-gêne. Je ne me suis pas justifié. J'avais du travail.

43

Sur la corde à linge, les maillots des filles ne séchaient pas. L'air était trop humide, trop lourd. On voyait bien que ça venait du sud. On voyait l'avancée des nuages noirs, qui chargeaient sur le bleu du ciel comme une cavalerie mortuaire.

Sur la corde à linge, les maillots des filles ne séchaient pas, encore tout imprégnés de la forme de leurs corps juvéniles. Steve pouvait presque toucher le renflement de leurs pubis sur le nylon mouillé. Il décrocha un soutien-gorge. Si petit qu'on se demandait ce que la fille qui le portait pouvait bien avoir à mettre dedans.

Sur la corde à linge, les maillots des filles étaient une invitation, une évocation en couleurs des délices à venir, un fantasme qui ondulait à l'air libre.

Steve était entré par la piste d'hébertisme toute neuve. C'était facile. Il suffisait de prendre le rang derrière le camp et de lever le nez au ciel pour voir le grand totem qui dépassait. Il avait dissimulé sa moto dans le champ, plutôt fier d'avoir pensé à venir en moto plutôt qu'en voiture. Sur le Web, il avait trouvé les indications routières pour se rendre au camp Harricana et il les avait imprimées. C'était vraiment bien indiqué, comme si on avait voulu lui faciliter la tâche. La vie était bonne pour lui. Il ne savait pas dans quel état il avait laissé Lucie, mais il ne s'était pas fait prendre et elle ne l'avait pas reconnu.

Il n'avait même pas eu besoin de négocier son départ avec Annabelle. Elle avait eu si peur de le perdre qu'elle s'était montrée prête à tous les aveuglements. Et puis, après l'incident de la douche, il était allé lui acheter une bague et lui avait officiellement demandé d'être sa femme. Elle avait pleuré. De joie.

Il était entré à pied dans le bois. Il n'avait eu qu'à suivre la piste. Elle menait directement aux dortoirs des filles.

Il était d'abord monté en haut de la plate-forme de la piste d'hébertisme, mais c'était une prudence inutile. Il n'y avait personne dans le bois. Personne. Et les enfants étaient tous de l'autre côté du camp. Du côté de la rivière Rouge. Du haut de son perchoir, il avait pu les observer avec ses jumelles. La montagne descendait jusqu'aux rives abruptes. Le sol était fait de glaise et de terre molle. On voyait qu'il y avait eu un glissement de terrain à plusieurs centaines de mètres en amont… L'escarpement s'adoucissait en descendant vers le camp, mais on avait quand même dû construire un large escalier et un quai pour avoir accès à l'eau de la rivière.

En aval, de l'autre côté, c'était du sable presque blanc…

Avec cette chaleur, les enfants avaient passé la journée dans l'eau. Steve avait eu le temps de faire le tour des dortoirs. Il n'y avait pas de serrures aux portes, tout était ouvert à qui voulait bien entrer... Il avait pu observer tranquillement, repérer la couchette de celle qui l'intéressait. Ils avaient même collé des étiquettes avec les noms des filles sur les montants des lits. « Jessica », voilà, elle dormait sur le lit du dessus. À portée de ses bras. Il n'aurait même pas besoin de se pencher pour la soulever.

Tout était parfait.

Il attendrait la nuit et viendrait chercher sa princesse à la peau blanche.

Lorsque Laurie ouvrit les yeux, troublée par un cauchemar, le lit de Jessica était vide. Elles étaient quatre à occuper le dortoir, et les deux amies s'étaient dépêchées de prendre les étages du haut. Laurie se pencha au-dessus de la rambarde de son lit superposé. La fille du dessous dormait à poings fermés. Celle qui occupait l'étage inférieur du lit de Jessica aussi.

Laurie était trempée de sueur. Le cauchemar qui l'avait réveillée n'était pas le même que d'habitude. C'était plus chaud, plus immédiat, une matière marécageuse l'engloutissait, elle n'arrivait plus à respirer. Un rêve à des années-lumière des habituels rêves d'abandon où revenait sans cesse la présence des Lagacé.

Dans la nuit fraîche des Laurentides, Laurie n'entendait aucun bruit à part le ronflement de la fille du lit d'en bas. Elle se disait qu'elle entendrait bientôt le bruit d'une chasse d'eau qui indiquait que Jessica était aux toilettes. Seul le silence lui répondit.

Laurie descendit de son lit en faisant attention de ne pas réveiller ses compagnes. Elle n'avait pas de pantoufles, alors elle enfila ses bottes de pluie. La chambre des moniteurs était plongée dans le noir. Tout était calme.

Elle poussa la porte de la maison mobile qui servait de dortoir aux filles. La lune était pleine, le ciel étoilé. Laurie ne put réprimer un sourire, émerveillée par la pureté de l'air, la limpidité du silence. À quelques pieds d'elle, une tache claire attira son attention. Le kangourou blanc de Jessica. Il avait été abandonné à l'entrée de la piste d'hébertisme.

Laurie ramassa le kangourou et le mit sur ses épaules. Il faisait plus frais en forêt. C'était bon et doux. Contrairement à Jessica, qui avait crié en voyant sa première grenouille au bord de la rivière, Laurie ne craignait pas la nature. Elle s'y sentait bien, accueillie dans ses bras généreux.

Pourquoi Jessica était-elle sortie en pleine nuit alors qu'elle avait peur de la forêt ? Laurie entreprit de suivre le sentier d'hébertisme. Elle marchait avec souplesse, sans bruit. Peu à peu, le bruissement de la rivière Rouge se fit entendre. Au-delà de la lisière de la forêt, Laurie pouvait déjà voir les berges de sable blanc, illuminées par la pleine lune.

C'est alors qu'elle les vit. Ils étaient sur la plage, juste derrière les canots, sous les longues tiges du saule pleureur. Ils s'embrassaient. Jessica était en pyjama, toute petite dans les bras du garçon, beaucoup plus grand et plus costaud qu'elle.

Laurie se baissa, se dissimulant derrière une souche d'arbre. Le garçon qui embrassait Jessica lui retira son haut de pyjama. Il était trop fort pour être un des autres campeurs. Peut-être que c'était un moniteur ? C'était difficile à dire à travers les ténèbres. Tout ce que Laurie voyait, c'étaient les seins blancs de son amie qui frémissaient dans la fraîcheur de la nuit. Elle vit ensuite le garçon plonger ses mains dans le pantalon flottant de Jessica. Elle vit son amie défaire le ceinturon du garçon et poser ses mains sur son sexe dur. Laurie était pétrifiée, envahie par un trouble puissant. En les entendant gémir, elle sentit la chaleur envahir son ventre et elle serra les cuisses en retenant son souffle court, de peur que le couple ne l'entende.

Le garçon fit fléchir Jessica sous lui, il l'allongea contre le sable et embrassa son sexe jusqu'à ce que Jessica se torde sous lui en émettant un cri qui ressemblait à un sanglot. Puis il la pénétra, la chevauchant à longs coups de reins de plus en plus impatients. Laurie ferma les yeux et l'entendit grogner. Elle avait honte d'avoir regardé, honte du plaisir qu'elle ressentait, honte de l'envie qu'elle éprouvait.

Le silence lui fit ouvrir à nouveau les yeux. Sur la plage, le garçon se remettait debout. Il fit jaillir la flamme d'un briquet. Laurie faillit crier de surprise en reconnaissant l'homme qui s'allumait une cigarette. Steve !

Laurie était bouleversée. Jessica ne lui avait rien dit. Ni qu'elle était amoureuse de Steve, ni que celui-ci l'était d'elle aussi. Pourquoi ne lui avait-elle rien dit ? Toutes les filles étaient amoureuses de Steve, mais elles croyaient toutes qu'elles n'avaient aucune chance à côté d'Annabelle.

Sur la plage, son amie se releva, époussetant le sable de son corps nu et frissonnant. Elle tendit une main vers la cigarette de Steve, aspira une bouffée. Sa longue chevelure claire illuminait la nuit, comme une comète blonde et fluide sur sa peau pâle.

La poitrine de Laurie se serra si fort qu'elle ne reconnut pas tout de suite cette nouvelle forme de chagrin. Elle ne savait pas encore qu'il y avait d'infinies variations dans la façon dont on pouvait avoir le cœur brisé. C'est en voyant Steve soulever Jessica dans ses bras comme une mariée et se diriger avec elle vers la rivière qu'elle sut mettre un nom sur ce qu'elle ressentait. De la haine.

La dernière vision qu'eut Laurie de celle qui avait été son amie fut celle de ses longs cheveux blonds qui se balançaient au rythme des pas de Steve. Lorsqu'il entra dans l'eau avec sa proie et qu'il posa ses deux énormes mains sur les épaules de celle-ci pour la noyer, Laurie s'était déjà détournée d'eux et s'éloignait le plus vite qu'elle pouvait pour qu'ils ne l'entendent pas pleurer.

44

Le corps de Jessica fut retrouvé sept kilomètres plus bas, à quelques centaines de mètres de l'endroit où la rivière Rouge avait déposé le crâne de Patrick Boyle. Son corps désarticulé avait été charroyé par les remous de la rivière. Dans un vomissement violent, le courant l'avait projeté sur un monticule de roches dont les aspérités avaient déchiré sa peau de méduse. Un de ses bras était resté coincé dans une crevasse et l'avait enfin retenue, comme un amant qui s'accroche à celle qu'il aime. Soulevée par le courant, Jessica flottait, ventre au soleil, les yeux ouverts sur un ciel qui incarnerait à jamais le visage de son assassin.

L'autopsie avait révélé que Jessica était enceinte de cinq semaines. De qui, on ne le saurait jamais, même si les rumeurs circulaient depuis que le chum de sa mère avait soudainement décidé d'aller faire sa vie à Port Hardy, un village de pêcheurs et d'Indiens au nord de l'île de Vancouver. À Pointe-Saint-Charles, on avait retrouvé des dessins de jeunes filles pendues dans les affaires de Jessica. On avait parlé de dépression, de chagrin d'amour, de suicide. Les services sociaux avaient rencontré la mère, dévastée. Ce qui ne l'avait pas empêchée de se faire engrosser par un nouvel amant sitôt sa fille enterrée, histoire de bien faire tourner la roue du malheur. L'enquête avait conclu à un « accident malheureux », et Jessica étant visiblement sortie toute seule en pleine nuit, le centre Harricana avait été déchargé de toute responsabilité.

Si les autorités avaient poussé l'enquête un peu plus loin et qu'elles avaient fouillé l'intégralité du territoire appartenant au camp Harricana, elles auraient peut-être trouvé des ossements humains au pied de la montagne. Des ossements de plusieurs squelettes auraient pu être identifiés et associés à des membres du crime organisé, presque tous en guerre contre le clan Sullivan à une époque ou à une autre. L'endroit étant isolé et difficilement accessible, l'enquête aurait aussi pu conclure qu'on s'en était servi comme cimetière clandestin pour enterrer des corps. Mais cette enquête-là non plus ne serait jamais ouverte. Il faut dire que les membres du conseil d'administration du centre Harricana étaient tous influents : présidents d'entreprises et de sociétés d'État, député, haut fonctionnaire, professeurs, juges, directeurs de différents organismes touchant à l'enfance et à l'éducation. Sans compter le sénateur qui avait présidé à la fondation du camp Harricana, un ami notoire d'un parti trop longtemps au pouvoir.

Comme Martin Desmarais aimait le rappeler les soirs où il lui arrivait de partager un scotch avec Gilbert Doisneau, « Harricana est une bonne cause, il ne faut pas lui demander d'être pure en plus ». Ce à quoi le bon docteur Doisneau ne s'opposait pas. Il était trop fatigué et il avait trop à faire.

J'avais fini le scénario en une semaine, dans un état d'exaltation comme je n'en avais pas connu depuis ma collaboration avec Francis. J'étais à nouveau porté par la grâce fluide d'une histoire plus forte que ma peur et qui ne demandait qu'une chose : vivre ! Animée par l'énergie du désespoir, Maggy avait mis en place la production en un temps record et elle avait finalement décidé de le tourner elle-même. Ce qui m'avait immensément soulagé. Elle avait fait des choix audacieux et réalisé un film imparfait, mais étonnant.

Frank Sullivan, lui, était tombé, victime d'une crise d'épilepsie. Les médecins avaient découvert que tout son corps était métastasé et que sous son crâne serpentait un long chapelet dont chacun des grains était une tumeur. Il était resté conscient trois semaines avant de mourir. Maggy n'avait pas eu le temps de lui montrer les images de ses crimes, et Frank n'avait jamais vu le film.

Mais le film existait. Malgré la mort de Frank, malgré l'Alzheimer de la mère de Maggy.

Longtemps, Laurie avait cru que l'étreinte de Steve et Jessica n'avait été qu'amoureuse. Longtemps, elle avait été persuadée que celle-ci s'était vraiment noyée par accident. Puis, un jour, épuisée de porter le poids d'avoir été jalouse de son amie morte, elle s'en était ouverte à Gilbert Doisneau, dans le secret de la confidence. Ce soir-là, Doisneau était resté quelques minutes de plus pour fumer sa cigarette au Prestige en compagnie de Dany. Ce que ces deux-là s'étaient dit, on ne le saurait jamais.

Mais quelques semaines plus tard, le corps de Steve était retrouvé au pied de la croix du mont Royal, le cou rompu, le visage réduit en une bouillie sanglante, écrasé à coups de poing et de pierre. Malgré le vibrant appel à tous de sa fiancée éplorée, ce meurtre sauvage ne fut jamais élucidé.

Annabelle avait présenté son documentaire sur les enfants du docteur Doisneau. On en avait beaucoup parlé, vantant la grande sensibilité de la réalisatrice et le regard « amoureux » qu'elle portait sur les enfants. Les médias adoraient Annabelle, une jeune femme aussi vive que photogénique. L'histoire tragique de son amoureux assassiné avait fait d'elle une intouchable. Cet engouement pour la *media darling* qu'elle était devenue avait permis à la jeune cinéaste de trouver le financement pour son prochain film. Maggy avait en effet décidé de produire cette jeune femme au talent plein de promesses.

Les enfants du film, eux, avaient été retournés à leur vie. Ils n'étaient plus intéressants.

Quant à moi, j'avais calculé qu'avec l'argent que j'avais fait sur le film de Maggy, je pouvais enfin me consacrer à ce que j'aurais dû faire depuis longtemps, écrire une histoire qui ne serait ni adaptée, ni arrangée avec le gars des vues, ni trahie. J'allais écrire un livre. Le mien.

– Le livre d'Antoine –

Je, Antoine Gravel, quarante ans, remarquablement sain de corps et maintenant d'esprit, lègue mon cochon Tony, ma maison de Sainte-Marie-de-Laurenceville et tous mes manuscrits à Lucie et à sa fille, Laurie. Quant au manuscrit que vous êtes en train de lire, il est la preuve qu'il est impossible de dire la vérité sans l'aide de la fiction. Je n'aurais jamais cru qu'un jour j'écrirais un livre. Je n'aurais jamais cru que le cinéma me sauverait la vie et que la mort sauverait ce qui reste de mon écriture.

François Barcelo a déjà dit que, pour savoir s'il était en train d'écrire un polar ou un roman, il comptait les morts. S'il y en avait plus que cinq, c'était un polar. À ce jour, j'ai compté sept morts, y compris celle de ma propre fille. J'en déduis que c'est un polar.

En attendant, cette histoire commence avec celle d'une femme qui voulait qu'on porte l'histoire de Maria Goretti à l'écran. C'est l'histoire de Maria Goretti, fille crucifiée à coups de fourche et ayant agonisé pendant des jours avant de rendre l'âme. C'est celle de Maggy Sullivan, fille crucifiée à coups de trahisons et ayant joui de l'agonie de son mari. C'est mon histoire et celles de Lucie, de Rebecca, d'une enfant renarde rousse comme une flamme et d'une toute petite Alice ancrée dans mon cœur comme le crochet du capitaine. C'est l'histoire de femmes, d'hommes et d'enfants meurtris, c'est surtout celle de ceux dont vous vous détournez si souvent.

Je ne fais plus très bien la différence entre toutes ces vies qui appartiennent maintenant à la mienne. Ça n'a aucune importance. Quand l'extinction des cœurs fait de vous un mort vivant, le mal est universel. L'abandon de toute espérance nous met tous au même niveau, face contre terre, la bouche pleine de poussière. Mais ce qui m'a amené à raconter ce qui suit est venu d'un des désirs les plus purs qui soient, celui de la vengeance.

Je commencerai donc par l'histoire de Maggy et de sa Maria Goretti. L'une avait souffert, l'autre aussi. L'une avait perdu la vie et l'autre y avait vu le reflet de la sienne. Ce sont les circonstances qui changent. Les miennes étaient désastreuses, mais ne le sont-elles pas toujours quand on a quelque chose à dire ? Je ne suis pas un écrivain, je suis scénariste. Vous devrez donc faire avec ma voix imparfaite, c'est la seule que j'ai.

Au moment même où j'ouvre le nouveau document vierge sur l'écran de mon ordinateur, c'est Monique Leyrac qui chante, le volume au fond. C'est l'âpreté rauque de *La Rôdeuse* qui se répand jusqu'au bout de mon champ de maïs, jusqu'au terrier de la renarde : « Sa voix n'était pas la plus belle, il y a si longtemps que je t'aime, depuis je ne pense qu'à toi, depuis je ne pense qu'en toi. »

Dehors, une fille rousse et sa mère font un jardin. Elles ne se connaissent pas bien encore, mais elles s'apprivoisent, soudées par le désir de bien faire et d'empêcher un cochon dépendant affectif de piétiner leurs plates-bandes. Je crois qu'elles y ont mis des tomates, du romarin et une rangée de petits pois.

Remerciements

Je remercie mon éditrice Monique H. Messier, qui a su que je portais ce livre bien avant moi et qui, de son esprit lumineux, m'a accompagnée tout au long de ce périple solitaire.

Merci à mes enfants si doux, Julien et Anik.

Merci à Pierre Lalonde, ami écrivain, qui m'a fait découvrir les secrets de Pointe-Saint-Charles et de Saint-Henri. Merci à François Barcelo, que je n'ai fréquenté qu'à travers ses livres et à qui je dois l'inspiration du titre.

Je remercie également la graphiste Marike Paradis, qui m'a donné ce que j'attendais depuis longtemps, une image qui corresponde à ce que les mots cherchent à dire.

Je salue également tous ceux qui osent dénoncer. Albert Einstein a dit : « Le monde ne sera pas détruit par ceux qui font le mal, mais par ceux qui les ont laissés faire. »

*

Pour communiquer avec l'auteur Geneviève Lefebvre : www.chroniquesblondes.com

Cet ouvrage a été composé en Adobe Caslon Pro 11,5/13,6
et achevé d'imprimer en août 2009 sur
les presses de Imprimerie Lebonfon Inc. à Val-d'Or, Canada.

Imprimé sur du papier 100 % postconsommation,
traité sans chlore, accrédité Éco-Logo et fait à partir de biogaz.

certifié   procédé   100 % post-   archives   énergie
        sans   consommation   permanentes   biogaz
        chlore